SIX MOIS SANS PAMPLEMOUSSE

Les éditions de la courte échelle inc.
160, rue Saint-Viateur Est, bureau 404
Montréal (Québec) H2T 1A8
www.courteechelle.com

Révision : Hélène Ricard

Dépôt légal, 2ᵉ trimestre 2013
Bibliothèque nationale du Québec

La courte échelle reconnaît l'aide financière du gouvernement du Canada
par l'entremise du Fonds du livre du Canada pour ses activités d'édition.
La courte échelle est aussi inscrite au programme de subvention globale
du Conseil des arts du Canada et reçoit l'appui du gouvernement
du Québec par l'intermédiaire de la SODEC.

La courte échelle bénéficie également du Programme de crédit d'impôt
pour l'édition de livres — Gestion SODEC — du gouvernement du Québec.

L'auteure remercie le Conseil des arts du Canada pour son soutien à l'écriture
de ce roman.

Catalogage avant publication de Bibliothèque et Archives nationales
du Québec et Bibliothèque et Archives Canada.

Tremblay, Carole, 1959-
Six mois sans pamplemousse
ISBN 978-2-89695-463-6
I. Titre.

PS8589.R394S59 2013   C843'.54   C2012-942450-1
PS9589.R394S59 2013

Imprimé au Canada

Carole Tremblay

Six mois sans pamplemousse

la courte échelle

1

— Six mois? s'étrangle Rébecca, les mains agrippées aux accoudoirs de métal de sa chaise.

— Six mois, répète le médecin.

Il hoche la tête d'un air abattu. À croire que c'est lui qui n'a plus que ça à vivre.

Rébecca ravale le peu de salive qui lui reste.

— C'est tout? reprend-elle, la voix rauque.

Le docteur a une mèche de cheveux gris qui lui barre le front. Il n'ose pas la remettre en place de peur de déplacer l'air. L'atmosphère est si tendue dans le petit cabinet qu'il a l'impression que le moindre geste pourrait déclencher une explosion.

— Je suis désolé, madame, répond-il, en déposant ses paumes moites sur son bureau. C'est la moyenne avec ce genre de tumeur. Du moins lorsqu'elle est rendue à ce stade…

Il se racle la gorge avant d'ajouter :

— Mais c'est variable, vous savez. Ça peut être un peu plus…

— Ou un peu moins…, le coupe Rébecca d'un ton sec.

Le docteur tousse un brin pour se donner du courage. Il n'a pas envie de l'avouer, mais il le faut bien.

— En effet. Ça dépend des individus.

— Et il n'y a vraiment rien qu'on puisse faire pour m'enlever ça? demande la jeune femme, sur le ton rageur d'une cliente qui s'adresse à un mécanicien incompétent.

Le docteur Racicot se trémousse sur sa chaise. L'inconfort règne à tous les étages.

— Étant donné la localisation de la tumeur, il est pratiquement impossible d'opérer. Les risques de séquelles graves sont trop importants.

— Et la chimio? souffle Rébecca, comme s'il était possible que le médecin n'ait pas envisagé cette éventualité.

— Même avec un traitement très agressif, les chances de faire régresser la tumeur sont minces. On peut tenter le coup, mais j'aime mieux vous prévenir, les effets secondaires risquent de vous faire perdre le peu de qualité de vie que... enfin... qu'il...

L'oncologue gratte une tache invisible sur son bureau.

— En gros, résume Rébecca, vous êtes en train de me dire que j'ai le choix entre six mois de dégradation lente ou un an d'enfer?

Le médecin ne répond pas. Il ne fait que dodeliner de la tête pour lui faire comprendre qu'elle a visé dans le mille. Il soupire. Toutes ces années d'études, ces séminaires interminables et ces heures sacrifiées à faire de la recherche pour se retrouver à annoncer à une patiente qui pourrait presque être sa fille qu'il ne peut rien pour elle, c'est tout de même décevant.

— C'est à vous de décider, conclut-il. Ça vaut peut-être la peine...

Il feuillette le dossier du bout des doigts.

— Vous êtes en bonne santé...

Rébecca bondit de sa chaise comme un boulet de canon.

— En bonne santé! hurle-t-elle. J'ai une tumeur grosse comme un pamplemousse dans la tête et je suis en bonne santé!?

L'oncologue s'enfonce dans son fauteuil. Elle ne va tout de même pas le frapper? La brunette n'est pas très grande, mais elle est bâtie assez solidement. Il doit y aller en douceur.

— Un pamplemousse, vous exagérez. C'est à peine…

Il hésite… De quoi la chose se rapproche-t-elle? Il fait mentalement le tour du rayon des fruits de l'épicerie.

— … un petit citron, finit-il par décréter.

— Un citron! Je suis tombée sur un citron!

— Même qu'une limette serait plus juste…, prend la peine de préciser le médecin, ignorant si ses comparaisons potagères vont calmer ou envenimer la colère de sa patiente.

— Excusez-moi, mais j'ai de la difficulté à considérer qu'avoir un agrume entre les deux oreilles soit un signe de santé, s'énerve Rébecca.

Le docteur Racicot regrette à présent ses paroles. Il prend mentalement note de ne plus formuler le problème de cette façon. Ça peut être fâcheux à entendre, il le conçoit.

— Comprenez-moi. Ce que je veux dire, c'est que votre cœur, vos poumons, votre système digestif, tout ça est en très bon état…

Le médecin aimerait bien demander à sa patiente si elle a signé sa carte de dons d'organes, mais il trouve que le moment est mal choisi.

— Vous allez peut-être vivre plus longtemps, peut-être même beaucoup plus longtemps que ce que prévoit la documentation scientifique, ajoute-t-il, sans y croire vraiment.

Il faut bien qu'il dise quelque chose.

Rébecca se laisse tomber sur la chaise. Elle ne bouge plus. Son regard est vide, sa bouche ouverte. Toute son énergie est consacrée à assimiler l'information sans se ruer sur le médecin pour lui arracher sa cravate et le pendre avec. Elle laisse l'idée se distiller lentement dans sa conscience, une goutte à la fois. Six mois... Six versements d'hypothèque. Six mois... Les amis à prévenir. Six mois... Le cercueil à magasiner. Six mois... Elle voit son urne. La tombe de sa mère. Son nom gravé tout à côté du sien. Six mois... Le patron à qui elle annoncera la nouvelle. Ses REER ridicules.

Le docteur Racicot s'agite de nouveau sur son siège. Il a une forte envie d'uriner, mais ce n'est pas le moment non plus. Pourquoi faut-il que ce soit toujours lui qui annonce le diagnostic? Il ne pourrait pas y avoir un service spécialisé qui prendrait la chose en charge? Un genre d'annonceur funèbre. Un oiseau de malheur doublé d'un psychologue, qui s'occuperait illico des effets dévastateurs de la nouvelle.

Pourquoi faut-il que ce soit lui qui se tape les cris, les larmes et les lamentations? Alors qu'il n'y est pour rien. Rien. Il n'a pas créé cette tumeur. Il l'a juste repérée. Pourquoi ce n'est pas Dieu lui-même qui vient voir la pauvre femme pour lui dire : «Eh ben, oui, voilà, ma p'tite Rébecca. J'avais quelques tumeurs à distribuer et parmi toutes les femmes dont le prénom commence par *R*, c'est toi que j'ai choisie. Je te donne six mois, c'est quand même mieux qu'un *crash* d'avion sans préavis, non?»

Le téléphone sonne. Le médecin jette un œil torve vers l'afficheur. Suzanne. Non. Impossible de prendre l'appel de son épouse. On ne peut pas discuter des courses à faire en rentrant du travail devant une patiente à qui on vient d'apprendre que ses épiceries sont comptées.

— Vous pouvez répondre, je m'en vais de toute façon.

C'est ce que dit Rébecca. Mais son corps reste là, affaissé sur la chaise, pendant que le téléphone, lui, continue de sonner.

* * *

— Six mois ? ! Mais de quoi tu parles ? s'affole Charlotte. Pour l'amour de Dieu, calme-toi, Rébecca, et fais une phrase complète !

Charlotte entend son amie sangloter au bout du fil. Ça suffit à la faire paniquer. Rébecca n'est pas du genre à pleurnicher. C'est plutôt le modèle contraire, celui qui serre les dents et menace le mobilier. Il faut qu'il y ait quelque chose de grave. De monstrueusement anormal.

— Il me reste six mois à vivre, parvient à articuler Rébecca entre deux hoquets.

Le cœur de Charlotte s'arrête. Ce n'est pas vrai. Son amie ne peut pas mourir. C'est impossible.

— Qu'est-ce que tu racontes ? Tu dramatises encore. On ne meurt pas de migraines…

— Nooooon, meugle Rébecca sans la laisser finir. Il y a une tumeur. Cancéreuse.

Charlotte a l'impression qu'on vient de lui asséner un coup sur la tête avec un gong en plomb. Elle cherche du regard un endroit où s'asseoir. Comme si le fait d'avoir les fesses à plat pouvait l'aider à encaisser le choc. Mais identifier parmi les meubles ceux qui servent à s'asseoir est pour l'instant au-dessus de ses compétences. Elle se laisse tomber par terre, les yeux rivés sur le fauteuil. Un fauteuil ? Tiens, une vague connexion se fait dans son cerveau. Mais la jeune femme renonce à se déplacer. Trop loin. Pas le nombre de jambes suffisant pour se rendre jusque-là.

Rébecca pleure toujours dans le récepteur. Les oreilles de Charlotte bourdonnent, sa bouche est sèche. Il faut qu'elle dise quelque chose. Mais quoi ? Mot d'encouragement, plainte, condoléances, bulletin météo. Aucune approche ne semble appropriée. Son pouls s'accélère. Tout tourne dans sa tête. Il faudra bien qu'elle prenne la parole un jour ou l'autre. Aussi bien que ce soit aujourd'hui. Tout à coup, une voix émerge de sa gorge. C'est la sienne.

— Ils se trompent peut-être, Rébecca…

Les pleurs redoublent à l'autre bout du fil.

— J'ai vu les radios. C'est gros comme un pamplemousse. On ne peut pas vivre longtemps avec un pamplemousse dans la tête !

L'image fait grimacer Charlotte. Elle adore le pamplemousse, mais elle n'a aucune envie qu'on lui en insère un dans le crâne.

— Et il n'y a aucun moyen de traiter ça ? Bordel, les hommes vont sur la Lune ! Il doit bien y avoir un type de chimio pour ça ?

— Oui. C'est sûr. À condition que j'accepte de passer les derniers mois de ma vie à vomir avec une perruque sur la tête. Et même là, les chances de guérison sont pratiquement nulles.

— Mais tu vas essayer quand même ?

Ce n'est pas vraiment une question, plutôt une supplication.

— Je suis condamnée, Charlotte. Franchement, je ne vois pas pourquoi je me laisserais torturer avant.

Charlotte est traversée d'un frisson. Une poignée de secondes défilent encore avant que sa bouche s'ouvre de nouveau.

— Ne bouge pas, j'arrive.

Elle raccroche et se met aussitôt à pousser de petits glapissements. Pleurer ? Ne pas pleurer ? Est-ce que quelqu'un peut décider à sa place ? Elle a l'impression d'être un lapin enfermé dans une cage avec un prédateur affamé. Le lapin voudrait bien se sauver de l'inéluctable destin qui l'attend. Il fait de petits sauts pour tromper son angoisse. Mais il a beau sautiller, il sait que le loup est là. Qu'il approche. Et qu'il n'a aucune, mais alors aucune chance de lui échapper.

Charlotte court à sa chambre pour s'habiller. Quoi mettre pour aller serrer dans ses bras une condamnée à mort ? C'est une question futile, elle le sait. Mais il faut bien se la poser. Elle ne peut tout de même pas y aller en pyjama.

La jeune femme ouvre un tiroir. Un autre. Elle ouvre la porte de la garde-robe, secoue deux trois cintres, jette un pantalon sur le lit, un deuxième, puis une veste, une blouse, un chandail. Regarde le tas de vêtements. Et plonge dessus.

Deux oreillers ne suffiront pas à éponger toutes les larmes qu'elle s'apprête à verser.

* * *

Contrairement à ce qu'elle attendait, Charlotte n'émet que quelques hoquets douloureux. La peine est là, mais elle est trop grosse. Elle n'a pas encore réussi à faire son chemin jusque dans ses tripes. Ça viendra, Charlotte le sait. En attendant, elle s'habille, les mains tremblantes.

Six mois. C'est court pour vivre, mais c'est une éternité quand il faut la passer dans les coulisses en attendant la scène d'adieu. Et si elle n'avait pas la force de tenir jusque-là ?

La jeune femme finit de s'habiller sans réfléchir. Allez, hop ! hop ! Il y a urgence. Un pantalon. Une chemise. Une chaussette. Une autre chaussette. Tiens, un trou… Tant pis. Elle la jettera une autre fois.

L'adrénaline est une drogue puissante. Elle vous pousse, elle vous tire, elle vous entraîne. Vous n'avez pratiquement rien à dire.

Quand elle referme la porte derrière elle, Charlotte est traversée d'un haut-le-cœur. Elle n'a pas envie, pas du tout envie d'aller rejoindre Rébecca et de pleurer avec elle. Tout son corps résiste. Elle ne veut pas se vautrer dans le malheur. Elle ne veut pas être emportée par la détresse de son amie. Est-ce que c'est ça qu'on appelle l'instinct de survie ? Peut-être, mais elle sait qu'elle n'a pas le choix, elle doit y aller.

Charlotte monte dans sa voiture, insère la clé dans le contact. Au moment où elle boucle sa ceinture de sécurité, l'embâcle cède sans prévenir et elle éclate en sanglots.

Et, évidemment, elle n'a pas de mouchoir.

* * *

Charlotte regarde le taxi s'éloigner. Finalement, conduire était une très mauvaise idée. Trop difficile à faire en se mouchant. Ce n'est pas la peine de se tuer en allant voir une personne qui vient d'apprendre qu'elle va mourir. Ça serait comme lui voler la vedette, alors que ce petit cercle de lumière blafarde qu'émet le projecteur braqué sur elle, c'est tout ce qui lui reste pour se réchauffer.

Charlotte est maintenant devant l'appartement de Rébecca. Il est encore temps de reculer et de s'enfuir. D'aller s'acheter des chaussettes neuves. Sans trou. En enterrant — le mot est peut-être mal choisi dans les circonstances —, très loin au fond d'elle-même, l'image d'un pamplemousse qui se décompose.

Mais ce n'est pas Charlotte qui décide. Ce n'est même pas son amitié pour Rébecca. C'est sa culpabilité.

La jeune femme ne prend pas la peine de sonner. Elle entre. La porte n'est pas fermée à clé, elle s'en doutait. De quoi peut bien avoir peur une personne qui va mourir ? Qu'un témoin de Jéhovah veuille sauver son âme de force ? Qu'un scout s'infiltre chez elle pour lui refiler un calendrier dont elle n'aura pas la chance de tourner toutes les pages ?

La porte grince quand Charlotte la pousse, dévoilant une Rébecca roulée en boule à côté du canapé. La pauvre n'a même pas pris la peine de s'installer sur la moquette. Le confort au foyer apparaît comme le cadet de ses soucis. Elle a encore le téléphone à la main. Un son répétitif lui rappelle que son interlocutrice a raccroché et qu'elle devrait faire de même, mais Rébecca ne semble pas disposée à obéir.

Charlotte fait un pas et croasse : « Rébecca ! » pendant que Rébecca se relève et glapit : « Charlotte ! » Les hululements des deux femmes se mêlent au moment où leurs corps s'écroulent l'un sur l'autre. Difficile de déterminer laquelle des deux éprouve la détresse la plus grande. Celle qui part ou celle qui reste ? Une chose est sûre, il y a averses abondantes des deux côtés.

Heureusement, il y a des mouchoirs. Une demi-douzaine de boîtes. Ils étaient en solde à la pharmacie en début de semaine. C'est fou comme le hasard fait parfois bien les choses.

* * *

Quand la nuit tombe, les sanglots tumultueux du début ont fait place à une espèce de catatonie où les reniflements sporadiques font office de signes vitaux.

C'est Charlotte qui se relève la première. Il faut dire que son cerveau ne contient ni fruit ni légume. Et si ses jours ne sont pas plus assurés que ceux d'aucune autre créature vivante, ils ne sont pas aussi clairement limités que ceux de Rébecca. C'est donc à elle que revient le rôle ingrat de rappeler à la future mourante que six mois sans manger, ça risque d'être long.

Elle allume une lampe et tend la main vers son amie.

— On sort, dit-elle simplement.

Il n'y a que les yeux de Rébecca qui bougent. Le reste forme un tas immobile, une flaque humaine à demi recouverte de mouchoirs.

— Tu ne peux pas rester là pendant six mois, tu vas faire des plaies de tapis.

Rébecca esquisse un semblant de sourire qui fait mal à voir, mais qui donne espoir. Peut-être que le prochain sera plus réussi.

— Six mois, c'est court pour vivre toute une vie. On n'a pas beaucoup de temps. Il vaut mieux commencer maintenant.

Rébecca n'essaie même pas de sourire. Elle ravale. On ne sait pas trop quoi. De la salive ? L'idée de la mort ? Un poisson rouge échoué dans sa gorge ?

— Viens, souffle Charlotte. On finira la boîte de mouchoirs en revenant.

Une lueur passe dans le regard de Rébecca. On sent que la velléité de reconstituer un corps avec les morceaux éparpillés sur le sol commence à naître autour de son pamplemousse, mais le plan demeure encore vague. Comme si elle ne reconnaissait pas les pièces du puzzle ou qu'elle avait perdu le mode d'emploi.

— Allez. C'est bien joli de pleurer, mais c'est usant, à la fin. Et c'est mauvais pour le teint.

Charlotte se penche, attrape Rébecca sous les aisselles et la soulève. Quelques mouchoirs roulent au sol, comme les broussailles dans les films de cow-boys. Ils vont rejoindre leurs congénères. Les jambes de Rébecca pédalent lourdement avant de trouver appui par terre. Ça y est. Elle est debout. L'ensemble n'a pas l'air très stable, mais vu le nombre de mouchoirs qui encombrent le tapis, les risques de fracture sont limités en cas de chute.

— On la commence par quoi, ta nouvelle vie? demande Charlotte. Je te préviens, comme c'est un court-métrage, on ne s'éternisera donc pas sur les préliminaires. Alors? On boit? On mange? Ou les deux?

Rébecca n'ouvre pas la bouche, mais au fond de ses yeux brille quelque chose. C'est peut-être de la reconnaissance pour l'effort que déploie son amie pour mettre un peu de lumière dans son trou noir. À moins que ce soit seulement le reflet du lampadaire de la rue? Charlotte préfère croire que c'est la première option, même si la boule dans sa gorge se transforme en melon quand elle y pense trop. Et que pour manger, ce n'est pas l'idéal.

2

— Voilà, j'ai bien réfléchi pendant qu'on inondait ton tapis. Et, entre les mouchoirs 268 et 269, j'ai élaboré un plan, annonce Charlotte, en entamant le verre de margarita de la taille d'un pot de fleurs que la serveuse vient de déposer devant elle.

Rébecca lève un sourcil. Charlotte décide de prendre ça comme un signe d'encouragement. Une vague dans le stade, mais à des dimensions relevant de la nanotechnologie.

— Il te reste six mois à vivre.

Le sourcil redescend. Charlotte sent qu'elle doit vite récupérer le coup si elle ne veut pas perdre le peu d'espoir de tenir la tête de Rébecca hors de l'eau.

— Ça va être les six mois les plus merveilleux de ta vie.

L'autre sourcil fait une tentative d'élévation. Mais le cœur n'y est pas. Il s'affaisse aussitôt.

— Tu vas enfin faire toutes les choses que tu as toujours eu envie de faire…

— … avec un pamplemousse ? ajoute Rébecca d'une voix qu'on dirait sortie directement d'un tuyau d'évier.

— Non, sans pamplemousse. D'ailleurs, je ne veux plus entendre parler de pamplemousse. Ni en jus, ni en tranches, ni en spécial. De toute façon, je suis sûre que tu exagères. Personne ne peut vivre avec un pamplemousse dans la tête. Je suis convaincue que ce n'est pas plus gros qu'un bleuet.

Charlotte est étonnée de l'assurance dont elle fait preuve, vu qu'elle improvise au fur et à mesure. Le plan est une pure invention, évidemment. Pour être honnête, entre les mouchoirs 268 et 269, elle cherchait plutôt un moyen de s'échapper et d'abandonner Rébecca à son triste sort sans être rattrapée par la culpabilité. Après avoir écarté de nombreuses possibilités — entrée en religion, exil en Patagonie, coma éthylique —, l'idée du suicide l'a effleurée, mais elle l'a vite rejetée, admettant d'emblée qu'il s'agissait d'une solution un peu trop radicale, utile à personne en fin de compte. Il y avait toujours l'option de la proposer subtilement à Rébecca. Mais Charlotte a refoulé l'idée aussi sec, ne laissant même pas le temps à sa mauvaise conscience de lui taper sur les doigts.

C'est vrai qu'en ce moment, à part des migraines récurrentes, des étourdissements sporadiques et quelques troubles moteurs, les symptômes associés à la tumeur de Rébecca sont encore trop légers pour qu'on lui offre d'abréger ses souffrances sans avoir l'air de lorgner l'héritage.

— Même que pour éviter qu'on te rappelle sans cesse que tu as un fruit derrière le toupet, continue Charlotte, en se demandant comment elle va poursuivre, je te propose de n'en parler à personne.

— Mais comment tu veux que je fasse ça ? souffle le tuyau abattu qui a pris possession du corps de Rébecca. Je ne peux pas cacher une chose pareille !

— Je te jure que ça ne se voit pas du tout, susurre Charlotte, en lapant un peu de margarita.

Le sel croque sous la dent. C'est un vrai plaisir. Il faut en profiter. L'horreur est à la table d'à côté et menace de s'inviter à chaque instant. Alors, autant faire la fête au moindre petit bonheur qui ose s'aventurer dans la région.

— Je ne veux pas continuer à travailler jusqu'à ce que je m'effondre sur le clavier de mon ordinateur ou que je fasse exploser la machine à café en essayant d'y insérer une cartouche d'imprimante !

— Mais qui t'a parlé de retourner au bureau ? s'écrie Charlotte.

Le masque d'incompréhension de Rébecca appelle une réponse, qui vient illico :

— Tu vas demander six mois sans solde.

— Un sans solde ? Ils ne voudront jamais !

— Essaie toujours, on verra.

— Je ne peux pas leur faire ça. On a des projets urgents empilés jusqu'aux tuiles du plafond.

— Et tu peux me dire ce que tu en as à foutre, maintenant ?

La question fait son petit effet. Rébecca a beau chercher, la réponse ne se trouve nulle part. Ni dans sa légendaire conscience professionnelle, ni dans le réflexe pavlovien de la bonne fifille. Pas même dans la solidarité entre collègues. Les dossiers peuvent brûler, être transformés en avion, recyclés en papier de toilette. Pour l'heure, elle n'en a rien à cirer.

C'est un sentiment tout frais, tout neuf. Presque agréable. Une ou deux vertèbres tentent un redressement dans sa colonne.

— Et pourquoi je ne démissionnerais pas, tout simplement ?

Charlotte tapote son bâtonnet de plastique sur le bord de son verre.

— C'est comme tu veux. L'important, c'est que tu ne précises pas que c'est pour aller faire pousser des fruits entre tes deux oreilles. Personne ne doit le savoir. Personne.

— Pourquoi ?

— Parce que.

Charlotte inspire profondément. Il serait bon de trouver une suite à cette réponse. Et assez rapidement, si possible. Sinon, les quelques millimètres qu'elle a gagnés en tentant de hisser Rébecca hors de son trou d'angoisse seront perdus. Comme elle a pris peu d'altitude, la chute ne sera pas terrible. Mais le bruit mou que va faire la douleur en retombant risque d'être désagréable. Assez pour réduire à zéro son appétit déjà bien maigre.

— Parce que... Comme ça, tu vas éviter d'y penser toi-même.

Aucune réaction dans le camp adverse. Apparemment, la balle ne valait même pas la peine d'être retournée. Qu'à cela ne tienne, Charlotte enchaîne :

— Tu n'auras pas à supporter les grimaces obscènes des gens qui essaieront de sourire en te rencontrant dans la rue. Tu ne verras pas ton image de victime se refléter dans leurs verres fumés. Tu ne passeras pas tes journées à entendre un tas de condoléances embarrassées, oh mon Dieu, comment tu fais pour vivre avec ça, est-ce que c'est douloureux ? Ni de conseils ésotériques pour te soigner, l'acupuncture par électrolyse fait des miracles, si tu veux, je te laisse le numéro de ma belle-sœur, son estomac ressemblait à une nappe à carreaux après qu'une moissonneuse-batteuse a passé dessus, et maintenant elle mange des Big Mac tous les jours. Personne ne te proposera de préarrangements, avec ou sans exposition de photos sur le thème de ton choix, monté en PowerPoint. Tu n'auras pas à te demander, chaque fois que quelqu'un te fera un compliment sur un de tes vêtements, si ce n'est pas une façon détournée de te suggérer de le lui léguer par testament. Tu auras le droit de parler d'autre chose sans que ton entourage pense que tu as commencé à perdre la mémoire. Tes anciens amis ne traverseront pas la rue quand ils t'apercevront, incapables de prendre de tes nouvelles de peur que tu leur donnes trop de détails et qu'ils se pissent dessus à l'idée que ça leur arrive. Bref, tu pourras vivre sans avoir l'impression que tout le monde te considère comme déjà morte.

Charlotte arrête pour reprendre son souffle et s'enfiler une bonne rasade de margarita. Elle est assez fière de sa tirade, même si elle serait incapable d'en répéter le quart. Rébecca a les yeux grands ouverts. Elle est collée au dossier de son fauteuil comme un légume sur la paroi de la centrifugeuse. Elle ne bouge pas, mais on sent derrière son front le petit écureuil qui tourne dans sa roue.

— Et qu'est-ce que je vais faire ? lâche-t-elle au bout d'un moment.

— Eh bien… vivre !

— Et toi ? finit-elle par émettre, une octave plus haut que prévu.

— Quoi, moi ?

— Tu seras où pendant ce temps-là ?

C'est une bonne question. Une question à laquelle Charlotte n'avait pas encore réfléchi. Où va-t-elle se terrer pour les six prochains mois ? À Cuba ? Sur Mars ? Dans une cave près de chez vous ?

— Je serai avec toi, s'entend-elle répondre. Aussi vivante que toi. Pour les six prochains mois.

Rébecca aligne différentes grimaces qu'un anthropologue du XXIIe siècle aurait du mal à interpréter, étant donné que même Charlotte a de la difficulté à deviner ce qui se passe derrière le regard affolé de son amie.

Soudain, le faciès de Rébecca cesse de s'agiter. Elle lance derrière elle le mouchoir sale qu'elle serrait dans son poing et présente la paume de sa main à Charlotte.

— Marché conclu, déclare-t-elle, d'une voix étonnamment normale, vu les circonstances.

Charlotte propulse son bâtonnet de plastique dans les airs et tope, prise de vertige devant le pacte qu'elle vient de conclure.

Là-dessus, Rébecca siffle son Singapore Sling d'un trait et pose le verre sur la table.

— C'est un bon début, approuve Charlotte. Mais ça ne fait que commencer.

Elle vide sa margarita et agite les verres vides en direction de la serveuse pendant qu'à la table d'à côté, un homme concentré sur les touches de son cellulaire s'apprête à prendre une gorgée de martini où flotte un bâtonnet usagé.

* * *

Le volume de la musique sur la piste de danse ne permet pas un échange très subtil sur le plan de la conversation. Il est de notoriété publique que hurlements, postillons et gros plans d'amygdales ne font pas bon ménage avec un débat sur l'éthique selon Spinoza. En ce haut lieu de parade prénuptiale et de défoulement collectif, il vaut mieux laisser parler les corps. Ce qui est parfois un inconvénient quand on veut commander à boire peut cependant se révéler un grand avantage quand les mots ont perdu leur utilité.

Charlotte ondule sur la piste de danse, les yeux rivés sur Rébecca qui s'agite frénétiquement. Son enveloppe terrestre semble en avoir long à dire, pour le plus grand plaisir d'un grand brun qui l'écoute de très près.

Du jamais vu de la part de Rébecca, dont la bulle personnelle donne parfois l'impression d'être faite de béton armé. Tant mieux si le pamplemousse bien arrosé lui fait oublier de marcher sur les pieds de quiconque s'approche à moins de deux mètres de son centre de gravité.

Charlotte pivote sur elle-même. Cette petite pause musicale est bienvenue dans la soirée. Pas que le souper se soit mal passé. Au contraire. Stimulée par un succulent shiraz, chacune a fait des efforts louables pour échafauder des plans avec un enthousiasme réel. Au dessert, elles en étaient presque rendues à croire que cette condamnation était la meilleure chose qui leur soit arrivée. Le programme de six mois de Vie intense accélérée — VIA, pour les intimes — n'est pas encore totalement arrêté, mais il y a du voyage dans l'air, des sports extrêmes, des expériences mystiques et sensorielles. Quelques petits règlements de compte, bien sûr, mais rien de très méchant.

Le regard de Charlotte glisse sur tous ces gens qui frétillent, inconscients que leurs jours sont comptés. Elle a envie de monter sur un haut-parleur et de hurler : « Cette femme n'a plus que six mois à vivre. Aujourd'hui, ses coudes mettent en péril la monture de vos lunettes, mais dans six mois, elle sera sous terre et vous pourrez lui pique-niquer dessus. Si quelqu'un a envie de la toucher ou de lui dire quelque chose, c'est maintenant. Maintenant ou jamais. Dernier rappel. »

Malheureusement, Charlotte ne peut pas mettre son fantasme à exécution. Et ce n'est pas la peur du ridicule qui l'en empêche, c'est la promesse qu'elle a faite de garder le secret. Un secret qui, elle le sent autant que la basse qui fait en ce moment vibrer son bassin, sera lourd à porter.

Quand Rébecca réapparaît dans son champ de vision, Charlotte a l'impression que le grand brun a capté son message cosmique. Les dix saucisses de Toulouse qui lui servent de doigts sont maintenant posées sur les hanches de son amie. Il est penché vers elle, suffisamment pour que sa barbe de trois jours lui racle les joues, et il lui hurle quelque chose à l'oreille. Charlotte meurt d'envie de savoir ce que c'est. Malheureusement, le décolleté de Rébecca n'est pas pourvu de micro.

Charlotte hésite. Elle a promis de suivre le programme de VIA avec Rébecca, mais la charte n'a pas encore établi jusqu'où l'accompagnement devait se faire. Doit-elle s'approcher pour suivre les péripéties intimes de son amie dans le moindre détail? Ou bien ferait-elle mieux de s'éclipser discrètement? Il va sans dire que cette dernière solution lui sourit aimablement. Voilà qui ferait une excellente raison de foutre le camp, pense-t-elle. Passer le relais à Monsieur Toulouse. Le gentilhomme s'occuperait du pamplemousse le temps qu'elle reprenne des forces et réalise pleinement le brusque virage dans lequel sa vie vient de s'engager.

Nouveau coup d'œil. Rébecca tourne lascivement entre les bras du monsieur qui en profite pour faire courir ses toulouses de-ci, de-là et encore par-là. Non, c'est trop bête. Charlotte ne va quand même pas rester là, à assister à la scène dans son intégralité. Surtout sans le son. Au moins, dans les documentaires animaliers, il y a le narrateur pour expliquer les différentes étapes du rut et de la séduction. Alors que là, *niet*. Elle doit tout imaginer. « On s'est pas déjà vus quelque part? Oui, dans mes rêves les plus fous. Qu'est-ce que tu fais comme pointure de souliers? Du 38! Incroyable! C'est ma taille préférée! »

Bon, ça y est, ils s'embrassent en plein milieu de la piste de danse, maintenant! C'est tout de même incroyable. Rébecca s'abandonnant à un inconnu sur la place publique. Une première mondiale. Charlotte ne sait plus si ce changement brutal dans le comportement de son amie est dû au Singapore Sling, à l'overdose de larmes à l'apéritif, au pamplemousse ou à une combinaison de tous ces facteurs. Elle ne sait pas non plus si elle doit intervenir. Qui est cet homme, pour commencer? Que font ses parents? Quelles sont ses motivations? A-t-il déjà monté dans une échelle? De quelle couleur était-elle?

Charlotte se dit que ça ne la regarde pas, qu'elle doit fixer son regard sur autre chose — pourquoi pas sur le déhanchement saccadé de la blonde qui lui fait face, une jeune asperge qui pourrait facilement faire croire qu'elle mime une électrocution —, mais elle ne peut empêcher ses yeux de retourner au spectacle de son amie partageant microbes et plaisir buccal avec un grand brun.

Charlotte a beau savoir que Rébecca est malade, mesurer l'ampleur du drame, la profondeur de sa tristesse, la hauteur et la largeur de son angoisse, elle doit travailler fort pour refouler la pointe de jalousie qui la titille. C'est vrai, au fond, pourquoi ce type a-t-il jeté son dévolu sur Rébecca et pas sur elle? Pourquoi n'y a-t-il pas le moindre châtain terne pour lui tourner autour? Est-ce que le fait qu'elle soit en couple depuis plus de dix ans a complètement anéanti son pouvoir d'attraction? Est-ce que la routine de sa vie tranquille a émoussé son charme, la transformant en être fade et sans intérêt? Une femme ordinaire, une future madame parmi tant d'autres? Depuis quand n'a-t-elle pas senti l'ivresse de la séduction lui monter à la tête? Est-ce vraiment l'amour qui la retient auprès d'Éric? Ou une forme de lâcheté confortable?

La pièce musicale se termine sur ces questions fondamentales. Le baiser aussi. Les bras ballants, Charlotte se rend alors compte que, dans sa stupéfaction, elle avait oublié de danser. Elle agite mollement les épaules pour se donner une contenance, mais personne ne lui prête attention. Face à elle, l'asperge électrocutée a coupé le courant et se dirige vers le bar. Charlotte la suit des yeux tandis qu'elle fend la foule la tête haute, comme si un public en délire l'acclamait.

Quand, trois secondes plus tard, le regard de Charlotte revient vers l'emplacement où la rationnelle Rébecca succombait au charme du viril propriétaire de saucisses, il n'y a plus personne. Enfin, oui, il y a des gens, mais pas les mêmes. Le tandem Pamplemousse-Toulouse a été remplacé par un couple qui semble confondre corrida et cha-cha-cha, au grand dam d'un chauve qui voudrait bien boire sa bière sans avoir à la partager avec sa chemise.

Charlotte retourne s'asseoir à la table où elles ont laissé leurs affaires. Rébecca finira bien par l'y rejoindre, à un moment ou l'autre. En fait, dès qu'elle aura fait comprendre au grand brun — avec son habituel manque de tact — que la fête est terminée, que ce n'est pas la peine d'espérer une refonte du *Kama Sutra* ce soir.

Charlotte trempe ses lèvres dans son verre, où les glaçons ont disparu. Rébecca et l'amour... Ça n'aura jamais été un long fleuve tranquille. Évidemment, quand tu pars du principe qu'un homme qui s'intéresse à toi a forcément un problème, difficile de bâtir quelque chose de solide. La peur d'être blessée l'aura fait renoncer à tant de belles promesses. Cette femme est un paradoxe vivant. On dirait qu'elle ne se déploie jamais aussi bien qu'en milieu hostile, faisant preuve d'une assurance parfois à la limite de l'arrogance en public, et démunie comme l'agneau qui sort du four dans l'intimité. Impossible pour elle de croire qu'un homme ne pouvait vouloir que son bien. Il devait toujours avoir une intention cachée. Et si ce soir Rébecca avait décidé de baisser la garde ? Et si elle la jouait quitte ou double pendant qu'il était encore temps ?

Oui, bon, si c'est le cas, ce serait bien qu'elle la prévienne. Sa dame de compagnie commence à trouver le temps long devant son verre vide.

Du regard, Charlotte cherche de nouveau Rébecca et son prétendant à travers la foule. Quand elle repère enfin Toulouse, il est seul au bar. Charlotte se lève d'un bond et file aux toilettes. Avec un peu de chance, l'appel de la nature devrait faciliter les retrouvailles.

* * *

Debout devant les lavabos, Rébecca se passe de l'eau sur le visage, ce visage qui n'aura pas l'occasion de vieillir. Elle examine ses grands yeux bruns au coin desquels se profilent de minuscules pattes-d'oie. C'est bête quand on pense à tout l'argent qu'elle a investi dans des crèmes antirides. Ses cheveux mi-longs ondulent mollement. Une tête banale. Ni laide ni particulièrement belle. C'est quand même étonnant que ce type se soit intéressé à ce visage parmi tous les autres. Il doit l'avoir choisie au hasard, peut-être même les yeux fermés.

Derrière Rébecca, deux jeunes filles ricanent. Elle ne se donne même pas la peine d'essayer de comprendre ce qui suscite cette hilarité incontrôlable. Elle a connu trop de fous rires de ce genre dans sa vie pour savoir qu'il n'est pas nécessaire d'avoir une bonne raison pour se plier en deux. Il suffit parfois d'une étincelle. La complicité est un élément hautement inflammable à cet âge. Dommage que, comme la peau, ça ait tendance à se flétrir. Merci, pamplemousse. Au moins, elle n'assistera pas au déclin du ricanement au profit de l'amertume, tandis que ses chairs, victimes de l'attraction terrestre, joueront à qui descend le plus vite.

Mais Rébecca n'est pas dupe. Cette consolation ne fait pas le poids, elle le sait. Le mâle en rut qui l'a tripotée sur les rythmes yéyé non plus. L'amour de carton-pâte des rencontres de fin de soirée ne réchauffe pas plus qu'une chandelle sur la banquise. Par contre, les yeux ronds et la bouche ouverte de Charlotte, plantée comme un piquet sur la piste de danse, valaient le coup. Rébecca ne peut s'empêcher de sourire en y repensant.

Tiens, la voilà justement.

— J'espérais bien te trouver ici, s'écrie Charlotte en l'apercevant.

Elle se tourne vers le miroir, sourit à leur reflet.

— En tout cas, bravo, le programme VIA commence sur les chapeaux de roues !

Elle replace quelques mèches faussement rousses qui s'échappent de la pince qui les retient.

— Alors ? demande-t-elle à la Rébecca que lui renvoie le miroir. Il est comment ? Sympathique ? Sensuel ? Imbécile ?

— C'est l'homme de ma vie, répond Rébecca. C'est juste dommage que je doive lui annoncer que je n'en ai plus.

Charlotte aperçoit son propre visage qui se crispe. C'est la première fois qu'elle a la chance de voir le malaise se peindre aussi brutalement sur ses traits. Et ce n'est pas plus joli qu'il le faut, remarque-t-elle.

— C'est une blague ? parvient-elle à articuler au prix d'un effort considérable pour faire fonctionner ses mâchoires tendues.

Le sort ne peut pas être aussi mesquin.

— Tu n'as quand même pas eu un coup de foudre, là, ce soir ?

— Bien sûr que non. J'ai à peine échangé trois mots avec ce type. Comment veux-tu que j'en sois tombée amoureuse ?

Les yeux toujours rivés sur son reflet, Charlotte regarde l'inquiétude quitter son visage pour faire place à l'agacement. Intéressant, tout de même, ce reportage sur ses mimiques, diffusé en direct dans le miroir.

— Je ne suis pas sûre d'apprécier ton humour, ma chérie.

Rébecca se détourne pour attraper du papier dans le distributeur.

— Profites-en. Bientôt, il va te manquer.

Charlotte voit ses yeux se plisser dans le miroir. Vivre six mois avec une brûlure d'estomac sur deux pattes ne va pas être de tout repos, pense-t-elle. Surtout si son taux d'acidité augmente à mesure que l'échéance approche. Est-ce que les règles de l'amitié stipulent qu'on est censé se laisser utiliser comme *punching bag* par les victimes du sort ?

— S'il te plaît, Rébecca..., souffle-t-elle d'une voix douce.

L'expression de son amie demeurant en mode acier trempé, Charlotte tente une autre approche et prend son ton de publireportage pour continuer :

— Notre tout nouveau programme VIA...

— Tu m'emmerdes avec ça.

Charlotte sent la réplique passer comme un courant d'air entre ses omoplates. Un rien de moutarde lui chatouille les narines. Elle ne va pas se faire suer pour quelqu'un qui refuse de collaborer. Il y a des limites.

Derrière elles, le rire des deux jeunes filles monte d'un cran. Il faut dire qu'il y en a une qui vient de se cogner le crâne contre la porte de la cabine. Après un incident aussi hautement désopilant, elles sont sûrement parties pour de longues minutes d'hilarité, peut-être même pour de solides crampes abdominales.

— Je comprends, murmure Charlotte qui s'est ressaisie. Si tu préfères te cacher sous ton lit et pleurer, c'est ton choix. Je te jure que je ne t'en empêcherai pas. Je peux même y aller avec toi, si tu veux. J'aimerais juste que tu sois sûre que c'est bien ce que tu souhaites.

Rébecca ne répond pas. Dans sa tête, tout tourne trop vite. Tellement vite qu'elle n'a même pas le temps d'attraper une émotion pour s'y raccrocher. Tristesse, résignation, angoisse, colère, exaltation défilent à toute vapeur. Elle a à peine le temps de reconnaître le sentiment qui l'envahit qu'il est remplacé par un autre. C'est étourdissant. Vivre maintenant, oui, oui, il le faut. Se jeter à corps perdu dans le plaisir, d'accord. Mais la mort, les bras croisés dans son coin, chantonne sans arrêt, et sa voix de fausset gâte la fête.

De l'autre côté de la cabine, la crise de fou rire semble s'être calmée. Les jeunes ricaneuses sortent, agrippées l'une à l'autre, en émettant quelques hoquets. Elles jettent un regard rapide dans le miroir, trop gênées pour déloger les deux femmes statufiées devant les lavabos dans un silence pesant. Quand elles passent enfin la porte, Charlotte a le temps de les voir se plier de nouveau en deux. C'est peu de dire qu'elle les envie. Elle soupire.

— Il t'attend ou tu lui as déjà servi une de tes phrases assassines pour le faire déguerpir ?

Rébecca hausse les épaules. Sa lèvre inférieure tremble. Le déluge est à la porte, c'est clair. Charlotte prend son amie par la main. Toute trace d'agacement l'a maintenant quittée.

— Viens, tu as raison, on a assez vécu pour aujourd'hui. On continuera demain.

3

Dans la chambre de Rébecca, l'obscurité est totale. Il n'y a que le frigo pour troubler le calme de l'appartement. Il vient d'ailleurs d'émettre le soubresaut sonore qui annonce qu'il s'apprête à faire une pause. « Ce n'est pas de refus », pense Charlotte. Cet appareil est plus bruyant qu'une scie ronde. Dire qu'il ne contient qu'un litre de lait et un sac de carottes en état de décomposition. Il faudra qu'elle pense à apporter des bouchons si jamais elle revient passer la nuit ici.

Rébecca a bien essayé de renvoyer Charlotte chez elle, mais celle-ci a refusé de l'abandonner à la solitude de son lit. Rébecca avait protesté pour la forme, mais le cœur n'y était pas.

— Allez, sois sérieuse, tu ne vas quand même pas t'installer ici pour les six prochains mois !

— Et pourquoi pas ? a rétorqué Charlotte.

— D'abord parce que ton bel Éric ne me le pardonnerait pas. Ensuite, parce que je n'ai pas envie d'avoir une femme dans mon lit pour le reste de mes jours. Et puis, je te connais, tu vas développer une dépendance à l'accompagnement au malade. Quand je ne serai plus là, il va falloir que tu te fasses désintoxiquer. Ou alors tu vas te prendre une autre mourante à soutenir. Et ça, je ne pourrai pas le supporter.

— N'importe quoi, avait répondu Charlotte, en poussant Rébecca à l'intérieur de l'appartement. Et d'abord, arrête de parler de mort. On a dit qu'on s'accordait six mois pour se ressourcer.

Pour mettre un terme à la discussion, Charlotte avait promis de rentrer chez elle le lendemain. De toute façon, avait-elle ajouté avant de refermer la porte, si elles voulaient garder le secret sur le pamplemousse, elle ne pouvait pas s'installer à temps plein chez Rébecca.

Maintenant qu'elle est allongée aux côtés de son amie, Charlotte se demande combien de temps elle va parvenir à cacher la chose à Éric. Un événement pareil, c'est tout de même un gros morceau à glisser sous le tapis. Et elle n'a pas l'habitude de camoufler des pépites de cette taille à son amoureux.

* * *

Les deux femmes sont couchées dos à dos, immobiles et silencieuses. L'alcool les a alourdies, mais pas assez pour faire taire la bête qui s'est invitée dans leur vie cet après-midi. Une bête qu'il faudra bien dompter si elles ne veulent pas s'épuiser avant le temps.

Les chiffres rouges du réveil défilent les uns après les autres. Chacune sait très bien que l'autre ne dort pas, mais fait tout de même semblant d'être plongée dans le sommeil.

— C'est con que je n'aie pas de somnifères dans ma pharmacie, lâche Rébecca au bout d'un moment.

— Tu ne pouvais pas prévoir que tu t'inscrirais au programme VIA et que l'excitation t'empêcherait de dormir...

34

Rébecca jette un regard noir à son amie. C'est bien joli de nier la réalité, mais il ne faut pas pousser.

Là-bas, dans la cuisine, le frigo se remet en marche. À croire qu'il va décoller.

— Si on jouait une partie de scrabble ? propose Rébecca.

Charlotte jette un œil incrédule au réveil. Trois heures quarante et une. Est-ce une blague ou une vraie proposition ? Contrairement à Charlotte, Rébecca n'avait jamais été très friande de ce jeu. À l'époque, lointaine, où elles étaient encore colocataires et n'avaient pas de télé digne de ce nom, les deux jeunes femmes avaient passé de nombreuses soirées à déplacer des lettres sur les petits chevalets. Très souvent à discuter, en jouant mollement, plaçant un mot de temps en temps, quand il leur arrivait d'en trouver un. Rébecca jouait surtout pour faire plaisir à Charlotte, pour qui ce jeu était, depuis sa tendre enfance, une activité incontournable des réunions familiales. Le plaisir de jouer avec les mots était un vice qu'elle avait développé très jeune et qui n'était peut-être pas étranger au fait qu'elle soit devenue traductrice.

— Tant qu'à ne pas dormir, ajoute Rébecca.

Charlotte repousse les couvertures. Dans le fond, c'est vrai. Si c'est pour tourner en rond dans sa tête jusqu'à en avoir mal au cœur, aussi bien se lever.

Dans le salon, le tapis est toujours couvert de mouchoirs. Le spectacle est trop déprimant. Les deux femmes se dirigent vers la cuisine. Le frigo les accueille avec un vrombissement de satisfaction.

— Tu aimerais peut-être mieux un autre jeu ? demande tout à coup Charlotte.

— Non, non. Le scrabble, ça va être parfait. On a quand même juste six mois de sabbatique. Ça serait bête

35

de perdre les deux premiers à terminer une partie de Monopoly.

* * *

Dix minutes plus tard, la planche de jeu est toujours vide. Charlotte fixe Rébecca qui fixe ses lettres sans jamais en déplacer une. À ce rythme-là, la partie va être longue. Finalement, peut-être que le Monopoly aurait été un choix plus éclairé.

— Il m'a donné son numéro de téléphone, dit soudainement Rébecca, comme si elle s'adressait à ses lettres.

Le cerveau ralenti de Charlotte met un temps avant de comprendre qui est le sujet de la phrase. Quand le déclic se fait, elle lâche, malgré elle :

— Toulouse ?

Rébecca lève la tête, les sourcils en accent circonflexe.

— Qui ?

— Je veux dire le gars du bar, tout à l'heure. Celui avec lequel tu as dansé.

— Et c'est quoi le rapport avec la ville de Toulouse ?

— Ce n'est pas la ville, c'est les saucisses, essaie d'expliquer Charlotte. Ses doigts... Je veux dire, il a de grosses mains, non ?

— Oui, peut-être, fait Rébecca, les yeux mi-clos comme si elle sentait de nouveau les paluches géantes courir le long de son échine.

— Et tu vas le rappeler ?

— Pour l'inviter à mon enterrement ?

— Rébecca...

L'interpellée hausse les épaules, déplace quelques lettres sans même les regarder, trop occupée à faire semblant que toutes ces questions l'indiffèrent. Mais elle

36

ne peut empêcher ses sourcils de tressauter quand elle pose les yeux sur le petit support de bois.

— Je vais refaire du café, annonce-t-elle en se levant.

La mimique d'étonnement de Rébecca n'a pas échappé à Charlotte. Tandis que son amie remplit le réservoir de la machine expresso, Charlotte jette un œil à son jeu.

Coincées entre le *X* et le *Y*, trois voyelles s'enlignent. *O, U, I.*

* * *

— C'est un scrabble, pas un ouija, répète Rébecca pour la troisième fois. Je ne vais pas rappeler un homme parce que trois voyelles de bois se sont mises les unes à côté des autres par hasard au moment où tu me posais la question.

— Pourquoi pas ?

— C'est ça. Et s'il me demande ce qui m'a finalement décidée à le rappeler, je répondrai : « Tu ne le croiras jamais, mon poussin, c'est le scrabble qui me l'a ordonné. »

— Tu n'es pas obligée de le lui dire, rétorque Charlotte.

— Ça commence à faire beaucoup de choses à cacher. Un pamplemousse…

— À peine un bleuet…

— … des dons divinatoires au scrabble…

Les tasses sont vides. Les estomacs aussi. Comme le frigo l'est tout autant, il faut encore sortir.

— Où est-ce que tu as envie d'aller ? demande Charlotte.

— … avant de mourir, complète Rébecca d'un ton acide.

— Il y a bien un endroit qui te ferait plaisir, continue Charlotte comme si elle n'avait rien entendu.

Rébecca hausse les épaules d'un air maussade.

— Vu que j'ai un don, on peut peut-être demander au scrabble qu'il nous suggère quelque chose ?

Elle plonge la main dans le sac de lettres resté sur la table. Elle jette une poignée de tuiles sur la planche de jeu vide.

— Que dirais-tu d'aller manger des œufs bacon au « DLOCIHQR » ?

Charlotte préfère ne pas répondre de peur que quelque chose de désagréable ne franchisse ses lèvres. Elle se dit qu'il est normal que Rébecca exprime un peu d'agressivité. Elle se le répète. Oui, c'est normal. Il ne faut pas lui en vouloir. Il faut passer par-dessus. Même si, à six heures douze, après une nuit sans sommeil, l'envie d'envoyer paître quelqu'un qui suinte la mauvaise foi est bien naturelle, elle aussi. Même qu'elle vous traverse avec une force fulgurante, a-t-elle le loisir de constater. Mais plutôt que de succomber à ses instincts meurtriers, Charlotte compte jusqu'à vingt-cinq. Le temps que la vague passe. Le silence en profite pour s'étirer. Dans la cuisine, c'est l'immobilité totale. Personne ne bouge. Il n'y a que le frigo pour témoigner de la vie sur la planète.

C'est d'une voix à peine audible que Rébecca souffle :

— Je ne sais pas si le DLOCIHQR est ouvert à cette heure-ci. On ferait peut-être mieux d'aller *Chez Claudette*, comme dans le temps ? Qu'est-ce que tu en dis ?

* * *

— C'est drôle, dit Rébecca, en empoignant le menu collant coincé entre la salière et la poivrière, quand on fait quelque chose pour la première fois, on sait toujours que c'est la première fois. Mais, à moins de l'avoir délibérément décidé, on ne peut jamais prédire que ça sera la dernière.

C'est peut-être le manque de sommeil, mais Charlotte n'est pas bien sûre de suivre tout le raisonnement de son amie. Comme c'est visible à son air ahuri, Rébecca se permet d'allonger la sauce.

— Je veux dire que lorsque tu vas dans un restaurant pour la première fois, tu le sais que c'est la première fois. Mais quand tu y vas pour la dernière fois, tu n'as aucun moyen de savoir que c'est bien la dernière.

— Sauf si tu dis : « Moi, je ne remets plus jamais les pieds ici. »

— C'est ce que j'essaie de t'expliquer. Quand on a juste six mois devant soi, ça change la perspective. Chaque fois qu'on fait quelque chose, on peut, en toute légitimité, se dire que c'est peut-être la dernière. Je veux dire, si je vais à l'épicerie aujourd'hui et que je m'achète un pot de mayonnaise, ça se peut que ce soit mon dernier.

— Et alors ?

— Tu ne peux pas en dire autant.

— Non, j'avoue. J'ignore combien de pots de mayonnaise il me reste à vivre. Et sais-tu quoi ? J'essaie de ne pas y penser. Ça serait bien, d'ailleurs, que tu fasses comme moi. Mais si tu tiens à calculer ton avenir en termes alimentaires, concentre-toi plutôt sur les litres de lait. Au moins, de ce côté-là, il te reste un petit flou.

— Tu as raison. Même que si je les achète en demi-litre, je peux doubler mon espérance de vie.

Charlotte agite son menu, comme pour chasser le sujet.

— Qu'est-ce que tu manges ?

Mais Rébecca ne semble pas prête à prendre des décisions de cette envergure pour le moment. Elle est trop occupée à faire un travelling sur les lieux qui l'entourent. La vitrine sale où sont affichés les menus du jour, les tables d'arborite vert, les vieux juke-box d'une autre époque. Ça ne marche quand même plus avec des 45 tours, ces trucs-là ? Denyse, la serveuse qui fait partie des meubles et qui, d'aussi loin que Rébecca se souvienne, a toujours eu l'air d'avoir le même âge. Le vieux monsieur qui boit son café en prenant tout son temps pour y verser ses trois sachets de sucre. Les gars de la Ville qui parlent de hockey. Les toilettes éclairées au néon, et où il y a toujours du papier à mains qui traîne par terre. Les exemplaires du *Journal de Montréal* déjà feuilletés à côté de la caisse. Les chroniques nécrologiques qui y sont imprimées et où son nom apparaîtra bientôt. Tous les souvenirs qui se cachent dans ces objets usés. Tous ces objets usés qui se retrouvent dans les souvenirs de tant de monde. Un jour, elle ne sera plus là et tout ça y sera encore. C'est fou, quand on y pense.

À travers le bruit des conversations et le tintement des assiettes perce la voix d'une présentatrice radio exaltée. Les prévisions de la météo semblent la mettre en transe. À croire qu'elle n'a pas vu le soleil depuis soixante-huit ans.

— C'est la dernière fois que je mets les pieds ici, dit Rébecca.

Elle n'est pas triste. Juste un peu étonnée.

— Moi aussi, ajoute Charlotte, c'est vraiment trop déprimant. Et le service est d'une lenteur...

— Je veux dire..., commence Rébecca.

— Je sais très bien ce que tu veux dire, la coupe Charlotte, alors fais-moi plaisir, tais-toi.

L'injonction fait son petit effet. Rébecca en a le caquet rabattu tout net. Charlotte pensait compter jusqu'à vingt-cinq pour garder son sourire zen, elle n'en est qu'à six quand les vannes cèdent.

— Je sais bien que tu t'en vas et que ce n'est pas drôle, Rébecca, mais moi, je reste. Je vais perdre ma meilleure amie. Je travaille très fort pour ne pas y penser. Alors, en souvenir des douzaines de douzaines d'œufs qu'on a mangés ici, pourrais-tu faire un petit effort pour m'aider?

Charlotte attrape une serviette de table dans le distributeur et s'éponge rageusement le mascara. C'est le moment que choisit Denyse pour faire son apparition.

— Qu'est-ce que je vous sers, mesdames?

— Deux œufs tournés, bacon, patates, répond Charlotte en ravalant la boule de billard logée dans sa gorge.

— Même chose, souffle Rébecca d'une voix rauque.

— Jus d'orange ou jus de...

— Orange! hurle Charlotte avant que Denyse remette le sujet du pamplemousse sur la table.

* * *

— Je pense qu'il faut que je dorme un peu, dit Rébecca, les yeux rivés sur l'addition qui trempe dans une flaque de café.

— Moi aussi, ajoute Charlotte.

— Je ne vais pas pouvoir vivre ma vie à fond sans une petite sieste préalable.

Cette conclusion étant tirée, les deux femmes ne bougent pas. Denyse passe avec les reliefs de la table du fond. La porte s'ouvre et se referme. Des gens entrent et sortent. Les assiettes sales s'empilent à la plonge. Charlotte et Rébecca sont toujours là, la tête lourde et le corps à l'avenant. La seule idée de déplacer un membre leur apparaît comme un exploit herculéen. Vont-elles vraiment être capables de se rendre jusqu'à la sortie avant la fermeture du restaurant ? Denyse revient avec des œufs tout neufs. Elle est apparemment aussi inépuisable que le petit lapin Energizer. Les deux amies la regardent trottiner vers le fond de la salle. C'est dans des moments comme ceux-là qu'on voudrait que la téléportation soit enfin au point. Malheureusement, la science n'en est pas encore là.

Charlotte se dit qu'elle doit donner l'exemple, mais c'est finalement Rébecca qui se lève la première. Elle ne peut s'empêcher de penser que c'est la dernière fois qu'elle décolle ses cuisses de la banquette de cuirette. Elle tourne lentement la tête, comme pour mémoriser chaque détail. Mais est-ce bien la peine d'engranger des souvenirs qui seront enterrés dans quelques mois ? Vaut-il mieux penser à sa fin pour vivre intensément ? Ou faire semblant qu'elle n'arrivera jamais ? La jouer lucide ou aveugle ?

Rébecca sent Charlotte dans son dos qui la pousse doucement vers la caisse. Un dernier petit bonbon à la menthe avec ça ? Quelques instants plus tard, la porte se referme sur le snack-bar *Chez Claudette.*

Une page est tournée.

Au fond, c'est petit, une vie.

* * *

Charlotte n'a pas le cœur à laisser Rébecca seule après deux œufs bacon aussi mémorables. Les voilà donc de retour à la case départ. Le jeu de scrabble est toujours sur la table de la cuisine et le frigo lui chante la pomme, tous décibels dehors.

Rébecca attrape le téléphone.

— Toi ou moi en premier ?

— Vas-y, fait Charlotte en se laissant tomber sur une chaise.

Quelques secondes plus tard, Rébecca annonce à la réceptionniste de Gibraltar, l'agence de publicité pour laquelle elle travaille, qu'elle ne rentrera pas de la journée. Elle est si lasse qu'elle ne prend même pas la peine de fournir davantage d'explications. Une fois qu'elle a raccroché, elle tend l'appareil à Charlotte.

— À ton tour.

Éric est déjà parti travailler, Charlotte s'en doutait. Elle lui laisse un message qu'il prendra après son cours. Un vague petit topo sur Rébecca qui ne se sent pas très bien et qui a besoin d'elle aujourd'hui. On verra plus tard pour les détails.

— À lui, tu peux, lâche Rébecca depuis le comptoir où elle est appuyée.

Charlotte se retourne.

— Quoi ?

— À Éric, tu peux. Tu peux lui dire, pour le pamplemousse.

Charlotte hoche la tête, sans un mot.

— Sinon, c'est insensé, ajoute Rébecca. Complètement insensé.

Charlotte continue de hocher silencieusement la tête, longtemps après que les pensées des deux femmes se sont égarées, chacune dans sa galaxie.

Dix bonnes minutes s'écoulent dans l'immobilité et le silence complets avant que Rébecca déclare :

— Je n'en peux plus, je vais me coucher.

4

C'est la voix de Rébecca qui tire Charlotte du sommeil. Le réveil indique onze heures onze et la jeune femme n'arrive pas tout de suite à déterminer s'il s'agit du soir ou du matin.

— Qu'est-ce que tu dis? demande-t-elle, en essayant de rassembler les pièces du puzzle spatio-temporel afin de comprendre ce qu'elle fait dans le lit de Rébecca à une heure aussi improbable.

— Est-ce que tu penses que je devrais demander un deuxième avis?

— Un deuxième avis?

— Peut-être qu'un autre neuro-oncologue aurait un avis différent sur mon pamplemousse. Peut-être que ce n'est pas six mois, mais six ans qu'il me reste à vivre? Peut-être qu'il y a une solution possible? Peut-être qu'un obscur chirurgien hongrois vivant en Australie saurait comment m'opérer, lui? Peut-être qu'un traitement existe, quelque part sur la planète? Peut-être que, contrairement à ce qu'ils croient, la chimio pourrait faire disparaître la tumeur? Ça s'est déjà vu, des cas défiant tous les pronostics médicaux, non?

— Oui, fait Charlotte la bouche pâteuse. C'est vrai.

— Pourquoi ça ne pourrait pas m'arriver à moi, alors?

— Il n'y a pas de raison, concède Charlotte, sans savoir si elle rend service à son amie en alimentant l'espoir d'une guérison miraculeuse. Il n'y a pas de raison que ça ne t'arrive pas à toi, répète-t-elle, tandis que son cerveau se remet lentement en marche.

Rébecca se lève. Elle enfile une robe de chambre d'un geste décidé.

— La tumeur ne m'aura pas aussi facilement. Je vais me battre.

Charlotte s'assoit dans le lit, remet quelques mèches en place.

— Ravie de l'entendre.

Elle se gratte une omoplate avant de demander :

— Et le programme VIA, qu'est-ce qu'on en fait ? demande Charlotte, presque déçue. On l'abandonne ?

— Bien sûr que non. L'un n'empêche pas l'autre. Ce n'est pas parce qu'on ne meurt pas dans six mois qu'il faut s'empêcher de vivre. Je passe au bureau dès cet après-midi pour régler ça.

* * *

Charlotte tourne en rond dans son appartement quand le téléphone la fait sursauter. La sonnerie lui fait l'effet d'une sirène d'alarme. Elle regarde l'appareil avec appréhension. On ne sait jamais ce qui pend au bout du fil de cette bête immonde. Pas plus tard qu'hier, il a ouvert une trappe sous ses pieds dans laquelle elle n'a pas fini de sombrer. C'est donc le cœur dans la gorge qu'elle décroche. Le ton de Rébecca est beaucoup plus guilleret que la veille, à la même heure.

— Alors ? demande Charlotte, le cœur battant, qu'est-ce qu'ils ont dit ?

— Qu'il leur fallait au moins deux semaines d'avis.

— Ah bon ? lâche Charlotte sans savoir si elle est soulagée ou déçue.

— Mais j'ai répondu que c'était impossible, reprend Rébecca, d'un ton assuré. De toute façon, j'ai encore deux semaines de vacances en banque. Et des congés fériés accumulés. Alors, il n'y a pas grand-chose qu'ils peuvent faire. Je suis libre, Charlotte, conclut-elle.

On dirait qu'elle a complètement oublié qu'elle a un pamplemousse dans le crâne. C'est magnifique, le déni. Une des plus fabuleuses créations de la conscience humaine.

— Et toi ? Tu as parlé à Éric ? enchaîne Rébecca sur sa lancée.

— Pas encore. Il avait une réunion. Et je préfère attendre qu'il revienne. Il me semble qu'expliquer ça au téléphone...

— Si on allait au spa ? la coupe Rébecca. Il me semble qu'on a bien mérité de relaxer après les événements des dernières heures, non ?

— Au spa ? balbutie Charlotte, plus désorientée que jamais.

— Oui, au spa, camarade.

* * *

Le moteur ronronne comme un animal heureux. Enfin, c'est l'impression qu'a Rébecca qui sourit d'aise dans son bain chloré. Il faut dire qu'elle est assez fière de son idée. Plutôt que de demander un congé sabbatique, elle a annoncé à ses patrons qu'elle démarrait sa propre boîte de graphisme avec un ami. Elle a vaguement évoqué le livre numérique en pleine expansion comme base de lancement, lançant des mots-clés à la pelle pour donner le change, médias sociaux, *momentum d'affaires*, epub, multiplateforme et *tutti quanti*. Elle ne pouvait évidemment pas en dire plus pour le moment, mais elle les tiendrait au courant des développements de sa future entreprise. L'écran de fumée avait fait son effet. Une sortie la tête haute, élégante et pratique. Pas besoin de parler de son cerveau farci, sans compter que cette option laisse moins prise aux ragots. Demander six mois sans solde est aussi éloquent pour certains que de ramper sous son bureau en pleurant, une agrafeuse entre les dents. Ce n'est qu'un habile euphémisme pour signifier qu'on est au bord de l'épuisement professionnel.

— Beaulieu, de la comptabilité, m'a souhaité bonne chance au moins trois fois. Je pense que ça fait long-temps qu'il rêve de faire entrer sa femme à ma place. Tant mieux si ça fait des heureux, poursuit Rébecca, les yeux mi-clos.

Il faut encore quelques minutes avant qu'elle demande, d'une voix plus grave :

— Et toi, tu vas pouvoir t'arranger, côté travail ?

Charlotte cesse automatiquement l'examen attentif de son bourrelet naissant.

— Je vais terminer les contrats en cours, mais je ne prends rien d'autre.

— Tu es sûre que ça ne te créera pas de problèmes ? demande Rébecca en faisant surgir ses pieds hors de l'eau.

— Il y a toujours du travail en traduction, et ce n'est pas six mois d'absence qui vont me faire mou... Je veux dire que même si j'arrête un peu...

Rébecca ne la laisse pas s'embourber. Elle enchaîne :

— Pour l'argent, je ne veux pas que tu t'en fasses. Je te l'ai dit, c'est ma tournée...

— Arrête, Rébecca, tu ne vas quand même pas me faire vivre alors que tu es malade.

— Disons que je t'offre un cadeau. J'ai le droit d'offrir un cadeau à ma meilleure amie, non ?

— C'est pas ça…, commence Charlotte. C'est juste…

— Je ne serai peut-être plus là, à ton anniversaire. Alors, aussi bien en profiter. Je vais prendre rendez-vous avec ma conseillère financière. Avec le condo, les REER et tout ça, on devrait passer six mois sans souci. Enfin… sur le plan monétaire…

— Oui, mais si jamais tu consultes pour un deuxième avis, qu'on trouve une façon de te soigner et que tu te mettes à aller mieux…

— Si jamais un miracle survient et que je guéris, eh bien, tant pis, je recommencerai à travailler et je rembourserai.

Rébecca s'enfonce de nouveau dans l'eau, offrant ses reins à la propulsion du jet. Elle laisse la barboteuse barboter encore un peu avant de reprendre :

— Connais-tu l'histoire du gars qui va chez le docteur ?

Charlotte soupire. Même avant le diagnostic, son amie avait déjà un faible pour l'humour noir. On peut s'attendre au pire.

— Le docteur lui dit : « Il vous reste deux semaines à vivre. » « Eh ben, dit le gars, si c'est comme ça, je vais prendre les deux premières d'août. »

Rébecca étouffe un rire. Visiblement, elle la trouve excellente. Charlotte sourit en retour. C'est plus de la tendresse amusée qu'une véritable hilarité.

— Franchement, je suis assez d'accord, ajoute Rébecca. Si j'avais eu le choix, je n'aurais pas commencé le décompte en octobre.

Pendant quelques secondes, le moteur et le clapotement de l'eau se chargent de la conversation. En tendant l'oreille, on peut entendre la musique asiatico-new-age qui s'échappe des haut-parleurs accrochés au toit pentu de la pagode en cèdre. Le concept bouddhiste de ce centre de thalassothérapie est d'un goût douteux. On se croirait au Disney World du massage, section quartier chinois.

Dans les arbres qui bordent la rivière, les feuilles sont en phase terminale. Un chant du cygne splendide.

— C'est magnifique, murmure Rébecca.

Le vent se lève. Une pluie de couleurs s'abat sur les bois environnants. Ça virevolte avec un petit bruissement délicat. Pendant un bref moment, l'odeur de l'humus l'emporte vaillamment sur celle du chlore.

— C'est comme ça que je veux finir, moi aussi.

Charlotte opine. Avec un geste d'une infinie douceur, elle pose sa main sur l'épaule de son amie.

— Ça va être de toute beauté, je te le promets, souffle-t-elle.

Ce qui est bien avec les vieilles amies, pense Rébecca en s'enfonçant dans l'eau, c'est qu'elles sont comme les vieilles pantoufles. Pas besoin de leur faire un dessin. Elles comprennent instinctivement où les orteils veulent aller.

* * *

— Donc, c'est quoi le programme? demande Charlotte alors que les deux copines suffoquent dans le sauna. La VIA est courte, on n'a pas de temps à perdre…

Une grande blonde en bikini jaune se lève pour arroser les pierres. La chaleur monte d'un cran dans le placard suédois. C'est presque insupportable.

— Il y a tellement de choses que je voulais faire avant de mourir, fait Rébecca dans un râle. Maintenant que je sais que ma vie est menacée, je ne sais plus trop sur quoi mettre la priorité.

La grande blonde jette un regard inquiet dans sa direction. Sa relaxation va-t-elle être compromise par un règlement de compte brutal?

Rébecca s'éponge le front.

— Il fait trop chaud, ici...

— C'est un sauna, rétorque Charlotte.

— Ah, c'est ça ? Je me disais aussi...

Un rictus mi-figue, mi-raisin se dessine sur le visage de la jeune femme au bikini. Ces deux hurluberlues font-elles de l'humour ou sont-elles vraiment idiotes ?

— Mais si tu ne te sens pas bien, on peut sortir..., propose Charlotte.

Miss Bikini fronce ses sourcils humides. Est-ce que l'idiote de gauche n'aurait pas plutôt un problème d'ordre médical ? La blondinette ne peut s'empêcher de grimacer en imaginant les ambulanciers emportant sa voisine de serviette en costume de bain. Et le courant d'air que toute cette agitation provoquerait dans le spa.

— Non, non. Ça va. Je pense que je peux survivre encore cinq minutes.

La grande blonde a le réflexe de regarder sa montre, mais ses yeux ne rencontrent que son poignet suintant. Elle se lisse quelques poils, dans une vaine tentative de camoufler l'absurdité de son geste. Respirer. Elle doit se concentrer sur sa respiration et cesser d'écouter les conversations.

— Hier, on a dit qu'on voyagerait, lance Charlotte. Ce serait peut-être bien de commencer par là pendant que tu vas encore... Je veux dire au cas où tes symptômes s'aggraveraient, disons...

Le bikini jaune se tortille sur sa serviette, mal à l'aise. Elle a beau faire des efforts pour ne pas écouter, même la vapeur qui l'entoure ne peut masquer le fait qu'elle ne rate pas une syllabe. Et qu'elle ne comprend rien. L'idiote de gauche est-elle malade ou pas ?

51

— Je m'offrirais bien le Grand Canyon comme première excursion, fait Rébecca, en s'épongeant le front. J'ai toujours voulu y aller.

— C'est comme si c'était fait. Qu'est-ce qu'on avait d'autre sur la liste ?

— Un tas d'affaires. Attends, euh… Faire du ski dans les Rocheuses. D'ailleurs, ça non plus, il ne faudrait pas trop tarder.

— Il faut au moins attendre la neige.

— C'est vrai. Il y avait aussi le saut en parachute, se souvient Charlotte.

— Ça se fait peut-être au Grand Canyon ?

— Possible. On verra ça là-bas. Quoi d'autre ?

— Boire un verre de Château Margaux…

— Demander à essayer tous les souliers, un à un, de la boutique de la rue Saint-Denis, juste pour embêter l'insupportable propriétaire.

— Voir *Le cri* de Munch en vrai.

— Faire l'amour avec Brad Pitt…

— Ouais… Je ne sais pas si je vais trouver le temps.

— Tu peux toujours te rabattre sur Toulouse…

— Faut voir si le scrabble est d'accord.

— Gagner contre moi au tennis.

— Bah ! Je t'ai déjà battue ! Pas besoin de le mettre sur ma liste.

— Manger au *Toqué* !

— Lire *À la recherche du temps perdu*.

— Sérieusement ?

— Ben non, tu sais bien que j'ai renoncé depuis que je me suis endormie dans le bain en lisant le premier tome. Parlant de bain, nager dans le Pacifique un soir de pleine lune, par contre, je n'haïrais pas ça.

— Toute nue ?

— Non, avec mes bas !

Charlotte s'esclaffe. Rébecca aussi.

Elle hurle plus qu'elle n'articule :

— Il ne faudrait quand même pas que j'attrape mon coup de mort !

Charlotte explose, suivie de près par Rébecca. Une fois parti, c'est un train difficile à arrêter. Visiblement, la blonde, elle, est restée sur le quai. Elle se lève et foudroie les deux femmes du regard. Tout en enroulant sa serviette autour de son bikini canari, elle lance :

— Franchement, vous êtes puériles. Il y a des gens qui viennent ici pour relaxer sérieusement, vous saurez.

Quand la porte claque dans le sauna, l'indice de puérilité est à son maximum.

* * *

Le trajet de retour en voiture se fait en silence. Dehors, la pluie a commencé à tomber. Les essuie-glaces travaillent fort pour offrir une fenêtre acceptable sur l'obscurité mouillée. La route se déroule en pointillé, périodiquement interrompue par les phares des autos qui roulent en sens inverse. Rupture de séquence. Éblouissement. Retour à l'obscurité. Des événements qui se suivent, sans logique apparente, retenus ensemble par le tracé sinueux d'un long ruban noir. Dans l'habitacle, il fait bon. L'impression d'être en sécurité dans une boîte hors du temps. Est-ce que ça ressemble à ça, la mort ? Ou c'est plutôt comme rouler tous phares éteints sans risquer de percuter quoi que ce soit ?

Un camion croise la route des deux femmes, éclaboussant le pare-brise d'une gigantesque gerbe d'eau. Une vague se fracassant sur les rochers. Pendant quelques secondes, la visibilité est complètement nulle. Une erreur, une manœuvre mal maîtrisée et c'est la fin.

Dérapage, capotage, poteau, pince de désincarcération et le sprint final de vie intense est à l'eau. Plus d'adieu au monde, plus de maladie, plus de questions, plus d'angoisse. Mieux encore, plus de faux espoirs. Rébecca inspire profondément. Ça serait tellement plus simple. Une coupe nette et définitive. Du travail propre. De toute façon, à quoi bon vouloir une finale grandiose ? Une fin, c'est une fin. Plus vite ce cauchemar sera terminé, mieux ce sera. Dans le pare-brise, le virage apparaît enfin derrière les essuie-glaces affolés. Rébecca voit exactement comment s'y prendre pour le rater. C'est une affaire de rien. Un effort d'un quart de seconde.

Manque de chance, c'est Charlotte qui conduit.

5

Éric se verse un deuxième scotch. Il regarde Charlotte étendue sur le canapé, un bras pendant sur le tapis.

— Et tu vas partir six mois ?

Charlotte ramasse quelques-uns de ses membres répandus sur les coussins avant de répondre.

— Non, évidemment. Non. Mais je lui ai promis de l'accompagner pour...

— Le reste de sa vie...

Charlotte sourcille. Est-ce de la mauvaise foi ou une façon lucide de présenter la chose ?

Sa main tâtonne à la recherche de son verre sur la table à café.

— On peut dire ça comme ça, oui.

— Elle en a de la chance.

Qu'est-ce qui pointe dans la voix d'Éric ? Du sarcasme ? De l'envie ? De l'admiration ? Charlotte n'arrive pas à trancher.

— Comprends-moi, je ne peux pas l'abandonner. C'est mon amie. Ma meilleure amie. Depuis... depuis...

Il faut aborder le sujet sous un autre angle. Celui-là est trop douloureux.

— Je veux qu'elle soit le plus heureuse possible avant que...

Il faut l'avouer, ce n'est pas tellement plus confortable de ce côté-là.

— La vie est courte, Éric. Il faut que j'en profite pendant qu'elle est encore…

La fin de la phrase finit en bulles dans le scotch. Rien à faire. Il y a des sujets aussi imprenables qu'une île volcanique. Pas moyen de les aborder sans se mouiller.

Éric s'approche, retire doucement le verre des mains de sa dulcinée et lui tend une boîte de mouchoirs en échange.

— Arrête, Carlotta.

Il s'assoit à côté d'elle sur le canapé, caresse sa joue du revers de la main.

— Arrête de te justifier. Ça va aller. Je vais t'attendre. Six mois, ce n'est pas la fin du monde.

Charlotte sourit faiblement.

— Je veux juste que tu me promettes deux choses, ajoute-t-il gravement.

Un battement de cils de sa belle l'invite à continuer.

— D'abord, c'est que tu vas faire attention à toi. C'est Rébecca qui meurt. Ne la laisse pas partir avec des morceaux.

Le menton tremblotant de Charlotte fait signe qu'elle a assimilé le premier conseil. Éric poursuit.

— Ensuite, c'est bien joli ton histoire de vie intensive avec ta meilleure amie, mais ça serait triste qu'il ne te reste plus de rêves une fois qu'elle sera partie. Moi aussi, j'ai envie de vivre avec toi. Il faut me promettre que tu vas garder une folie ou deux à partager avec moi.

Charlotte promet dans un borborygme. Éric ouvre les bras et pointe sa poitrine offerte.

— Allez, tu peux pleurer autant que tu veux, maintenant. Je suis là. Et j'ai toute la vie devant moi.

* * *

Au même moment, étendue dans son lit, Rébecca relit pour la septième fois le même passage du roman *Je pense à autre chose* de Jean-Paul Dubois.

Décidément, c'est un échec.

Elle le dépose, puis le reprend. Il faut pourtant qu'elle pense à autre chose. Jamais elle n'aurait dû aller sur ces forums virtuels. Elle le savait. Tous ces détails morbides sur la forme, la texture, la progression possible et éventuelle des tumeurs. Les symptômes, les conséquences, les risques. Les effets à court, moyen et long termes de la maladie, de la médication. Et ces témoignages plus affolants les uns que les autres. Rien que d'y penser, ce n'est plus un pamplemousse qu'elle a dans la tête, c'est une pastèque. Aussi bien l'éclater tout de suite et qu'on n'en parle plus.

Et puis, elle a eu beau chercher, les récits de guérison miraculeuse sont rares. L'obscur chirurgien hongrois sur lequel elle fantasme ne semble pas exister. En tout cas, s'il existe, il est véritablement obscur et terriblement bien caché. Elle peut bien demander un deuxième avis, probablement qu'il ne fera que confirmer le diagnostic. Est-ce bien la peine de se faire répéter sa condamnation deux fois de suite ? Bien sûr, il reste toujours la loto de la chimio. A-t-elle envie de prendre le risque de passer une année à se vomir les entrailles pour une chance de rémission plus qu'aléatoire ?

Rébecca pose la main sur sa poitrine. Son cœur bat à toute vitesse sous le vieux t-shirt qui lui sert de pyjama. Quand elle pense à la mort, quelque chose hurle au loin, là-bas, tout au fond d'elle-même, au-delà des zones d'influence de la raison. C'est tout petit, mais c'est têtu et ça refuse de lâcher prise. Le chihuahua de l'instinct de survie est debout devant le Goliath de la maladie. Il lui tient tête. Il dit non, pas encore. Ce n'est pas le moment. Quand j'aurai abandonné, tu pourras l'emporter. D'ici là, c'est moi qui décide. Et cette bestiole obstinée, insensible aux arguments logiques, ordonne au corps de poursuivre sa route, d'enjamber les obstacles et de porter sa croix.

La respiration de Rébecca est difficile. Elle a l'impression qu'un lutteur de sumo est assis sur sa cage thoracique. Non, c'est impossible. Elle ne pourra pas supporter ça six mois. Avec les autres problèmes qui vont s'ajouter. Pertes d'équilibre, de mémoire, de vision. Toute cette dégradation accélérée du corps qui l'attend. Sans compter la douleur. Et les troubles du comportement. D'ailleurs, ça veut dire quoi, ça, exactement ? Ça va se matérialiser comment ? Des sautes d'humeur ? Des délires verbaux ? Des actes sadomasochistes ? Va-t-elle se mettre à vendre des produits Avon ? Ou danser la claquette torse nu sur le capot de sa voiture ?

Non. Six mois, ça paraissait trop court, hier. Aujourd'hui, c'est une condamnation à perpétuité. Il lui faudra déjouer le chihuahua. Et le plus tôt sera le mieux.

* * *

Chez Charlotte, le déjeuner est plus serein que la soirée de la veille. La jeune femme feuillette le journal tandis que son homme s'affaire dans la cuisine.

— J'imagine que vous avez envisagé la possibilité que ça ne dure pas exactement six mois ? demande Éric en versant le café.

— Tu veux dire que ce soit plus court ?

— Ou plus long... C'est toujours approximatif, ces trucs-là.

— Je sais bien.

— Alors, vous faites quoi dans un an si la tumeur n'a pas évolué? Si tout est au même point?

Charlotte hausse les épaules.

— On verra?

C'est plus une question qu'une réponse, elle en a bien conscience, mais comment savoir?

Éric pose les tasses sur la table et se laisse tomber sur la chaise en face de Charlotte.

— Carlotta, est-ce que vous êtes vraiment obligées de vous enfermer là-dedans? D'exclure tout le reste du monde?

Charlotte passe sa main dans ses cheveux défaits.

— Éric, je t'ai déjà expliqué…

— Oui, je sais. Et je suis très heureux d'être une exception à votre *omerta* médicale. Mais tu ne penses pas que sa famille a le droit d'être mise au courant?

Le visage de Charlotte se ferme.

— C'est à Rébecca de décider. C'est sa vie. Ou du moins ce qui en reste. Moi, je ne fais qu'exécuter ses volontés… disons… pré-posthumes.

Éric, penché sur son café, finit de faire dissoudre le sucre à la cuillère.

— D'accord. Si tu le dis…

Charlotte prend une gorgée, mais le liquide bouillant refuse de franchir la barre de la luette. Elle doit s'y reprendre à deux fois pour se l'envoyer derrière la cravate. Et si Éric avait raison? C'est elle, après tout, qui a vendu l'idée de l'intensif. Si c'était son angoisse à elle qu'elle transférait sur Rébecca? Si elle se servait de l'agonie de son amie pour rattraper le retard accumulé dans sa propre vie? Et si? Et si? Et si?

Est-ce qu'on ne pourrait pas être sûr de quelque chose une fois, une fois seulement, dans sa vie?

* * *

Quand Charlotte arrive chez Rébecca en début d'après-midi, l'appartement est totalement silencieux. Si on excepte, bien entendu, le bruit de fond du frigo, toujours aussi guilleret. On ne peut pas en dire autant de l'ambiance. Les rideaux sont tirés, aucune lumière n'est allumée. Et il serait peut-être temps d'envisager un début de chauffage pour casser l'humidité.

Couchée en travers du lit, Rébecca dort comme une bûche. Charlotte compte les mouchoirs. Un, deux, trois. Non, quatre avec celui que son amie serre dans son poing. Pas mal. La nuit n'a pas été trop mauvaise.

La culpabilité d'avoir laissé Rébecca seule diminue un peu. Disons de deux degrés. Sur une échelle de vingt mille. Il n'y a pas de petites victoires.

Sur la table de chevet, un contenant de somnifères. Ce n'est pas étonnant, elle-même a dû se donner un petit élan chimique pour plonger dans les bras de Morphée.

Charlotte se laisse tomber sur le lit de Rébecca. Doit-elle la réveiller ? La laisser dormir ? La Belle au bois dormant se tourne sur le dos en émettant quelques grognements. Elle repose maintenant toute droite, les bras le long du corps.

Charlotte détourne la tête. La vision de son amie dans un cercueil vient de la traverser, provoquant un grand vent froid qui décoiffe l'enthousiasme qu'elle a construit pierre par pierre depuis son réveil. Il faudra qu'elle mette davantage de mortier. On ne peut pas reconstruire les murs tous les jours. C'est épuisant.

À un je-ne-sais-quoi de différent dans la respiration de Rébecca, Charlotte comprend qu'elle est réveillée. Mais ses yeux demeurent fermés. Le basculement dans la réalité n'est pas tout à fait opéré. À moins qu'il ne le soit déjà trop ?

Charlotte se lève pour aller mettre le chauffage. Au diable les grands principes écologiques, elles ont déjà bien assez de raisons de claquer des dents sans se geler les pieds en plus. Elle revient se glisser sous les couvertures. Rébecca n'a toujours pas ouvert les yeux.

— Veux-tu un café? demande Charlotte au mur d'en face.

Le frigo s'arrête pour mieux entendre la réponse, mais elle ne vient pas. Le silence trottine sur la moquette. C'est presque doux à l'oreille.

Rébecca remonte les genoux. Ça fait une petite tente sous les couvertures. Charlotte poursuit son soliloque.

— J'ai lu dans le journal ce matin que le café pouvait faire rapetisser les seins.

Aucun signe de vie au camping.

— Il paraît que ça contient de l'œstrogène. D'après une étude suédoise, ça diminue les risques de cancer du sein chez les femmes porteuses d'un gène qui a un nom de code postal et ça pourrait même te faire ratatiner le soutien-gorge si tu en bois en trop grandes quantités.

Elle fait une petite pause pour laisser cette nouvelle fracassante se frayer un chemin jusqu'au cœur du matelas.

Rien à faire. La révélation n'a pas plus d'impact qu'un coup d'épée dans l'eau. Il va falloir trouver autre chose.

— Ils ne parlaient pas de l'effet du thé sur le format des fesses? marmonne soudain le corps gisant à droite de Charlotte, juste avant de rouler sur le côté.

Les couvertures s'affaissent lentement, là où le camping vient d'être évacué. Dans l'air flotte une vague odeur de poussière brûlée, preuve que le radiateur s'est enfin mis à la tâche. Charlotte remonte les couvertures sous son menton.

— Non. Pas un mot sur le thé...

— C'est bien ma chance...

Après cet échange frénétique, la conversation revient à son point de départ. Un observateur extérieur pourrait croire que les deux femmes se boudent. Bien qu'on se demande ce qu'un étranger viendrait faire dans cette chambre froide où deux naufragées s'agrippent à leur radeau de plumes pour ne pas couler.

Charlotte laisse passer quelques minutes, le temps de refaire ses forces. La partie ne sera pas facile. Elle le sent, il va falloir plus que des vitamines pour relever Rébecca de son grabat.

— Je suis passée à l'agence de voyages ce matin. On pourrait partir pour le Grand Canyon mercredi prochain.

C'était couru, la réaction se fait attendre. Elles ont beau avoir une vie intense à vivre d'urgence, Charlotte est prête à patienter un peu.

— Mercredi? finit par grommeler la créature roulée en boule sous les couvertures. Je n'ai pas un rendez-vous à l'hôpital, avec le neuro-machin?

— Neuro-oncologue. C'est mardi.

— De toute façon, je n'irai pas.

Un doute s'insinue dans l'esprit de Charlotte. De quoi parle Rébecca au juste? De l'hôpital ou du Grand Canyon? La réponse fuse plus vite que prévu.

— Ce n'est pas vrai que je vais passer le peu d'heures qui me restent à mariner dans une salle d'attente en lisant des *Télé 7 jours* de l'année dernière.

Charlotte a envie de lui suggérer d'apporter un livre, mais elle sent que ce n'est pas exactement ce que Rébecca attend d'elle.

Son amie secoue la tête avant de reprendre d'une voix brisée :

— J'ai bien réfléchi, Charlotte. Je ne vais pas me battre jusqu'à la fin. Il me semble que c'est tout ce que j'ai fait dans ma vie, me battre. Me battre pour me sortir de ma famille, me battre pour trouver du travail, puis pour faire ma place au bureau. Me battre pour avoir un chum, me battre pour ne pas avoir de peine quand je n'avais plus de chum. Je suis fatiguée. Je n'ai pas envie de passer mes derniers jours dans l'arène.

— Ça vaut quand même peut-être la peine de consulter, non ? tente Charlotte.

— Pour me faire répéter une nouvelle fois que je vais mourir ? Non, merci.

Rébecca se laisse retomber sur l'oreiller et rabat la couette par-dessus sa tête. Charlotte glisse la main sous les couvertures, attrape un bout de ce qui doit être le bras de Rébecca. Le corps frémit sous sa caresse. Comme un petit hoquet de reconnaissance.

— Si je te promets de ne pas apporter mes gants de boxe, vas-tu venir avec moi au Grand Canyon ?

* * *

Charlotte avait apporté des croissants, un pain, du fromage, de la confiture. C'est toujours sur la table de la cuisine quand les deux femmes finissent par sortir de la chambre, presque une heure plus tard.

Le réfrigérateur vide ronronne d'envie.

— On prendrait l'avion jusqu'à Las Vegas, explique Charlotte en déballant les sacs. Et de là, on irait en voiture. On pourrait se louer une décapotable. Ça te plairait ?

Rébecca hoche la tête. On va prendre ça pour un oui, se dit Charlotte.

Tout en faisant du café, elle continue :

— J'ai demandé des billets ouverts. Je préfère qu'on ne soit pas bloquées dans le temps. Je veux dire si c'est nul, on revient. Si c'est super, on étire. Qu'est-ce que t'en dis?

Nouveau hochement de tête. Décidément, la positivité est de la partie. Bien sûr, le visage est blême, les traits tirés et la coiffure mériterait un réalignement des planètes, mais le corps est là, presque vertical. C'est déjà une nette amélioration par rapport à l'heure précédente.

Charlotte s'assoit pour regarder Rébecca dans les yeux.

— Ça va?

Le mouvement de tête est ténu, mais perceptible. La moue qui l'accompagne est moins convaincante, cependant.

Charlotte saisit son amie par les épaules. Elle la caresse doucement.

— Ça va aller, tu vas voir. On va s'amuser. Il paraît que c'est grandiose. Tu l'as dit toi-même.

Rébecca se mord la lèvre inférieure. Une lumière s'allume quelque part derrière le rideau des cils. Charlotte profite de l'éclaircie pour foncer.

— J'ai dit à la fille de l'agence que je l'appellerais cet après-midi pour confirmer. Veux-tu que je le fasse?

Un vague bruit de gorge l'encourage.

— Tout de suite?

Pas de réaction.

Pas de nouvelles, bonnes nouvelles, se dit Charlotte. Elle se relève pour prendre le téléphone posé sur le four à micro-ondes.

— On n'a pas de temps à perdre.

Elle pose le récepteur sur son oreille.

— Tiens, tu as un message... Tu l'as pris?

Haussement d'épaules.

— Tu veux l'écouter? Allez, c'est quoi ton code? Je te parie que c'est encore l'adresse de notre premier appartement. C'est ça?

Six mois à faire les questions et les réponses, ça pourrait devenir longuet, pense Charlotte en appuyant sur les touches. Elle tend l'appareil à Rébecca qui ne se donne même pas la peine de le prendre.

— Et si c'était Toulouse? fait Charlotte avec un clin d'œil.

Elle n'aime pas son ton faussement jovial, mais on ne contrôle pas toujours tout. Elle pose le téléphone sur l'oreille de son amie. Les sourcils de Rébecca tressaillent. Une vague rose déferle sur ses joues. C'est aussi émouvant et incongru qu'un lever de soleil sur une zone industrielle.

— Non! C'est lui? s'étrangle Charlotte, tout excitée.

Rébecca arrache le téléphone des mains de Charlotte, appuie sur la touche pour effacer le message et pose l'appareil sur la table.

— Est-ce que je sors le scrabble? demande Charlotte. Tu as peut-être des questions à lui poser?

Le blême a repris ses droits sur le visage de Rébecca. Elle regarde le téléphone comme si c'était l'ennemi à abattre.

— C'est complètement idiot. Je ne veux plus en entendre parler, lance-t-elle d'un ton sans appel.

Puis, elle attrape la baguette et arrache un bout de pain dans lequel elle mord rageusement.

Toulouse ne le saura probablement jamais, mais son appel n'aura pas été tout à fait vain. Il a fourni à sa belle d'un soir l'étincelle nécessaire pour remettre sa mâchoire en marche. Le battement d'aile du papillon qui a permis de lui desserrer les dents. C'est déjà énorme, se dit Charlotte.

* * *

— Alors, qu'est-ce qu'on fait ? demande Rébecca.

Du bout des doigts, elle forme des petits tas avec les miettes du croissant qu'elle vient d'engloutir. De l'auriculaire, elle les pousse vers la droite, puis les ramène vers elle, avec une concentration digne d'un chirurgien opérant une prostate pour la première fois. À vrai dire, elle n'a pas levé la tête depuis qu'elle a avalé sa dernière bouchée. Et ça remonte déjà à quelques minutes. Charlotte a eu le temps de ranger les restes et de faire la vaisselle. Debout à côté de la table, elle attend, n'osant pas passer le torchon sur les nouveaux amis de Rébecca. Avec son humeur d'aujourd'hui, on ne sait pas quelle réaction ce minimum d'hygiène domestique pourrait provoquer.

— Cinéma ? propose Charlotte avec l'entrain d'un vendeur d'assurances.

— Je veux dire pour le Grand Canyon, soupire Rébecca. On part quand ?

— Ah…

C'est ce que Charlotte répond. C'est fou comme l'enthousiasme lui manque en ce moment pour mousser le volet évasion hors frontières du programme VIA. Un écran géant, un seau de pop-corn et du son Dolby stéréo lui vrillant les tympans lui paraît le plus sympathique des plans à court terme. N'importe quoi pour prendre le relais de cette ambiance lourde et de ces silences qui n'en finissent plus.

— Bah, c'est comme tu veux…, se contente-t-elle de dire.

— Après tout, c'est moi qui meurs, lâche Rébecca d'un ton lugubre.

— Exactement, confirme Charlotte avant de se mordre la langue. Je veux dire, si tu as envie d'y aller, j'appelle immédiatement l'agence. Si tu préfères attendre un peu...

— ... c'est comme tu veux, complète Rébecca d'un ton où pointe un chouïa et demi de sarcasme.

— Exa..., commence Charlotte sans prendre la peine de finir.

Elle se contente de changer son torchon de main. Rébecca soupire.

— Je n'ai pas envie de devoir décider du moindre détail de mes journées sous prétexte que j'ai un pamplemousse qui me pourrit la vie. C'est épuisant à la fin.

— D'accord.

— Aide-moi un peu.

Charlotte a envie de hurler « Je ne fais que ça ! » mais elle se retient. Elle jette un œil à son torchon et s'imagine en train de le mordre. Ça va déjà mieux.

— Arrête de dire sans arrêt : « C'est comme tu veux. » Je n'en peux plus.

— D'accord.

— Et ne sois pas d'accord tout le temps. Tu m'énerves.

Le poing de Charlotte se referme sur le torchon. Est-ce qu'elle va le lancer au visage de Rébecca ? Peut-être pas. Il ne faudrait pas. Pourtant, ce n'est pas l'envie qui manque. Même que le furieux désir d'exploser galope depuis le fond de son ventre. Il court tête baissée dans son sang. Ça bout. Ça crache. Ça fonce. L'incontrôlable courant se dirige vers sa main. On dirait que Charlotte n'arrivera pas à retenir la vague qui l'assaille. Il serait peut-être temps de compter jusqu'à vingt-cinq ? Trop tard. Charlotte ne sait plus compter. Le tsunami l'emporte. Ses dents se serrent. Son bras se soulève, recule, s'élance. Ça y est, le torchon est parti.

Heureusement, Rébecca a le réflexe de baisser la tête. Quand elle la relève, son regard ahuri va et vient entre son amie et la cafetière qu'elle a jetée par terre. Elle s'apprête à dire quelque chose quand le téléphone sonne. Elle referme la bouche avant de la rouvrir.

— Non, dit-elle simplement, d'un ton ferme.

— Oh oui! rétorque Charlotte avec un air de défi.

Elle pose la main sur l'appareil, toujours sur le four à micro-ondes.

— Non, répète Rébecca en se levant. Je ne veux pas lui parler.

Elle pointe sur son amie un index menaçant. Mais Charlotte n'a pas l'intention d'obéir. Elle appuie sur le bouton pour prendre l'appel.

— Allô?

Rébecca tend la main pour attraper le téléphone, mais Charlotte l'esquive avant de lâcher, étonnée :

— Éric?

Le soulagement de Rébecca met immédiatement fin aux hostilités. Adossée au mur du corridor, elle se laisse lourdement tomber au sol, pendant que Charlotte marche vers la fenêtre, le téléphone vissé à l'oreille.

— Non, mon cellulaire est mort. J'ai oublié de le recharger, hier. Qu'est-ce qui se passe? Quelque chose ne va pas?

Quelques minutes plus tard, Charlotte va rejoindre son amie sur le plancher de bois verni.

— Tout n'est pas perdu, souffle-t-elle, la gorge nouée. C'était Éric. Il m'a raconté que le cousin d'une collègue a eu une tumeur au cerveau, comme toi. Elle lui a été diagnostiquée l'année dernière, au début de l'automne, comme toi. Son médecin lui laissait environ une année à vivre. Mais à force de chercher sur Internet, le cousin en question a découvert qu'il y avait un neurologue qui travaillait au CHU de Québec sur une nouvelle méthode expérimentale pour traiter ce genre de problème. Le cousin est allé s'installer à Québec et il a offert d'être cobaye pour lui. Eh bien, il paraît que sa tumeur a déjà réduit de moitié. Et qu'ils ont bon espoir qu'elle continuera de régresser. Il paraît que le gars a même recommencé à travailler. Éric a les coordonnées du médecin. On va prendre rendez-vous. Je vais y aller avec toi. Il y a de l'espoir, Rébecca. Il y a de l'espoir.

Ce sont les derniers mots qu'elle arrive à formuler clairement parce qu'après, l'espoir se décompose dans un long hululement, qui lui-même s'étrangle pour se transformer en hoquets, accompagnés par les sanglots en si mineur de Rébecca.

6

Il fait bon dans le café où Charlotte et Rébecca se sont réfugiées après leur balade dans le Vieux-Québec. Devant chacune des femmes, une assiette contenant deux gâteaux. Fromage-framboise et mousse café-noisette pour Charlotte. Tiramisu et chocolat noir pour Rébecca.

— Vingt-cinq pour cent, murmure Rébecca en triturant son gâteau du bout de sa fourchette. Elle dépose la bouchée sur sa langue et laisse le délicieux goût du chocolat envahir ses papilles. Du coup, l'amertume de la déception se retire un peu.

— C'est une chance sur quatre, résume Charlotte. C'est quand même mieux que les minuscules probabilités de succès de la chimio traditionnelle.

Le docteur Sarrazin, spécialiste du cancer du cerveau de l'hôpital universitaire de Québec, ne s'est pas révélé être le miraculeux spécialiste hongrois espéré. Bien sûr, il travaille à développer de nouveaux traitements. Bien sûr, la médecine fait des pas de géant dans ce domaine, mais il n'existe pas encore de solution efficace pour tous les types de cancer. Comme il le leur a expliqué un peu plus tôt, sa méthode a démontré des résultats encourageants dans certains cas précis. À la lumière des radiographies que lui a transférées le médecin traitant de Rébecca, il n'est pas convaincu que sa tumeur fasse partie de cette catégorie. Malgré tout, il s'est déclaré prêt à tenter une opération, mais il a tenu à être franc, refusant d'alimenter de trop grands espoirs chez son éventuelle patiente. C'est là qu'il a formulé le chiffre fatidique : vingt-cinq pour cent. C'est à ce faible pourcentage qu'il évalue les chances de réussite du traitement. Mais là où le bât blesse davantage, c'est que les risques de mourir sur la table d'opération sont assez élevés.

Pour plus de précisions, il faudra, bien sûr, faire un nouveau scanner et des examens complémentaires. Ça signifie, évidemment, une fréquentation préalable assez assidue des corridors d'hôpitaux de la Vieille Capitale. De plus, a-t-il admis avec regret, il ne pourra pas se pencher sur son cas avant deux, voire trois semaines parce qu'il doit se rendre à un important colloque en Afrique du Sud et que son horaire est déjà surchargé.

« Ça vous laisse le temps de réfléchir », a-t-il conclu, avant de se lever pour prendre congé des deux femmes.

— En fait, c'est un genre de quitte ou double, résume Charlotte, en s'attaquant à son deuxième gâteau.

— Soit j'ai une chance inouïe et j'obtiens un sursis d'une période indéterminée, soit je poireaute pendant des jours à l'hôpital pour crever sur une table d'opération, sans avoir eu droit à mes six mois de préavis.

— Penses-y avant de baisser les bras. Il y a une lueur d'espoir. Tu ne vas pas cracher dessus.

Rébecca hoche la tête sans conviction. Est-ce bien la peine de se raccrocher à une ficelle quand l'abîme s'ouvre devant soi ? C'est peut-être moins douloureux de se résoudre à son sort et de s'abandonner à son destin.

La porteuse de pamplemousse regarde les décorations d'Halloween qui pendouillent dans la vitrine du café. Probablement sa dernière Halloween. Peut-être n'aura-t-elle même pas l'occasion de voir les boules de Noël remplacer les citrouilles de plastique dans les allées du Jean-Coutu.

— Si on organisait un party? lance-t-elle tout à coup.

La fourchette de Charlotte s'arrête à mi-chemin entre sa bouche et son assiette.

— Un party?

— Oui, un genre de party... d'adieu, disons.

— Et quel prétexte on inventerait? On ne peut quand même pas dire que tu prévois partir en voyage pour l'éternité.

— Halloween? suggère Rébecca, les yeux toujours rivés sur la citrouille.

— Un party costumé?

La fourchette de Charlotte est toujours stationnée dans les airs.

— Ça me ferait une occasion de voir tout le monde pendant que je suis encore capable de donner le change. On ne sait pas... ce qui va se passer... Ça peut aller vite. Opérée ou pas, au jour de l'An, je ne serai plus en état de rien. Peut-être que je serai aussi cuite que la dinde.

Charlotte opine, le menton à deux doigts de sa four-chette qui, elle, n'a toujours pas bougé.

— Et tant qu'à jouer la mascarade avec la maladie, aussi bien le faire en grand, non?

Rébecca attrape la main de Charlotte et guide la fourchette jusqu'à sa bouche.

— Ce vingt-cinq pour cent nous force à accélérer la VIA. On ne sait jamais ce que l'instinct de survie peut provoquer comme réaction. Peut-être que je vais com-mettre la folie de croire au succès de cette opération.

— Un party costumé ? s'étonne Éric. Je crois qu'elle avait toujours détesté ça.

Il hache des oignons sur la planche à découper. Ses gestes sont rapides. Efficaces et précis.

Debout devant la fenêtre, Charlotte regarde la nuit tomber sur un ciel maussade. Le jour s'achève. Bon débarras, pense-t-elle en grimaçant.

En passant à côté du comptoir de cuisine, elle attrape un morceau de champignon dans lequel elle mord sans conviction.

— Je sais, mais on dirait qu'elle a changé d'avis. Même qu'en ce moment, elle semble emballée par l'idée.

Éric jette les oignons dans la poêle, qui se mettent aussitôt à grésiller.

— Ton feu est trop fort, marmonne Charlotte.

Elle s'assoit sur un tabouret.

— Moi aussi, sur le coup, ça m'apparaissait une bonne idée. Un dernier gros party. On ramasse tout le monde. Les vieux amis, les collègues… Avant que… que… Je veux dire pendant qu'elle a encore toute sa tête et qu'elle est encore capable de fêter.

Charlotte dépose son champignon à demi mordillé sur la table. Si elle n'arrive même pas à avaler une bouchée, ça augure mal pour le reste du souper. Et son tendre amoureux qui s'entête à vouloir la faire manger. Comme si le sentiment de culpabilité ne la rongeait pas assez comme ça.

— Et maintenant ? demande Éric en touillant ses légumes.

Charlotte secoue la tête. Elle est vidée.

— Je ne sais plus. Je ne sais pas si je vais avoir la force de mentir à tout ce monde-là.

Éric ne dit rien. Mais il n'en pense pas moins. Pour lui, toute cette histoire de secret est une aberration. Mais il a promis de ne pas s'en mêler. Alors, il ravale.

— Et puis, qui va accepter de venir à un party costumé? se désespère Charlotte, en faisant faire de petits bonds sur la table au champignon mâchouillé.

L'éventualité de se retrouver à trois pelés dans une salle décorée de citrouilles, à attendre en vain qu'un quatrième invité se pointe est un cauchemar de qualité supérieure. Cinq étoiles au palmarès, avec mention « pathos extra ».

— Tu as déjà parlé à des gens?

— Je n'ai pas eu le temps encore. On est rentrées de Québec en fin d'après-midi. Après, j'ai raccompagné Rébecca chez elle. Je suis revenue ici en catastrophe terminer le contrat pour le musée. Ça faisait trois jours que je le promettais à la responsable des publications.

Dans la poêle, les champignons ont rejoint les oignons. Le feu, toujours trop fort, les fait chanter.

Éric débouche une bouteille de vin.

— Tu crois que ça signifie qu'elle va tenter l'opération?

Charlotte écrase le champignon sur la table avant de répondre.

— Aucune idée.

— Est-ce que c'est ce que tu souhaites?

La jeune femme ne prend pas la peine de répondre. Ce qu'elle souhaite, c'est ne pas avoir à se poser la question.

* * *

Rébecca est allongée dans son lit. Depuis quelques jours, elle y a établi son quartier général. Des livres, des magazines, de la nourriture, des vêtements s'empilent, s'entrecroisent et font connaissance, plus ou moins contre leur gré.

Calée contre les oreillers, elle se sent comme Robinson sur son île. Un îlot confortable de la dimension d'un nid, loin des prédateurs et des emmerdeurs. Sur cette toute petite planète qui tourne en orbite sur elle-même, la jeune femme n'a qu'un minuscule effort à faire pour oublier que le monde extérieur existe. C'est douillet, il y fait chaud et on n'a même pas besoin de se tenir le dos droit.

Il y a quand même quelque chose d'apaisant à ne plus avoir à penser à l'avenir, constate Rébecca. Elle peut maintenant s'empiffrer de tout ce dont elle a envie, sans s'inquiéter des conséquences sur sa cellulite. Ses bourrelets vont être incinérés avec le reste avant le retour des oies blanches. Et même si elle s'amusait à faire grimper son taux de cholestérol dans les rideaux, ça ne changerait rien au prix des haricots.

Rébecca inspire profondément. Le lutteur de sumo qui oppressait sa poitrine a quitté l'arène pour le moment. Il est retourné au vestiaire, probablement le temps de changer sa couche.

La jeune femme n'a pas été aussi détendue depuis longtemps. Plus aucune obligation à l'horizon. Ses bottes fourrées sont encore bonnes pour passer l'hiver. Ses pneus à neige aussi. Plus la peine de s'en faire avec la rénovation de la salle de bains. La future propriétaire du condo en fera ce qu'elle voudra. Le balcon peut bien s'écrouler, elle ne sera pas dessus quand il va céder. Ni dessous, d'ailleurs. Tous ces soucis lui passent maintenant six pieds par-dessus de la tête, comme diraient les vers.

Le reste de la maison est rutilant de propreté. Une femme de ménage est passée pelleter les mouchoirs du salon et remettre de l'ordre dans la cuisine ravagée par des repas incohérents. C'est merveilleux de pouvoir dépenser ses économies sans penser au lendemain.

Gagner sa vie, c'est chose du passé pour Rébecca. Coché sur la liste des choses à faire ici-bas. Elle n'a même pas à s'inquiéter pour sa retraite. Aucun danger de devoir se rendre en marchette à la soupe populaire pour remplir son estomac flétri. Alzheimer, ostéoporose, calvitie, rhumatisme, je vous emmerde. Hé ! Hé !

Rébecca sourit et enfourne une immense poignée de chips barbecue dans sa bouche. Adieu, *Guide alimentaire canadien*. Sans rancune !

Elle tâtonne à la recherche de son verre de gin tonic sur la table de chevet. Mais c'est le contenant de calmants que le bon docteur lui a prescrits qu'elle attrape. Elle l'agite joyeusement, comme s'il s'agissait de maracas.

On a quand même le droit de s'aider un peu, pouffe-t-elle avant de lancer la bouteille de cachets dans les airs.

7

C'est d'abord l'odeur de poussière qui frappe quand on pénètre dans l'antre du costumier de la télévision d'État.

— C'est vraiment gentil, Marie, dit Charlotte une fois que Rébecca et elle ont franchi le seuil du palais de la guenille.

— Ce n'est rien, ça me fait plaisir, répond la petite blonde de sa voix de souris. Je suis désolée, mais j'ai beaucoup de travail. Alors, je vous laisse. Vous refermez en sortant ?

— Promis, répond Charlotte.

La souricette se dirige vers la porte, camouflée par une énorme caisse débordante de complets pour hommes. Soudain, le bruit de pas s'arrête et la tête inquiète de Marie réapparaît derrière une montagne de boîtes à chapeaux.

— Pensez-vous être capables de trouver le chemin de la sortie ?

Rien n'est moins sûr. Mais Marie a déjà été bien aimable de les guider dans les longs et sinistres couloirs de béton du sous-sol. Elles ne vont pas lui demander de rester pour les raccompagner en plus.

— On a des vivres pour trois jours, répond Charlotte. On devrait être capables de tenir le temps de trouver une issue de secours.

— Sinon, on creusera un tunnel, ajoute Rébecca.

Marie rigole et repart, rassurée, en refermant la porte derrière elle.

Le silence est d'une épaisseur étonnante quand le son est amorti par autant de tissus. On pourrait presque s'appuyer dessus. Les deux amies avancent lentement dans le fatras de robes et d'habits.

— Wah! fait Rébecca. C'est immense.

Elle tâte les manches d'un long manteau noir. Un lainage piquant bordé de fourrure. Bien joli, mais pour danser, ça risque d'être un peu chaud.

— Tu es sûre que ça ne créera pas de problèmes à ta cousine de nous avoir laissées entrer ici?

Charlotte hausse les épaules. C'est vrai qu'elle éprouve un léger malaise face à Marie. L'impression de ne pas avoir été totalement honnête avec elle. Elle se doutait bien que sa cousine serait probablement trop timide pour refuser, même si elle prenait des risques. D'un autre côté, elle était convaincue que la visite du costumier plairait à Rébecca. Dans la balance, c'est Marie qui avait perdu. Un à zéro pour le pamplemousse.

Pendant que Charlotte balaie son sentiment de culpabilité sous le tapis, Rébecca arpente les allées encombrées, moins occupée à chercher un costume qu'à identifier les personnages qui ont peuplé son petit écran au cours des dernières années.

— Ce n'est pas la robe de mémère Bouchard, ça?

— Je ne sais pas, répond Charlotte qui enjambe une malle pleine de ceintures pour aller rejoindre Rébecca. Je crois que je n'ai jamais écouté *Le temps d'une paix*.

— Moi, oui. Quand Damien m'a quittée. Je pense que j'ai vu plus de téléromans cette année-là que dans le reste de ma vie. Surtout que toi, tu commençais à sortir avec Éric, alors ça me faisait pas mal de temps libre pour mariner dans mon jus...

— Si tu n'avais pas fait semblant que ça ne te faisait rien, aussi, j'aurais fait un effort pour être là.

— Je ne voulais pas t'embêter avec mes déboires amoureux. Tu avais l'air tellement heureuse avec ton Éric.

— Non, tu étais juste trop orgueilleuse pour pleurer devant moi. C'est quand même un comble. Devant moi !

Rébecca secoue la tête.

— Damien... Maintenant que j'y repense, je ne peux pas croire que je me suis tapé un an de *Poule aux œufs d'or* pour ça...

Rébecca s'immobilise. On dirait que son corps vient de se vider et que son esprit est propulsé à des millions d'années-lumière, dans une case de sa mémoire qui n'a pas été ouverte depuis longtemps. On voit presque la ribambelle des souvenirs danser devant ses yeux.

— Je m'excuse de ne pas avoir été là..., souffle Charlotte, sans savoir si Rébecca l'entend là où elle est.

Mais elle l'entend très bien, même qu'elle tourne la tête pour lancer :

— Arrête, tu ne pouvais pas savoir.

— Peut-être que je ne voulais pas, non plus.

Rébecca sourit. On ne sait pas trop si c'est pour se moquer de ses propres faiblesses passées ou des excuses à retardement de Charlotte.

— Damien, c'était un égoïste de première qualité, finit-elle par déclarer dans une moue. Mais je l'aimais. Je l'aimais tellement. Et je n'ai plus jamais connu ça depuis...

Puis, coupant brusquement court à la nostalgie, elle décroche une robe à frous-frous de son cintre et la colle contre elle pour en jauger la taille.

— Et ça, qu'est-ce que tu en penses ?

— Même avec Simon ? demande Charlotte, forçant la porte que Rébecca vient d'entrouvrir sur ses déboires amoureux.

Rébecca raccroche la robe décidément trop petite.

— Simon ? C'était pour te faire plaisir.

— À moi ? s'étonne Charlotte en trottinant derrière son amie qui arpente les allées à la recherche de quelque chose d'autre à essayer.

Rébecca pose un chapeau à voilette sur sa tête avant de lâcher :

— Bon, d'accord, j'en profitais un peu aussi. Mais tu t'inquiétais tellement du fait que je sois célibataire. Je me suis dit que tu dormirais mieux si tu savais que j'avais un homme dans mon lit.

— Tu ne récris pas un peu l'histoire, là ?

Rébecca relève la voilette.

— Si tu savais tout ce que j'ai fait pour toi. Juste pour que tu continues à penser que ça valait la peine de rester mon amie. J'ai même quitté John parce que tu le trouvais trop snob.

— Tu disais qu'il était d'un ennui profond. Et qu'au lit…

— Ce n'était pas vrai. Enfin, à moitié. C'était surtout parce que tu ne l'aimais pas. Je ne pouvais pas vivre avec l'idée que ma meilleure amie ne soit pas capable de s'entendre avec mon chum. Ça gâchait l'image que j'avais d'une fin de semaine idéale au chalet.

Charlotte n'arrive pas à savoir si Rébecca délire, la mène en bateau ou vient de lui dévoiler en primeur le double fond de sa valise.

— Tu n'as même pas de chalet, finit-elle par balbutier.

Le chapeau à voilette est retourné dans sa boîte. Un feutre noir l'a remplacé sur la tête de Rébecca.

— J'aurais pu en avoir un et on se serait ennuyés mortellement devant le feu de foyer.

Elle enfile une veste de suède à franges.

— De toute façon, je n'ai pas de chum non plus.
Qu'est-ce que je ferais d'un chalet ?

Son regard fait le tour de la pièce.

— On a vraiment le droit d'emprunter tout ce qu'on
veut ?

— Tout, confirme Charlotte.

— Parfait. Il ne me reste plus qu'à trouver qui j'aurais
voulu être.

* * *

Une heure et demie plus tard, Rébecca pigeonne dans
une robe en velours pourpre. Un modèle qui avait dû
faire la une du catalogue *Eaton* au tournant du siècle.
Vestige des *Belles histoires des pays d'en haut* ?

— On dirait qu'elle a été taillée pour toi, l'assure
Charlotte en attachant le trente-troisième bouton de sa
veste militaire, un restant poussiéreux de la série *Le parc
des braves*. Vraiment, tu es magnifique.

Depuis leur entrée dans l'entrepôt de costumes,
Rébecca a successivement enfilé l'enveloppe western de
Junior toasté des deux bords, les habits sobres et usés
de Donalda, le tailleur *gold* à épaulettes de l'épouse par-
faite des *Dames de cœur*, l'immense costume de Paillasson
et le chapeau melon de Bobino.

Un véritable voyage dans le temps.

— C'est étrange, tout de même, de pouvoir toucher
ses souvenirs, dit Rébecca. Tu ne trouves pas ?

Le silence moelleux de l'entrepôt accentue l'impression
d'irréalité qui l'habite. Comme si elle avait pénétré dans
une parenthèse surréaliste, où le temps, l'espace, la fiction,
le rêve et le réel ne faisaient qu'un. C'est à la fois sa voix
et celle de quelqu'un d'autre qu'elle entend murmurer :

— C'est vraiment trop bête que ça n'existe que pour les souvenirs de télé... T'imagines s'il existait dans l'univers un musée de nos souvenirs personnels où on pourrait tout revoir ? Tous les jouets qu'on a reçus à Noël. Notre premier vélo.

Elle fait un pas en avant. On dirait qu'elle enfonce d'un cran dans sa mémoire.

— L'habit de neige dans lequel je me suis cassé une dent en rentrant dans l'arbre en bas de la côte. Les cahiers d'école où je peinais sur les accords du participe passé. Le service de vaisselle dans lequel je mangeais mon pâté chinois. Le vieux sofa du salon qui grattait les cuisses. L'auto de mon père avec son indécrottable odeur de cigarette. Les vêtements de ma mère et le vieux tablier qu'elle portait toujours en faisant ses tartes. Ma mère. Même si elle était en cire, je serais heureuse de la revoir. Tout ça. Pouvoir toucher tout ça. Une dernière fois...

Rébecca tourne la tête et fait courir son regard embué sur la multitude de vêtements. Le costumier lui apparaît comme un vaste cimetière de personnages. Des êtres fictifs disparus, mais tout aussi réels que les vies qu'elle aurait pu vivre et auxquelles elle n'aura pas droit.

Finalement, pense-t-elle, les souvenirs sont faits de la même matière que les rêves. Ils sont tricotés à même la pelote de la fiction. Quand on sait manier les aiguilles, on peut se confectionner de quoi se tenir au chaud.

Il n'y a que la vérité nue qui donne froid dans le dos.

* * *

Quand la porte de l'entrepôt s'ouvre, la dame en velours et son soldat restent pétrifiés. Évidemment, ça devait arriver. Le costumier n'est pas à l'usage exclusif de Marie. Elles devaient s'attendre à y faire des rencontres.

De là où elles sont, les deux amies ne sont pas encore visibles pour les visiteurs, un homme et une jeune fille, si on se fie à leurs voix.

— Pfft! Ils sont énervants avec leurs demandes de dernière minute, râle le monsieur.

— C'est toujours comme ça? questionne la demoiselle.

— Eh oui, on dirait qu'ils croient qu'on fait apparaître les vêtements. Est-ce que j'ai l'air de la fée Clochette?

La jeune voix ne répond pas. Charlotte est tentée de jeter un œil pour vérifier, mais vu son accoutrement, elle préfère rester cachée encore un moment. Avec un peu de chance, Rébecca et elle n'auront pas à justifier, non seulement leur présence sur les lieux, mais le fait qu'elles sont costumées.

— Parce que c'est un *talk show*, ils n'ont pas de budget, continue à soliloquer le mâle visiteur. Et puis, ils se rendent compte que les invités sont habillés comme la chienne à Jacques. Ou qu'ils portent une chemise rayée qui fait *tilter* le kodak. Ou exactement la même robe que la présentatrice, comme c'est arrivé l'autre jour... Et là, c'est moi qui dois faire un miracle en trouvant le moyen de leur donner un *look* qui a de l'allure avec un stock d'antiquités!

On entend les cintres s'entrechoquer pendant qu'il passe au crible le premier caisson de vêtements.

— Et ça, ça ne pourrait pas aller? demande timidement la jeune fille.

Un moment de réflexion de l'interlocuteur invisible. On entend presque la moue dubitative se former.

— Ouais, c'est pas mal... Bon, on n'a pas beaucoup de temps. Alors, on le prend. Et puis, ce chandail bleu. Ce n'est pas terrible, mais c'est déjà mieux que ce qu'elle a sur le dos...

Quelques secondes plus tard, la porte claque, remettant le silence en place.

Les deux femmes se regardent et sourient.

— On peut prendre ça comme un signal qu'on a passé assez de temps ici ? lance Charlotte.

— Tout à fait d'accord.

Rébecca tourne le dos pour que Charlotte dégrafe sa robe.

— Tu vas faire un malheur avec ça. Il faut juste te trouver une perruque maintenant.

La robe glisse sur les hanches de Rébecca, révélant sa peau claire et son soutien-gorge défraîchi. Le vêtement ramassé autour de la taille, elle fouille le fatras de costumes du regard.

— Tu n'aurais pas vu ma... chemise ?

La fin de la phrase s'éteint dans un *decrescendo retardato*.

Évidemment, elle a déjà compris. Le chandail bleu et la chemise élus pour apparaître à la télévision étaient les siens.

— Mais qu'est-ce que je vais mettre ? Je ne vais quand même pas sortir en soutien-gorge ?

Charlotte ouvre les bras et, dans un geste large, lui présente le vaste choix qui s'offre à elle.

— Donalda, Fanfreluche, Robin des Bois..., à toi de choisir !

Rébecca fait semblant d'être de mauvaise humeur, mais en fait, elle trouve la situation plutôt cocasse.

— Je n'ai pas eu la chance d'être immortalisée à la télévision, mais mes vêtements le seront, eux.

— Ouais, ton chandail bleu aura droit à ses quinze minutes de gloire.

Rébecca décroche une chemise au hasard dans le costumier.

— Ça te fera une occasion de penser à moi quand tu verras les reprises, l'été prochain.

* * *

Charlotte jette les costumes dans les sacs de voyage qu'elles ont emportés. Ce n'est pas un vol, c'est un emprunt, se dit-elle pour clouer le bec à sa mauvaise conscience qui, décidément, est dans une forme du tonnerre.

Elle referme le sac pendant que Rébecca finit d'enfiler son manteau. Quand elle se retourne, son amie est blême comme la mort. Ses mains cherchent mollement à agripper le vide.

— Qu'est-ce qu'il y a? s'écrie Charlotte, au bord de la panique.

Mais le pamplemousse ne répond plus. Charlotte laisse tomber le sac et se rue sur Rébecca. Juste à temps pour la sentir s'affaisser entre ses bras. Son visage est un film d'horreur à lui tout seul. Ses yeux à demi fermés ne cessent de s'agiter, sa bouche tente d'aspirer de l'air, mais on dirait que son corps refuse de le laisser entrer.

— Rébecca! hurle Charlotte, hystérique.

Son amie est en train de mourir. Elle en est sûre. Elle l'a vu dans ses yeux.

Dans la tête de Charlotte, un mélangeur en folie brasse les images, les idées et les sensations, formant un kaléidoscope étourdissant. Rébecca. Mourir. Maintenant. Costumes. Gardien de sécurité. Ambulance. Mort. Éric. Au secours! Rébecca. Pas maintenant. Il faut appeler à l'aide. Déposer Rébecca par terre. Oh mon Dieu. La chemise du costumier. Marie va être dans la marde.

Mourir à Radio-Canada. C'est absurde. Aller chercher quelqu'un. Les couloirs vides du sous-sol. Les funérailles à organiser. On n'a même pas décidé à quel cimetière… Et si c'était un coma ? Peut-être qu'à l'hôpital… Est-ce que tu respires, Rébecca ? Rébecca. Quelqu'un va venir. Je ne peux pas la laisser seule. Il faut aller chercher du secours. C'est aussi banal que ça, la mort ? Crier. Il faut crier. Et le Grand Canyon ? Qu'est-ce qu'on en fait ? Tu es lourde, Rébecca. Je vais y aller toute seule au Grand Canyon. Pour toi. À ta mémoire. Et je vais pleurer jusqu'à remplir le trou de mes larmes. Elle est morte dans mes bras, Éric. Il va falloir annuler le party. C'est trop lourd. Je vais lâcher. Rébecca. Je vais te déposer par terre. Je ne t'abandonne pas. Rébecca. Rébecca. Ne me laisse pas seule avec un cadavre !

* * *

Rébecca est allongée par terre. Agenouillée à ses côtés, Charlotte halète, déchirée entre l'urgence d'aller chercher du secours et l'incapacité dans laquelle elle est d'abandonner le corps de son amie sur le sol en béton d'un entrepôt de costumes. Il lui faut un temps fou avant de se rendre compte que Rébecca respire normalement.

Ça craque d'un coup à l'intérieur, comme la vitre d'une porte claquée par le vent. Les larmes montent comme un geyser.

Elle voit les lèvres de Rébecca qui remuent. Mais ses propres gémissements couvrent les murmures de son amie. Il faut quelques secondes à Charlotte pour trouver le bouton du volume sur son corps et parvenir à mettre la sourdine.

— Ne pleure pas, Charlotte, je ne suis pas encore morte. C'était…

Elle reprend son souffle avant de continuer.

— C'était juste une blague…

Les pleurs de Charlotte redoublent. C'est le menton tremblant que Rébecca ajoute :

— Je suis d'accord avec toi. Ce n'était pas drôle du tout.

Ça y est. Elles sont maintenant deux à pleurer.

* * *

Le boulevard René-Lévesque s'étale platement sous le ciel bas. Le soleil n'a pas cru bon de se pointer aujourd'hui. Il a plutôt choisi d'abandonner la ville à son sort triste et humide. Sur le pont Jacques-Cartier, la circulation commence déjà à s'alourdir. Des milliers d'êtres humains qui rentrent chez eux en se demandant ce qu'ils vont manger pour souper et s'il reste assez de lait pour le café du lendemain. Tout plein de petites fourmis qui se posent de petites questions, sans se soucier de l'épée de Damoclès qui pend au-dessus de leur cinéma maison. Rébecca les regarde défiler à la queue leu leu. Elle pourrait être l'une de ces personnes aveuglées par le quotidien, convaincues que la hausse des taux d'intérêt est une tragédie en trois actes. Mais elle est à l'extérieur de la parade à rêver de pouvoir s'en faire parce que la couleur de son nouveau canapé n'est pas assortie à celle de ses rideaux. Qui a dit déjà que la conscience est la meilleure chose qui soit arrivée aux hominidés ?

Une contravention orne le pare-brise quand les deux femmes parviennent, bras dessus, bras dessous, à la voiture garée à côté de la piste cyclable.

— Merde, râle Charlotte. On avait bien besoin de ça…

Rébecca tend la main.

— Donne, je vais m'en occuper.

Charlotte hésite. Mais à l'intérieur d'elle, tout est si mou qu'elle ne sait plus sur quelle ficelle tirer pour trouver de la résistance.

Elle tend le bout de papier à Rébecca qui le fourre dans la poche de son blouson avant de lancer :

— Je t'appelle demain.

Puis, elle fonce droit devant, d'un pas décidé.

— Mais où tu vas ? s'écrie Charlotte, affolée.

Rébecca se retourne. Elle a l'air calme. C'est déjà rassurant.

— J'ai besoin de marcher un peu.

— Mais tu ne peux pas…, balbutie Charlotte.

— Mais oui, je peux. Qu'est-ce que tu veux qu'il m'arrive ? Que je tombe ? C'est déjà fait aujourd'hui. Et puis, s'il me prend l'idée de recommencer, il y aura bien un bon Samaritain pour me ramasser.

— J'y vais avec toi, s'exclame Charlotte en ouvrant le coffre de la voiture pour y lancer les sacs en catastrophe.

— Non.

C'est dit doucement, mais c'est clair et ferme. Ça ne tolérera pas d'objection.

— Toi, tu rentres chez toi voir Éric. Tu en as besoin. Je te connais. C'est la seule chose capable de te remettre d'aplomb.

* * *

Charlotte reste assise longtemps dans la voiture. Elle regarde Rébecca s'éloigner, les mains dans les poches.

C'est comme ça qu'elle va partir, pense-t-elle. Sur un coup de tête. Sans prévenir. Elle va m'abandonner, en se foutant de ce que ça peut me faire. Et elle va se fier sur Éric pour ramasser les pots cassés. Ça a toujours été comme ça. Pas étonnant qu'elle n'ait jamais été capable de rester en relation très longtemps. C'est un monstre d'égoïsme, sans une once d'empathie.

Charlotte fulmine comme si elle venait d'être plaquée par son amant.

«Après tout ce que j'ai fait pour elle...» La honte d'utiliser un cliché aussi éculé désamorce un peu sa colère. Mais la moutarde reprend du service quand Charlotte se rappelle que le périple ne fait que commencer. Ce qu'elle a fait jusqu'à maintenant n'est rien en comparaison du chemin qui reste à parcourir. Des obstacles qu'elle n'est pas sûre de pouvoir affronter.

Loin, très loin, la petite silhouette de Rébecca vient de traverser la rue.

— Mais où est-ce qu'elle va? se demande Charlotte, angoissée.

* * *

De l'autre côté du boulevard, les pas de Rébecca se font plus lents. Ce n'est pas seulement la fatigue qui la ralentit, c'est le relâchement de la tension. La distance entre Charlotte et elle est maintenant suffisamment grande pour qu'elle n'ait plus à lutter contre la force d'attraction. Rassurer exige une énergie dont elle ne dispose pas toujours.

Maintenant qu'elle est seule, Rébecca peut retrouver un rythme qui lui est propre. Et en ce moment, son corps a besoin de respirer. Une inspiration après l'autre. Elle n'est plus dans l'urgence d'avancer, mais dans celle d'être là. Tout à fait là, à ce moment précis. Sans comptes à rendre à qui que ce soit.

Elle traverse l'avenue Papineau. La circulation a encore ralenti depuis tout à l'heure. La jeune femme longe le trottoir en remontant la rue. Devant une des maisons, un squelette de plastique ricane entre de fausses pierres tombales. Est-ce que les amateurs de décorations d'Halloween ont conscience de l'effet de leurs mises en scène sur le moral des morts en sursis?

Sur la droite, il y a l'entrée du pont.

* * *

Quand Rébecca est complètement disparue de son champ de vision, Charlotte démarre la voiture. La radio se met automatiquement en marche, révélant l'état chaotique de la circulation sur l'autoroute métropolitaine.

Un rapide coup d'œil permet à Charlotte de constater que ça ne se passe guère mieux sur Jacques-Cartier. Les véhicules roulent à une vitesse de tortue. À certains moments, les rares bipèdes qui déambulent sur la passerelle avancent plus rapidement que les voitures.

C'est alors que l'image la traverse comme une décharge électrique. Une vision aussi claire que celle de la Sainte Vierge à Bernadette Soubirous. Une évidence aussi nette que le nez rouge au milieu d'une face de clown. Sans pouvoir s'expliquer pourquoi, elle le sait. Rébecca est sur le pont. Cette imbécile est trop orgueilleuse pour être malade. Elle va régler ça comme elle l'a toujours fait. Comme une brute. Exactement comme dans la blague du missionnaire capturé par un Iroquois qui, convaincu que le sauvage va utiliser sa peau pour se faire une embarcation, se donne de grands coups de couteau dans le ventre en criant « Tiens, ton canot! » Quitter avant d'être quittée est devenu sa devise depuis Damien. Il n'y a pas de raison pour qu'elle ne l'applique pas maintenant.

Ah ! le destin, tu pensais m'avoir ? Regarde-moi bien aller...

Charlotte passe en première et s'engage sur René-Lévesque. C'est dans un concert de coups de klaxon qu'elle coupe les trois voies du boulevard vers la gauche pour remonter Alexandre-DeSève.

* * *

La passerelle tremble un peu sous la vibration des camions, mais Rébecca se sent plus en sécurité qu'elle ne l'a été depuis que le couperet est tombé dans sa vie. Dans cet environnement hostile et bruyant, une espèce de paix l'a envahie. Une paix profonde comme celle qui émane d'un vaste champ de neige au cœur d'un dimanche qui décline. Sous ses pieds, le fleuve s'écoule patiemment. Lourd et lent. La jeune femme a l'impression que tous ses pores respirent. Que le temps la traverse. Un nuage qui passe. Qui passera. Et qui ne se soucie pas de savoir ce qu'il adviendra de lui au prochain souffle de vent. L'horizon est flou. Le centre-ville s'élève droit devant, forme sombre constellée de lumières se découpant sur l'obscurité qui s'installe tranquillement pour la nuit.

Elle passe ses doigts dans le grillage froid qui la sépare de l'infini du monde. Quelques cyclistes roulent à ses côtés en lui jetant à peine un œil curieux.

Elle a l'impression d'exister comme jamais, sans être vraiment là. Une sensation étrange et fraîche. Apaisante.

Elle se demande combien de temps elle va conserver cet état de grâce avant que le froid, la faim ou la fatigue rappelle son corps à l'ordre. La réponse ne se fait pas attendre.

Au premier coup de klaxon, elle ne se retourne pas. Au deuxième non plus. Quand trois autres voitures se mettent de la partie, elle continue de tenir bon. Ce n'est que lorsqu'elle entend son nom qu'elle retombe les pieds sur terre.

— Tu n'as pas le droit de me faire ça ! hurle Charlotte, toutes vitres ouvertes.

Derrière elle, un chauve klaxonne à s'en faire péter les artères, couvrant lui-même ses beuglements enragés. S'il avait huit mains, il les agiterait toutes les huit. Heureusement, il n'en a que deux, qu'il frappe en cadence sur le volant de sa Honda.

— Je ne te laisserai pas faire ! continue de s'égosiller Charlotte.

Il faut un temps à Rébecca pour saisir toute la situation. Devant la Jetta de Charlotte, les voitures ont commencé à avancer, laissant un vide que le chauve n'aspire qu'à remplir.

Rébecca fait signe à son amie de continuer son chemin.

— Tout va bien. Je t'appelle, crie-t-elle, en mimant un coup de téléphone.

Mais Charlotte refuse d'obéir à ses gesticulations. Rébecca, stupéfaite, la regarde ouvrir la portière, bondir hors de la voiture et lui faire signe de monter à bord.

Attirés par la scène, les automobilistes de la voie de gauche en oublient d'avancer. Ceux de la voie inverse aussi. Le bouchon prend des proportions monstrueuses, toutes directions confondues. Une femme, convaincue que le mime de Charlotte signifie qu'elle a besoin d'aide, extirpe son téléphone cellulaire de son sac à main encombré et compose le 911.

Hors de lui, le chauve agite son crâne brillant à travers sa vitre ouverte, injuriant la planète entière, avec une nette prédilection pour les lesbiennes qui se font des scènes de ménage sur le pont, gênant le retour à la maison des honnêtes travailleurs.

Le concert de klaxons, qui s'était calmé autour de la voiture de Charlotte pour cause de « Oh mon Dieu, veut-elle vraiment se suicider? », vient de se propager aux automobiles qui n'ont pas de vue sur les événements. Malgré le tintamarre assourdissant et la confusion qui s'installent entre Montréal et Longueuil, on entend clairement la sirène de police qui essaie de se frayer un chemin sur les lieux du drame.

Devant l'étendue de la catastrophe que Charlotte et elle sont en train de provoquer, Rébecca cède. Elle enjambe le parapet qui la sépare de la chaussée, et court à la voiture de son amie. Elle se laisse tomber sur la banquette de la Jetta, le souffle court.

— Tu es folle ou quoi?

— On a signé un contrat pour six mois! Six mois! Pas six jours! lui crie Charlotte en démarrant.

— Ben oui. Et alors? Je n'ai jamais eu l'intention de me jeter en bas!

— Ah non? fait bêtement Charlotte.

— Et même si j'avais voulu, t'as vu les grillages qu'il y a là?

Charlotte tourne la tête, lève les yeux pour scruter la structure de métal. On dirait qu'elle prend le temps de les grimper mentalement pour vérifier que les barrières sont bien infranchissables.

Pendant ce temps, sa voiture continue d'avancer.

— Attention! hurle Rébecca.

Trop tard, la Jetta vient de tamponner la voiture qui la précédait.

— C'est bien la peine de me sauver du suicide si c'est pour me tuer dans un accident de la route, soupire Rébecca.

Malheureusement, devant, c'est la Honda qui a réussi à se faufiler. Son chauve conducteur, les bras battant l'air comme un moulin dans la tornade, est au bord de l'apoplexie. Son inépuisable stock de gros mots s'écoule à flots, tandis qu'il fait le tour de sa voiture pour vérifier l'état des dégâts. Derrière, la symphonie de klaxons a repris de plus belle. La sirène de police n'est plus qu'à deux camions de la scène.

Le temps de compter jusqu'à vingt-cinq et ils seront là, pense Charlotte.

Mais il n'en faut même pas autant pour que l'agent Allard, une jolie blonde dans la vingtaine, sorte de la voiture pour demander aux automobilistes de bien vouloir circuler et d'aller faire leur constat à l'amiable un peu plus loin.

— L'estie de folle de malade de tabarnak, débite l'honnête travailleur qui peine à mettre un terme à sa litanie. Vous pouvez pas aller régler vos esties de problèmes de couple ailleurs que sur le pont à l'heure de pointe, calvaire !

La jeune policière se tourne vers les deux femmes. Est-ce une impression, ou quelque chose qui ressemble à de la complicité vient d'apparaître dans le regard des forces de l'ordre ?

— Tout va bien, mesdames ?

Charlotte soupire.

— Ça ne peut pas aller mieux.

— Ça, on peut le dire, ajoute Rébecca. Un vrai conte de fées.

Les deux amies n'ont même pas besoin de se regarder pour deviner le sourire sur le visage de l'autre. Même la policière a de la difficulté à demeurer aussi impassible que son devoir le lui ordonne.

Ce bref et timide moment d'hilarité contenue a le malheur de faire doubler la fureur, côté testostérone.

— Pis elles trouvent ça drôle en plus, saint-ciboire !

L'enragé du volant monte dans sa voiture en claquant la portière. L'énergie de sa colère suffirait à faire tourner une turbine pendant trois semaines.

— Vous me suivez et on règle les formalités de l'autre côté, déclare la blonde en uniforme, qui a retrouvé tout le sérieux nécessaire à l'exercice de ses fonctions.

* * *

— Après, on a réglé l'histoire du constat à l'amiable, mais il n'y avait pratiquement rien. À peine une égratignure sur son pare-chocs.

Une fois son récit terminé, Charlotte s'assoit sur le tabouret derrière le comptoir. Debout devant la cuisinière, Éric s'essuie les mains sur son tablier. Il rigole doucement.

— Il devait être déçu, le pauvre…

Il baisse un peu le feu et va rejoindre Charlotte. Pendant un moment, ils se regardent en silence.

— Quand même, j'ai vraiment cru qu'elle allait mourir dans mes bras, là, dans le fond du sous-sol. C'était… c'était… J'étais… pitoyable.

Dans le sourire triste de sa belle, Éric lit toute la détresse qu'elle refuse de dire. Qu'elle n'est pas à même de formuler. Éric voudrait bien pouvoir absorber une partie de la peine de Charlotte, mais la transfusion est impossible. Il ne peut qu'être là. Et tendre sa main, au cas où elle aurait besoin de la tenir.

Il caresse son avant-bras, en suivant des yeux le trajet de ses doigts sur la peau si douce de sa belle.

— Tu ne voudrais pas me faire l'amour? demande soudain Charlotte, dans un souffle.

C'est avec une tendresse infinie qu'Éric la prend dans ses bras.

— Je ne demande que ça, ma Carlotta.

8

Rébecca relit pour la douzième fois la liste des symptômes associés au cancer du cerveau. Les dizaines de plaies d'Égypte qui vont continuer de s'abattre sur elle au cours des prochains mois si le miracle espéré n'a pas lieu. Hélas, Dieu étant mort, elle ne peut signaler ses préférences à personne. Si on lui donnait le choix, elle accepterait sans problème quelques évanouissements, mais passerait volontiers son tour pour les céphalées foudroyantes. La compression du nerf optique va probablement lui faire perdre la vue à moyen terme. Aussi bien en profiter pour s'informer encore un peu sur les calamités qui la menacent. C'est couru d'avance, Charlotte va refuser de lui en faire la lecture à haute voix quand elle ne sera plus capable de le faire elle-même.

Les étourdissements sont un moindre mal en comparaison de la paralysie partielle. Et le besoin de sommeil accru, presque une bénédiction quand il faut affronter sa fin à mains nues. Ça permet des pauses plus fréquentes pendant le combat.

N'empêche que l'espèce de secousse sismique qui l'a terrassée cet après-midi avait de quoi donner un avant-goût de la lutte finale. Quand elle a senti le courant électrique traverser sa moelle épinière, lui serrer la tête comme un étau, elle a bien cru que sa dernière heure était venue. Une terreur absolue, d'une violence inouïe l'a envahie avant que tout explose. On a beau vouloir se raccrocher aux branches, il n'y a plus là aucune prise possible. Et même s'il y en avait, on n'a plus de mains. Là-bas, c'est un monde sans dimension. En deçà du pur esprit. Un vide infini. Grandiose et terrifiant.

Je ne suis pas prête ! Pas déjà ! Pas encore ! criait une petite voix, loin, très loin au fond d'elle-même alors qu'elle tombait en convulsions. Une petite Rébecca microscopique qui implorait la pitié du grand cosmos depuis l'obscurité lointaine de sa planète isolée. La solitude de ce grand vide sous elle. Autour d'elle. À l'intérieur d'elle. Et ce froid intersidéral où elle s'est retrouvée brutalement projetée. C'est à mourir de peur avant l'heure.

Rébecca referme son document d'information. Elle en sait assez pour l'instant. Elle est vivante, c'est encore le plus important.

Les griffes de la faucheuse ont frôlé sa peau. Rébecca sait qu'elle est attendue au tournant. Ce n'est plus une vue de l'esprit. Elle le sent maintenant dans sa chair. Son temps est compté. Soit elle en profite, soit elle se laisse couler.

Et en ce moment, Rébecca veut vivre. Elle veut respirer la vie à grandes goulées, avec l'intensité d'un plongeur qui retrouve l'air libre après un trop long séjour en profondeur.

La VIA ne peut vraiment plus attendre.

* * *

— C'est décidé, on part pour Las Vegas tout de suite après le party, annonce Rébecca au téléphone, le lendemain matin.

Elle est assise sur la chaise d'un des coiffeurs les plus chics de la rue Laurier. Le coloriste, haut sur pattes et fier du torse, vient d'enfiler ses gants. Il s'apprête à assouvir un vieux fantasme de Rébecca, se faire couper et décolorer les cheveux. Dieu sait pourquoi, elle n'a jamais osé faire le geste auparavant. Peur d'une transformation trop radicale ? Crainte de ne pas se reconnaître dans le miroir ? Ou plutôt de se révéler à elle-même et aux autres ? Un changement encore plus brutal s'en vient. Ce n'est pas quelques mèches qui vont l'effrayer aujourd'hui. Qui est la vraie Rébecca ? La brune ? La blonde ? Est-ce qu'elle le sait elle-même ? Est-ce qu'elle le saura jamais ? Et est-ce qu'il en existe une pour commencer ?

— Bon, je te laisse, le grand-prêtre s'en vient avec sa mixture.

Elle referme rapidement le téléphone et le rend à son propriétaire.

— Merci, Sergio.

Dans le miroir devant elle, une femme à l'air inquiet, couverte d'une cape de plastique, la regarde intensément. Pendant quelques secondes, l'idée du relookage, comme on dit dans les magazines féminins, lui apparaît complètement insensée. Pourquoi vivre les derniers mois de sa vie avec une tête qu'elle ne se connaît pas ? Et si c'était horrible ? Est-ce bien la dernière image qu'elle a envie que les autres gardent d'elle ?

Le beau Sergio en pantalon de cuir dépose le bol de teinture sur l'étroit comptoir couvert de brosses et de produits capillaires. Trois battements de cœur de plus et elle va faire marche arrière.

— Prête ? demande-t-il, sourire aux lèvres.

Le torrent d'angoisse cesse brutalement de dévaler la montagne. Vivre maintenant ou jamais, se dit Rébecca. Il faut plonger pour apprendre à plonger. Après le deuil de ma tête, ça sera peut-être plus facile de faire celui de mon corps. Puis celui de ma vie tout entière. On appelle ça de l'entraînement. Ou de l'homéopathie métaphysique.

Elle sait que son raisonnement ne tient pas la route. Mais elle choisit d'y croire.

— Prête ! répond-elle.

Ses épaules descendent d'un cran sous le plastique de la cape. Parfois, ce n'est pas plus compliqué que ça de sauter la clôture qui nous tient enfermés.

* * *

Assise à son bureau, derrière son ordinateur, Charlotte a l'impression d'être en pantoufles. La pièce est chaude, la chaise, confortable. La jeune femme n'a besoin que d'un petit effort de concentration pour que sa vie soit réduite à quelques piles de documents éparpillés sur sa table de travail. La réalité peut alors se glisser dans les mondes inventés qu'ils contiennent, des univers lisses et cohérents, loin de l'inextricable nœud de doutes qu'est l'existence humaine. Tout le reste disparaît. Ne subsiste que cette obsession à trouver la bonne formule pour rendre une image. À choisir les traits pour illustrer le personnage. À bâtir la maison, en posant une à une les briques qui la décrivent. C'est un défi qu'elle ne se lasse pas de relever. La traduction est un métier de passeur. On n'y est jamais seul.

Charlotte n'est pas censée travailler, mais c'est plus fort qu'elle. Elle en a besoin. C'est le seul moyen efficace qu'elle connaît de dissiper ses angoisses.

Un témoin sonore lui signale qu'elle a reçu un nouveau courriel. C'est Frank. D'accord pour le party. Mais il demande si on est vraiment obligé de se déguiser.

Charlotte lui répond, comme elle a répondu à plusieurs autres amis ce matin. Elle répète les consignes pourtant clairement expliquées dans le courriel d'invitation. Le jeu consiste à cacher son visage sous un masque, au moins au début, histoire que les invités aient du mal à se reconnaître. Qu'ils soient obligés d'établir un contact avec les autres avant de pouvoir déterminer s'ils se connaissent ou non. Ça permet d'éviter les réflexes de clan et de renouer avec des personnes qu'on ne serait peut-être pas allé voir autrement. Mais bon, personne n'est tenu à rien. La police ne sera pas là pour arrêter les contrevenants. L'idée, c'est surtout de se rassembler et de s'amuser.

Au grand étonnement de Charlotte, la réponse est assez bonne jusqu'ici. Une quinzaine de personnes ont déjà confirmé leur venue. C'est vrai que, depuis quelques années, les invitations ne pleuvent pas. Comme si le party était quelque chose de passé de mode. Des soirées où on s'ennuie un peu en regardant les gens qui boivent trop prendre toute la place.

C'est fou. On dirait que la corne commence lentement à se former. Charlotte constate que ça fait déjà moins mal quand elle pense à la mort éventuelle de Rébecca. Comme si l'usure avait commencé son patient travail de sape. Le temps est une feuille de papier sablé sur le verre tranchant de la douleur. La plaie est toujours ouverte, mais on dirait que le sang pisse moins.

L'être humain a une capacité d'adaptation ahurissante, songe Charlotte avant de plonger dans une phrase particulièrement alambiquée. Un problème croustillant comme elle les aime. Des mots commencent déjà à se mettre en ordre dans sa tête quand le nœud se pointe sous son estomac.

Mais elle le repousse aussitôt. Non. Elle ne va quand même pas se sentir coupable de ne pas être terrassée par le chagrin…

* * *

Quand la sonnette retentit, Éric pose son journal à côté de lui et soupire. En fin d'après-midi, ce ne peut être qu'un importun. Les options sont limitées. Un étudiant rongé par la timidité et l'acné qui vend du chocolat pour financer son voyage à Québec, un gentil barbu qui meurt d'envie de sauver votre âme en vous faisant souscrire à Greenpeace, le voisin d'en bas qui a encore égaré les clés de son appartement et qui vient chercher les doubles en s'excusant quarante-six fois.

Éric ne la reconnaît pas tout de suite lorsqu'il ouvre la porte, la surprise ayant créé un léger hiatus dans les connexions de son cerveau. Sous l'épaisse tignasse du grand châtain, les neurones crépitent à fond sans parvenir à tirer les conclusions qui s'imposent. Ce n'est que lorsque la voix familière sort de la bouche souriante qui lui fait face que le déclic s'opère.

— Rébecca !

— Rébecca ? reprend Charlotte en écho depuis son bureau, abandonnant grammaires et dictionnaires de synonymes pour courir ventre à terre vers la porte.

Plantés le long du mur, Éric et sa belle regardent la nouvelle blonde foncer dans le corridor pour se rendre directement à la salle de bains.

Charlotte serre le bras d'Éric, menaçant aussi bien ses veines que sa chemise cent pour cent coton. Leurs regards inquiets se croisent. Nausée ? Diarrhée ? Évanouissement ? Quel est le programme du jour ?

Relâchant sa prise, Charlotte pique un nouveau sprint pour rejoindre son amie. Dans sa tête, une mauvaise imitation d'une sirène d'ambulance joue en trame sonore.

Lorsqu'elle pousse la porte de la salle de bains, rien de ce qu'elle craignait n'apparaît. Devant le miroir, Rébecca rayonne. Sa nouvelle tête la renverse elle-même. Elle ne peut pas croire qu'elle a attendu si longtemps avant de mettre ce banal rêve à exécution. La peur du changement est aussi ridicule que celle des monstres sous le lit. Elle vous cloue sur place, alors que ce serait si simple de se lever pour allumer la lumière.

— Ça vous plaît ? demande-t-elle, le sourire en banane.

Charlotte est bouche bée. Non seulement Rébecca est splendide, mais on dirait que c'est quelqu'un d'autre. Quelqu'un doté d'une assurance nouvelle.

— Tu es magnifique ! souffle Éric.

C'est la première fois qu'il la revoit depuis l'annonce du diagnostic et il ne savait pas trop comment les choses allaient se passer. Et si même elles allaient se passer un jour. Il avait envisagé différents scénarios, plus dramatiques les uns que les autres. Certains la mettaient en scène dans des jaquettes, d'autres avec des tubes plein le nez. Dans la plupart des cas, elle avait dix kilos en moins, le cheveu gras et les yeux rouges. Il ne s'attendait surtout pas à la voir aussi resplendissante.

— Sérieusement, ça te fait vraiment bien, répète-t-il.

Charlotte ne peut que hocher la tête, un sourire béat aux lèvres. Quelque chose entre la fierté et le soulagement l'envahit. Un rien d'envie, aussi. C'est bien sa Rébecca, ça. Une force de la nature. Jamais là où on l'attend.

— Je suis content de te voir, dit Éric. Tellement content.

Il le dit, et c'est seulement quand il entend sa propre voix le formuler qu'il réalise l'émotion qui l'étreint. Une émotion qu'il avait renoncé à éprouver pour laisser toute la place à celle de Charlotte.

Rébecca le prend dans ses bras. Un geste d'ouverture, large et généreux. Venant d'elle, c'est presque surréaliste.

— Moi aussi, dit-elle.

Ils restent là un moment, tous les trois dans la salle de bains, les yeux humides. Heureux.

* * *

— Tu veux boire quelque chose ? propose Éric. J'ai du blanc au frais.

— Pourquoi pas ? répond joyeusement Rébecca, après un dernier coup d'œil au miroir.

Par la fenêtre de la cuisine, la lumière d'automne décline. Éric s'empresse d'allumer comme s'il avait peur que la tristesse extérieure ne vienne contaminer la fragile bulle de bien-être qui les réunit.

Pendant que les filles s'installent et qu'il débouche la bouteille, Éric travaille à se convaincre que rien n'a changé, que Rébecca est la même personne, malgré sa nouvelle tête et le diagnostic qui vient de lui tomber dessus. Mais il a beau se répéter que tout est comme avant, il doit faire un effort pour enjamber l'éléphant couché en travers de la pièce.

— Alors, comme ça, vous partez pour le Grand Canyon ? finit-il par lâcher, en déposant les verres devant les deux amies.

Bah, finalement, ce n'était pas si difficile.

106

— Oui, le lendemain du party, confirme Rébecca. Ça te va toujours, Charlotte ?

L'interpellée opine.

— C'est déjà réglé avec l'agence de voyages.

— Super. Parlant d'agence, Sergio, mon coiffeur, m'a parlé d'une entreprise de location extraordinaire pour le karaoké.

Charlotte recrache presque son chardonnay.

— Karaoké ? Tu veux louer un système de karaoké ?

On ne sait pas trop si c'est l'effroi ou le fou rire qui donne cet aspect râpeux à sa voix.

— Oui, pour le party.

— Qu'est-ce qu'il y a ? Pourquoi elle ne pourrait pas louer un karaoké ? demande Éric, amusé.

Charlotte regarde son chum comme s'il venait de débarquer fraîchement de Mars.

— Tu n'as jamais entendu Rébecca parler des gens qui organisent des partys karaoké ?

Elle se tourne vers son amie.

— Tu es sûre que ton Sergio n'a pas mis de la drogue dans sa teinture ? À moins que ses produits capillaires interagissent de façon étrange avec ton pamplemousse ?

Éric peine à contrôler le rictus qui se forme au coin de sa bouche. C'est une blague qu'il n'aurait jamais osé faire. Mais Rébecca ne semble pas s'en formaliser. Elle sourit à pleines dents.

— Je sais. Je sais tout ce que j'ai dit. Et je le pense encore. C'est indécent de voir tous ces gens bourrés assouvir un fantasme aussi débile en public. Tous ces *wannabe* chanteurs, convaincus qu'ils vont enfin révéler à leur entourage l'artiste brut qu'ils cachent à la face du monde depuis trop longtemps. Tous ces talents Catelli, ces star académiciens de la sphère privée. C'est grotesque.

Le sourire toujours aux lèvres, elle prend lentement une gorgée de vin avant de poursuivre.

— Mais c'est encore plus fou d'avoir toujours eu envie de le faire et de n'être jamais passée à l'acte par orgueil. Et de se laisser enterrer en n'ayant jamais osé l'avouer.

Dans la tête d'Éric, une foule applaudit la tirade. Dans la réalité, seuls ses sourcils trahissent sa stupéfaction mêlée d'admiration.

— Eh ben…, lâche Charlotte, hébétée.

Elle ne sait plus si elle doit féliciter Rébecca pour sa franchise ou être furieuse parce qu'elle lui a toujours caché la vérité. Est-ce que son amie a encore beaucoup de révélations comme ça à lui faire ? Elle qui avait toujours cru être la confidente la plus intime de Rébecca s'aperçoit tout à coup qu'il lui manque des bouts. Depuis quelques jours, les rideaux ne cessent de se lever sur de nouveaux décors.

Rébecca attrape Charlotte par le bras.

— Ne fais pas cette tête-là. Je ne le savais pas moi-même hier.

La tristesse de Charlotte se dissipe aussitôt. C'est vrai que ce ne doit pas toujours être facile de vivre sous une carapace surmontée d'une tête de cochon.

— Sais-tu ce que tu as envie de chanter ? demande Éric.

Rébecca pouffe avant de répondre :

— *I will survive?*

Elle fait des bulles dans son verre tellement elle la trouve bonne.

— C'est du sixième degré ? demande Charlotte.

— Non, du cent pour cent kitsch, assumé à fond, répond Rébecca.

Sur son visage de nouvelle blonde, on peut lire un soulagement qui flirte avec l'idée qu'on se fait du parfait bonheur.

9

Malgré tous les efforts déployés par Rébecca, le rideau de la cabine d'essayage refuse de se fermer complètement.

— Tant pis, finit-elle par lâcher en haussant les épaules.

Elle a vraiment l'air de s'en foutre. On dirait que l'armure qui la tenait à distance du monde il n'y a pas si longtemps s'est muée en combinaison de caoutchouc. C'est toujours aussi étanche, mais c'est plus souple et ça fait moins de bruit.

Charlotte fait courir son regard sur les douze vêtements étalés dans les trois mille mètres carrés de la boutique. Du bois franc à perte de vue avec un mur de béton pour horizon. Les cintres, accrochés à des tiges d'acier suspendues au plafond, semblent flotter dans l'air. L'éclairage au mercure jette une lumière crue sur les couleurs de terre des tissus, leur conférant une allure vaguement théâtrale.

Par la minuscule fente entre le rideau et le cadre, Charlotte peut voir son amie retirer son vieux chandail pour passer le corsage hors de prix, signé par la designer de l'heure.

La vendeuse replace une robe d'un air absent, sa tête suivant d'un mouvement à peine perceptible le rythme de la musique *lounge* qui semble émaner du sol. Pour peu, on se croirait dans une galerie d'art en train d'essayer des tableaux.

Charlotte chasse de son esprit l'image des enfants afghans en haillons qu'elle a vus récemment dans un reportage, marchant pieds nus dans la lumière glaciale d'un matin d'hiver. Rébecca risque de disparaître dans les mois à venir. Elle fume ses derniers désirs de condamnée. Ce n'est pas le moment de lui casser le moral avec les éclopés de la planète. La voilà justement qui sort de sa cabine.

— Qu'est-ce que tu en dis? demande-t-elle de l'autre bout de l'espèce de gymnase industriel.

La vendeuse lève la tête dans un geste gracieux.

— Ça vous va à merveille. La coupe du col met en évidence la ligne superbe de votre cou.

Est-ce que ce mannequin filiforme à l'accent d'Outremont est payé au salaire minimum comme le commun des mortelles vendeuses pour débiter ses salades farcies de superlatifs?

— C'est vrai que ça te va bien, se contente d'ajouter Charlotte. Vas-tu essayer la jupe aussi?

— Si je peux me permettre..., poursuit la comtesse de la vente.

Rébecca et Charlotte observent sa démarche souple tandis qu'elle se déplace vers ce qui semble être une haie de tissus le long du mur. Elle en tire une longue jupe noire à la coupe irrégulière.

— Je suis convaincue que ça se marierait tout à fait à votre style.

Charlotte ravale un gloussement. Le style de Rébecca. Le moins que l'on puisse dire, c'est que ce n'est pas une chose très travaillée. Bien sûr, elle ne porte pas n'importe quoi, mais ça sort rarement du conventionnel.

Rébecca jette un œil à Charlotte, qui l'encourage d'un signe de tête.

— Essaie toujours.

Miss Design ondule jusqu'à la cabine et tend le vêtement à Rébecca, qui disparaît derrière le rideau.

Quand elle en ressort quelques minutes plus tard, Charlotte ne peut s'empêcher d'avouer que la petite fille aux épithètes a misé dans le mille. On dirait que la jupe a été dessinée pour son amie.

Cette Rébecca, avec sa nouvelle tête, est magnifique dans ses excentriques vêtements griffés. Pourquoi alors Charlotte n'arrive-t-elle pas à s'en réjouir complètement ? Est-ce une vile pointe d'envie qui lui vrille les entrailles ? Ou est-ce plutôt que cette femme chic et stylée, posant au fond de la boutique, n'est pas celle que Charlotte connaît et que cela la met mal à l'aise ? Sa Rébecca à elle a les cheveux ternes, coupés sagement. Elle porte des jeans et de sempiternels pulls en V. Elle déteste le karaoké, et les boutiques branchées ont tendance à lui donner de l'urticaire. Son ton est souvent bourru et elle ne laisse presque jamais paraître ses faiblesses. Il faut les deviner et les lui arracher, au risque de se prendre une claque de temps en temps. Ça fait partie du marché implicite qu'elles ont conclu, il y a des années maintenant. Charlotte se rend compte que cette Rébecca-là, qu'elle côtoie et aime depuis plus de vingt ans, est en train de disparaître. Il y a à peine quelques jours, elle trottinait dans la vie aux côtés d'une chenille solide. Voilà que c'est un papillon fragile qu'elle a devant elle. Un éphémère, en route pour son dernier tour de piste.

* * *

— Mais tu ne peux pas lui en vouloir de changer, murmure Éric, les yeux rivés au plafond de la chambre. C'est énorme ce qui lui arrive.

Son regard détaille la rosace de plâtre qui encercle le plafonnier. Des dizaines de couches de peinture superposées rendent le motif informe. C'est drôle de penser à tous ces gens qui, les uns après les autres, ont changé la couleur de cette pièce pour mieux se l'approprier.

Couchée sur le dos, les jambes repliées sur son torse, Charlotte secoue la tête.

— Je sais. C'est terrible.

Éric ignore de quoi elle parle, de l'annonce de la mort de Rébecca ou du fait qu'elle n'arrive pas à s'y faire. L'intention est aussi floue que le motif de la rosace.

— Je suis terrible, précise-t-elle, au bout d'un moment.

Éric cesse immédiatement son observation du plafond. C'est avec des gestes très tendres qu'il dénoue la boule humaine à ses côtés pour l'attirer vers lui.

— Absolument pas. Tu risques de perdre quelqu'un d'important. C'est normal, juste normal, que tu réagisses un peu.

Le visage enfoui dans le cou de son amoureux, Charlotte hoche la tête. Comment fait Rébecca pour dormir seule dans son grand lit froid ? C'est si bon d'avoir quelqu'un contre soi. Quelqu'un qui dit à haute voix ce que notre raison nous souffle, mais qu'on refuse d'entendre. Des vérités qui ne comptent pas quand c'est nous qui les formulons. Des mots simples, des évidences, c'est parfois tout ce dont on a besoin pour défaire les nœuds et continuer à avancer. Parce qu'il faut bien l'avouer, les émotions brutes, ça dit vraiment, mais alors là vraiment n'importe quoi.

— Tu ne penses pas que je suis un monstre, alors ?

C'est la bouche d'Éric qui répond à Charlotte. Ses lèvres douces, sa langue chaude et vivante, et la vague insensée de plaisir qu'elle déclenche dans tout son corps dès qu'elle touche à la sienne. Une réponse qui emporte tout sur son passage, vidant la question une bonne fois pour toutes.

* * *

Charlotte ne peut s'empêcher de pousser un cri lorsque le téléphone sonne.

— Tu veux que je réponde ? demande Éric.

— Non, j'y vais, lance la jeune femme, en enfilant la première chose qui lui tombe sous la main, en l'occurrence le t-shirt qu'elle vient tout juste d'arracher à son amoureux.

Son souffle est court et son cœur s'excite comme un batteur débutant, tambourinant à tort et à travers.

— Je savais que je n'aurais pas dû la laisser rentrer seule, ce soir. Ce n'est pas normal d'être euphorique comme ça. Ça cache quelque chose, c'est évident.

Éric, déjà de retour dans son boxer, fait ce qu'il peut pour la rassurer.

— Attends avant de t'énerver. C'est peut-être juste un faux numéro.

— À cette heure-ci ?

— Parce qu'il y a une heure pour faire des faux numéros ?

La question reste sans réponse parce que Charlotte est maintenant dans le salon. Où est le téléphone ? Mais où est le téléphone ? Mais où est ce satané téléphone ?

Charlotte sautille d'un meuble à l'autre, incapable de repérer d'où provient la sonnerie. Quel idiot a inventé le téléphone sans fil ?

— J'espère juste qu'elle n'a pas fait de conneries, lâche-t-elle, en propulsant un coussin à l'autre bout de la pièce.

Table à café, bibliothèque, fauteuil. Pas d'appareil en vue. C'est une blague ou quoi ? Comment un téléphone invisible peut-il sonner ?

— Il faut absolument qu'on décroche, hurle Charlotte, hantée par l'image de Rébecca, seule dans son appartement, en proie à une angoisse sans nom.

La jeune femme est à quatre pattes devant le sofa quand elle entend Éric décrocher depuis le bureau où l'appareil a la bonne idée d'être relié à un fil.

— Je te la passe, dit-il.

Charlotte avance un bon mètre et demi à quatre pattes avant de penser à se remettre debout. Quand elle arrive dans le bureau, trois centièmes de seconde plus tard, Éric lui tend l'appareil avec un demi-sourire. Charlotte l'interroge du regard. C'est grave ? Pas grave ? Faut-il faire le 911 ? Appeler les pompiers ?

Son homme hausse les épaules, une moue dubitative affichée en gros caractères sur son visage.

— Allô ! fait Charlotte en vidant ses poumons dans le récepteur. Ça va ?

Elle s'attend à une crise de larmes, un silence de mort, une charge épormyable. À tout, sauf à ce qu'elle entend.

— Tu ne devineras jamais ce que j'ai fait ! s'écrie Rébecca.

Sa voix aiguë trahit son excitation.

Charlotte sent ses joues retomber au niveau de ses mâchoires après leur séjour tendu au ras des yeux. La catastrophe anticipée vient d'être annulée. C'est déjà ça. Elle attend tout de même la suite avec anxiété.

— Je l'ai appelé !

Charlotte voudrait savoir qui, mais l'unique syllabe qu'elle doit émettre pour poser la question reste coincée dans sa gorge. Un son de canard fiévreux s'échappe de sa bouche en même temps que la réponse lui arrive.

— Toulouse !

Charlotte se tourne vers l'écran de son ordinateur. L'horloge affiche minuit sept.

C'est clair, le pamplemousse s'est mis de la partie. Rébecca est complètement attaquée de la tuque.

* * *

Quand Rébecca se réveille le lendemain matin, l'exaltation de la veille est un peu retombée. Sa tête élance comme si elle avait bu trop de mauvais vin et quelque chose clignote dans son œil droit.

C'est bête de se lever avec un mal de bloc la veille de son party d'adieu au monde.

Rébecca roule un oreiller en boule et le glisse entre ses jambes. Elle n'est pas prête à quitter tout de suite la chaleur du lit. Même si l'envie d'uriner va bientôt avoir raison de son bien-être.

Avant de quitter son nid pour la réalité, elle se repasse la bande de son coup de téléphone à Toulouse. Marc, c'est son vrai nom, a été un peu étonné, elle doit l'admettre. Mais content. Enfin, c'est ce qu'il a prétendu à plus de trois reprises. Est-ce bien la peine de mentir autant ?

C'est étrange comme toute retenue semble l'avoir quittée. Les barrières rationnelles qui l'empêchaient jusqu'à tout récemment de foncer cèdent les unes après les autres depuis qu'elle sait qu'elle n'aura probablement pas de deuxième chance. Qu'est-ce que ça peut faire que Toulouse pense qu'elle est complètement folle ? Si elle n'est plus là dans six mois, ça lui fera une anecdote à raconter pour se faire du capital d'intérêt social. Ça fait toujours bien dans un souper, les histoires un peu abracadabrantes. « Ouais, j'avais rencontré une fille dans un bar, et voilà qu'elle m'appelle un soir à minuit pour m'inviter à un party d'Halloween. Un party costumé avec karaoké et tout, t'imagines?» «Et t'es allé?» demandera un de ses amis, en se resservant du vin.

Rébecca sèche sur la suite. Est-ce qu'il y sera allé? «Non, je me méfiais trop. Je ne voulais pas tomber dans le filet d'une cinglée. Après tout, je ne la connaissais pas, cette fille.» Ou: «Bien sûr. J'étais intrigué. C'était une super belle femme et il y avait une énergie incroyable entre nous. Quelque chose d'électrique comme je n'en ai jamais connu.» «Et ça s'est passé comment, à la fête?»

Rébecca repousse la couverture. Elle préfère ne pas savoir. De toute façon, elle ne peut pas savoir. La vérité ne s'invente pas. Se fabriquer du bonheur en couleurs, c'est courir au-devant de la douche froide. Ça ne peut que faire mal quand la pâle réalité va reprendre sa place. Ce n'est pas la peine. Et puis, son mal de crâne est trop lancinant. Il faut qu'elle prenne quelque chose pour se soulager.

Dans la salle de bains, elle a un choc quand elle s'aperçoit dans le miroir. Elle avait déjà oublié qu'elle avait une nouvelle tête. C'est normal, ou c'est un signe que sa mémoire commence à perdre des plumes? Elle passe sa main dans ses cheveux courts et ne peut réprimer un pincement de nostalgie pour la Rébecca aux cheveux bruns qui se levait en maugréant pour aller travailler. Un pincement qui n'a pas le temps de s'éterniser, emporté par la violente crue d'angoisse qui envahit subitement la jeune femme. Rébecca se raidit.

Non. Il faut refuser. Refuser d'avoir mal. Refuser même d'y penser.

À sa grande surprise, la vague se retire aussi vite qu'elle est venue. Un petit bonjour en passant, histoire d'identifier la chaîne. Vous voilà de retour à votre émission en cours.

Malgré le trac qui l'oppresse, Rébecca lève de nouveau les yeux pour affronter le reflet qui lui fait face. Tout est clair et simple maintenant. C'est la Rébecca aux cheveux ternes qui va mourir. D'ailleurs, elle est déjà morte. Celle qui sourit dans le miroir va bien. Elle vit. Elle brûle de vie. Elle va se consumer jusqu'à ce qu'elle retourne en poussière. Peu importe le temps qui lui reste.

* * *

Le pain abandonné sur le comptoir est une véritable menace pour la dentition humaine. Rébecca n'a pas envie de se battre en duel pour finir avec un plombage en moins. Après tout, chaque repas est peut-être celui de la condamnée. Et cela mérite mieux qu'un quignon rassis.

Les danoises aux framboises de la boulangerie artisanale du coin seraient franchement plus appropriées à la situation.

La jeune femme enfile veste, manteau, foulard. C'est sûrement trop pour la saison, mais elle aura bien le temps d'avoir froid dans le grand néant intersidéral qui nous attend tous. Au fond, ça se résume peut-être juste à ça, la vie. Une parenthèse de chaleur dans le vide glacial.

Tandis qu'elle descend l'escalier extérieur, Rébecca pense à un de ses profs de philo du cégep, dont elle avait été vaguement amoureuse. Un grand maigre, osseux, qui arpentait la classe dans ses vieilles chemises froissées, inscrivant au tableau des mots qu'il semblait choisir au hasard dans le flot de paroles qu'il déversait sans trop tenir compte du public endormi devant lui. Une phrase qu'il avait dite l'avait marquée. C'était une citation. De qui ? C'est vague. Schopenhauer, peut-être ? Comme quoi la mort n'était rien qu'un retour au néant d'où l'on vient. Pas de quoi fouetter un chat. On ne part pas vers l'inconnu. On ne fait que rentrer à la maison. Évidemment, le philosophe ajoutait que la parenthèse sur terre en était une de souffrance, mais on n'était pas obligé de lui donner raison sur toute la ligne.

Le penseur était tellement convaincu que la vie n'était qu'un long lundi matin de novembre qu'il avait même ajouté un truc dans le genre, si on allait dans un cimetière et qu'on frappait aux pierres tombales, pas un des morts n'accepterait de se relever et de recommencer sa vie.

Rébecca se rappelle très bien que le grand prof maigrichon avait commenté la citation en disant : « À vous de vivre votre vie de façon à avoir envie de la recommencer si jamais on frappait à votre tombe. »

Mais à dix-huit ans, le cimetière paraît tellement loin qu'on n'a pas la tête à penser à l'éternité qui va suivre. On gaspille un peu. Et en cours de route, on oublie. C'est normal.

À cette époque, Rébecca passait plus de temps à l'Association étudiante qu'à ses cours. Elle s'initiait au graphisme en mettant en page le journal étudiant auquel Charlotte collaborait. Mais ce minutieux travail à l'ordinateur n'était pour elle qu'une des facettes de son talent artistique. Il lui permettrait éventuellement de gagner sa vie, mais elle était convaincue que sa créativité trouverait un jour le moyen de s'exprimer avec plus de force. Elle rêvait de faire de la sculpture. Quelque chose de gros. Elle se voyait souder des structures de métal dans un atelier encombré. Des fenêtres crasseuses sous un plafond à perte de vue. Des objets à la mesure de la rage sourde qui grondait au fond d'elle. Mais il y avait toujours eu d'autres priorités. Finir ses études. Faire sa place. Gagner sa vie. S'installer. Et puis, le temps avait passé. La fureur s'était un peu calmée et le projet avait été remis à plus tard. Et à plus tard encore. Et puis voilà qu'il était trop tard. Elle allait retourner au néant sans avoir touché à un fer à souder.

N'empêche que l'idée de retourner là d'où on vient a quelque chose de rassurant. En tout cas, davantage que celle de passer dans un autre monde dont on ne connaît rien. Et qui a toutes les chances d'être encore plus terrible que le nôtre.

Les mains enfoncées dans les poches de son blouson, Rébecca se demande si un habitant du Darfour ayant connu une vie de misère et de privations a moins peur de la mort qu'un Occidental de la classe moyenne qui a passé ses jours dans un bungalow chauffé à manger quatre fois par jour. Malheureusement, elle n'aura pas l'occasion de poser la question à une personne concernée. Le Darfour ne figure pas sur la liste des endroits qu'elle projette de visiter prochainement. Et puis, sa maîtrise de l'arabe est assez limitée. Ça se résume pas mal à couscous, toubib et kif-kif. Comme dans « mourir ici ou là, c'est kif-kif bourricot ».

* * *

Une flaque d'eau sur le trottoir force Rébecca à sortir de sa tête pour regarder autour d'elle. C'est fou comme il est facile de s'absenter de sa propre vie. La jeune femme prend le temps de sentir la fraîcheur de l'air sur ses joues, de laisser la beauté mélancolique de l'automne s'infiltrer par tous ses sens. La lumière si particulière qui émane des feuilles orangées qui s'entassent sur les parterres. Leur riche odeur d'humus. C'est tellement simple d'être là. Juste là. Pourquoi ne s'y est-elle pas efforcée plus souvent ?

Parce qu'elle a toujours eu trop de choses en tête ? C'est bien connu, quand le drame n'est pas là, les soucis dansent. Peut-être est-il vrai que l'imminence de l'inéluctable fin de partie rend tous les autres problèmes dérisoires, provoquant le grand ménage qui laissera plus de place à l'essentiel. À la vie. C'est quand même absurde, quand on y pense. On devrait jouer à la roulette russe tous les matins en prenant son café.

Au loin, Rébecca aperçoit trois petites silhouettes qui avancent vers elle. Est-ce une idée qu'elle se fait ? Quelques pas encore et l'image se précise. Non. Elle ne se trompe pas. Ce n'est pas une hallucination. C'est bien ça. Dans la rue, droit devant, il y a la Mort en personne. Impossible de se tromper. Sa longue robe noire et sa large capuche sont maintenant très nettes.

Elle avance à petits pas, brandissant sa faux tranchante. Des mèches de cheveux blonds s'échappent de son capuchon.

Elle doit avoir huit ou neuf ans, un sac d'école sur le dos. À ses côtés, Spider-Man fait tournoyer sa boîte à lunch et une fillette déguisée en télévision parle sans discontinuer.

C'est vrai qu'elle n'a pas l'air bien effrayante, pense Rébecca. On a presque envie de la prendre dans ses bras.

La jeune femme s'arrête pour la regarder passer.

— Joyeuse Halloween ! lance gaiement la petite Mort quand elle croise son regard.

C'est le cœur léger que Rébecca lui souffle :

— À bientôt, ma chouette.

10

Charlotte dépose son stylo et s'affale contre le dossier de sa chaise.

— Ça fait beaucoup de choses à organiser, tout de même. Le party demain, le voyage dimanche... Il me semble qu'on aurait pu se prendre un petit vingt-quatre heures entre les deux...

— La vie est courte. Il n'y a pas une minute à perdre, lui dit Éric, avant de déposer un baiser dans son cou.

Charlotte vide sa tasse de thé déjà froid avant de se lever.

— Encore une chance que nos passeports étaient en règle. Bon, ce n'est pas tout. Il faut que je m'habille.

Éric la regarde avec attendrissement disparaître dans la chambre, vêtue de son vieux pyjama à pois. Il se demande comment sera la vie quand il ne devra plus partager sa douce avec sa meilleure amie. Y aura-t-il plus d'espace pour lui quand Rébecca sera partie ? Y en aura-t-il trop ? Est-ce que la disparition de Rébecca de leur vie commune déstabilisera leur relation et le fera passer par-dessus bord ? De son côté, il n'aura jamais trop de Charlotte dans sa vie. Mais elle, est-ce qu'elle a besoin d'être en garde partagée pour trouver son équilibre ? Éric choisit l'optimisme. C'est sa nature, et puis, le rôle de la victime est déjà pris.

Une robe, deux pantalons et trois jupes s'étalent sur le lit défait. Charlotte hésite. Elle ne sait pas trop comment s'habiller. Il serait peut-être temps qu'elle renouvelle sa garde-robe, elle aussi. Elle n'a peut-être pas besoin d'attendre d'avoir un pamplemousse dans le crâne pour le faire. Plantée à côté du lit, en sous-vêtements, la jeune femme serre une pile de chandails dans ses bras, incapable d'en choisir un. Il faudrait bien qu'elle se décide, vu qu'elle a l'intention de commencer ses bagages ce matin. Ça serait déjà ça de fait. Elle regarde le sac de voyage ouvert à ses pieds. Elle aurait envie de s'y faufiler, de refermer la fermeture éclair et de s'y cacher quelques jours. Le programme de vie intensive avec Rébecca l'angoisse plus qu'elle n'est capable de l'admettre. L'impression qu'elle a de ne plus être libre de se défiler l'étouffe. Elle se sent prisonnière de la situation, coincée entre obligation et culpabilité, sans zone de confort pour s'étirer les jambes. Mais il faut qu'elle se raisonne. C'est toujours comme ça. Sa fâcheuse tendance à appréhender le pire, à voir les choses plus noires qu'elles ne le sont vraiment. Tout va bien se passer. Elles vont s'amuser. Pas de panique. Pas de panique. Pas de panique.

Elle est en train de se le répéter à voix haute quand Éric passe la porte de la chambre. Il lève les yeux au ciel, un demi-sourire accroché aux lèvres. Dans un soupir, il attrape le bras de Charlotte et la fait monter de force sur le lit. Les bras toujours refermés sur sa pile de chandails, la jeune femme suit sans poser de questions. Elle se laisse encore faire quand Éric se met à bondir sur le matelas, en l'entraînant avec lui dans le mouvement.

Les chandails s'éparpillent sur les draps, les murs montent et descendent, et Charlotte éclate de rire en sautant à pieds joints sur ses vêtements.

— Qu'est-ce que je ferais sans toi ? s'écrie-t-elle, toutes dents dehors.

— Je ne veux surtout pas le savoir, rétorque Éric juste avant que le lit s'effondre brusquement sous leur poids.

* * *

Rébecca regarde le plafond, étendue, les bras en croix, sur le tapis de son salon. Dans les haut-parleurs, Chopin s'emballe, cascade et dégouline à qui mieux mieux. C'est doux comme de tourner le fer dans une plaie anesthésiée. Une tristesse décorative, inoffensive, par définition.

— Te rappelles-tu la première fois qu'on s'est vues ? demande Rébecca à Charlotte qui s'agite dans la cuisine.

— Honnêtement, non.

— Moi non plus. C'est drôle, tu ne trouves pas ?

— Qu'est-ce qui est drôle ?

Le soleil brumeux qui entre par la large fenêtre a la couleur d'un beurre crémeux. Le piano de Chopin se vautre dans cette lumière tiède.

— Qu'on oublie des choses aussi importantes.

Charlotte apparaît dans le cadre de porte, un long couteau à la main.

— Écoute, j'avais huit ans quand on est arrivés à Montréal. C'est un peu normal que ce soit loin.

Elle regarde Rébecca, étendue au milieu d'un fatras de photos et de papiers. Elle s'étonne de trouver qu'elle a l'air bien. Comme si elle était dans son bain, un bain de souvenirs mousseux et réconfortants.

— J'imagine qu'on s'est vues pour la première fois quand je suis entrée dans la classe de mademoiselle… Comment elle s'appelait déjà ? Mademoiselle Bélanger ?

Rébecca opine pour confirmer.

— Oui, Ginette Bélanger...

Puis, elle secoue lentement la tête dans l'autre sens.

— Je n'ai aucun souvenir de ton arrivée dans la classe. Je n'arrive pas à me rappeler la première impression que tu m'as faite. C'est comme si je t'avais toujours connue.

Rébecca tend la main et attrape une photo qui traîne sur le tapis. Une classe de troisième année un peu surexposée. Des filles, des garçons et une enseignante au milieu, avec sa chemise fleurie aux couleurs horriblement pastel. Le tableau couvert de dessins. Les jumelles Latreille habillées pareil. Le gros Dubreuil qui fait des oreilles de lapin à son camarade devant. Comment s'appelait-il déjà ? Il était tellement maigre. Et blême. Toujours blême. Il habitait au bout de la rue. Sa mère, obèse, était caissière à l'épicerie. Marc-Alain ? Marc-Antoine ? À côté, c'est Julie Tétrault, une espèce de souris qui cassait toujours ses lunettes. D'ailleurs, sur la photo, on voit qu'elles sont rafistolées. Jérémy Nadeau. Sophie Dugas. Et tous les autres dont elle ne garde aucun souvenir. Tous ces petits êtres sont devenus des adultes. Sont-ils tous encore vivants, eux ?

— Montre donc, dit Charlotte.

— Tu n'es pas sur la photo, lâche Rébecca, en la lui tendant.

— C'est normal, on est arrivés en octobre seulement.

Charlotte change le couteau de main pour prendre la photo. Elle serait bien en peine de nommer plus de trois personnes. Même la maîtresse demeure un souvenir vague. Ses yeux courent d'un visage à l'autre jusqu'à ce qu'elle trouve ce qu'elle cherche. La petite Rébecca. Elle est là, au troisième rang, avec ses barrettes déglinguées. Elle fait son possible pour sourire de toutes ses dents, mais il lui en manque une, à droite. Ce n'est pas de sa faute.

Pourquoi Charlotte est-elle devenue l'amie de cette petite boulotte plutôt que l'amie de la jolie brunette qui se tient bien droite à l'arrière ? Où serait-elle aujourd'hui si l'enseignante ne les avait pas assises côte à côte dans la classe ? Sûrement pas en train de regarder une photo, un couteau suspendu au-dessus d'une pile de bulletins du primaire. Ce sont ces milliards de décisions en apparence futiles qui déterminent l'histoire d'une vie. On ne se méfie pas assez des détails.

Charlotte tend la photo à Rébecca en souriant.

— Ça te fait vraiment mieux les cheveux courts.

Après une dernière envolée, Chopin plaque ses accords finaux. Le réfrigérateur, qui n'attendait que ça, prend la relève et se lance dans un solo effréné.

— Bon, mon collègue m'appelle, dit Charlotte, en pointant la cuisine du bout de la lame. Il faut bien que je continue si je veux finir les salades avant ce soir.

Dans le mouvement qu'elle fait pour ramener son bras vers elle, le couteau glisse. Pendant la fraction de seconde que dure la chute, Charlotte voit la lame tournoyer au-dessus du visage de Rébecca. Elle a le temps d'imaginer la pointe qui se plante dans la joue, le sang qui gicle, la plaie qui s'ouvre. Elle entend sa propre voix émettre un long feulement tandis que le métal scintille dans les airs. Tout son corps se livre à une danse désordonnée, comme s'il tentait de reculer dans le temps pour rattraper son geste.

Elle est à genoux, la bouche ouverte, quand elle se rend compte que le couteau n'a pas déchiré la chair de son amie. On dirait qu'il a miraculeusement disparu.

— Il est tombé dans la boîte, dit simplement Rébecca, devant le regard hébété de Charlotte.

Parfois, c'est pile. Parfois, c'est face. Le moindre petit geste peut avoir des conséquences désastreuses, c'est vrai, mais si on y pensait continuellement, on ne finirait jamais ses salades.

* * *

La température de la salle vide est un peu fraîche. Ça va se réchauffer quand il y aura du monde. En attendant, l'invitant décolleté de Rébecca attire surtout les courants d'air. Elle regrette presque de ne pas avoir emprunté un déguisement de mascotte, un truc en peluche miteuse bien douillet. Une peau d'ours à étendre devant le feu de foyer. Un kangourou avec une poche pour mettre sa sacoche.

Elle enfile un polar sur sa tenue d'époque, tant pis pour l'anachronisme. Elle a renoncé une fois pour toutes à avoir froid. Dans son crâne, une veine pulse vigoureusement. On dirait un tuyau d'arrosage qui digère des noyaux de pêche. Ça empire de minute en minute. Pourvu qu'elle ne s'effondre pas sur le buffet avant la fin de la soirée.

Charlotte étend la nappe sur une grande table, tout au fond. C'est là que les victuailles vont être déposées. Avec l'éclairage provenant de l'arrière, la scène de l'écroulement dans la trempette à légumes pourrait être de haute teneur dramatique.

Rébecca déplace quelques chaises, histoire de libérer le passage vers les toilettes. Il y a encore plein de trucs à faire avant l'arrivée des « vrais » invités. Est-ce que Toulouse sera parmi eux ? Rébecca espère que non. C'était une erreur de l'appeler, elle le reconnaît maintenant. Si jamais il se présente, elle s'excusera.

Éric finit d'allumer les bougies dans les citrouilles qu'il a sculptées cet après-midi. Grimpé sur un escabeau, Georges accroche des squelettes et des fantômes de papier. Georges est un collègue d'Éric. Ils enseignent au même collège depuis plus de dix ans. C'est un célibataire doux et méticuleux. Un bouvier bernois qui n'a jamais réussi à convaincre une femme qu'il méritait d'être adopté. Charlotte avait bien essayé de le présenter à Rébecca pour amitié et plus si affinités, mais ça n'avait jamais cliqué. Ils avaient tenté le coup pour la forme. Mais la forme ne suffit pas toujours quand il faut se mettre nus. Rébecca et lui étaient restés en bons termes malgré tout, conscients d'avoir vécu une expérience plus ennuyante que malheureuse.

Rébecca le regarde fixer ses décorations avec du papier collant, vérifiant chaque fois que tout est bien solide et droit. Un si gentil garçon. C'est quand même dommage. Alors qu'il y a tant de filles qui s'amourachent de primates, aussi attachants que la plaque dentaire.

Georges descend de son escabeau pour fouiller dans le grand sac de Dollarama qui contient les trésors du cimetière de pacotille. C'est drôle de penser qu'à des milliers de kilomètres de là, c'est l'aube, et que des travailleurs chinois se lèvent pour se rendre à l'usine de squelettes. Ils mangent leurs nouilles noyées de sauce au poisson et partent gagner leur vie de misère en fabriquant des faux morts. Ils doivent bien se demander ce que les dégénérés d'Occidentaux font avec ça.

Derrière le bar, Jean-François branche des fils dans un amplificateur. C'est un ami de Charlotte, de l'époque où elle travaillait en librairie. Il est maintenant responsable du marketing pour une brasserie artisanale dont les installations sont situées en bordure de la voie ferrée. C'est lui qui leur a prêté la salle pour la fête. Ce grand local moderne sert surtout à des événements corporatifs, mais les propriétaires le louent parfois à des particuliers. Non seulement Jean-François leur a fourni l'espace gratuitement, mais il a même réussi à leur procurer une commandite de bière.

Assise sur une chaise en train de fumer une cigarette, il y a Caroline, la copine de Jean-François. Elle a l'air de se demander ce qu'elle fait là, mais comme elle ne pose pas la question, personne ne lui répond.

Après les crachotements d'usage, le système de son se met en marche. C'est du jazz. Peut-être Bill Evans, pense Rébecca. Dans sa tête, la pulsation de la veine s'accélère. Le pamplemousse ne va quand même pas faire son grand numéro avant le début de la soirée? Et si elle tombait là, est-ce que la fête aurait lieu quand même?

Éric regarde autour de lui. Tout le monde s'affaire de son côté dans la salle presque vide. Les minables décorations d'Halloween lui apparaissent comme un clin d'œil morbide au secret de Rébecca. Il a beau essayer d'avoir le cœur à la fête, il ne peut pas s'empêcher de trouver ça sinistre.

* * *

Et puis, le temps filant comme à son habitude, à un moment, c'est l'heure de mettre les masques.

— Tu n'enlèves pas ton polar? demande Charlotte.

Rébecca avait oublié. Elle retire sa veste et se demande où la déposer. La mettre sur le dossier de la chaise? La laisser sur la table? Aller la porter au vestiaire de l'entrée?

Ah non, ça ne va pas recommencer. Cette espèce d'état où elle est incapable de prendre des décisions, si petites soient-elles.

— Donne, dit Charlotte. Je m'en occupe.

— Merci, souffle Rébecca, comme si son amie venait de la soulager d'un poids immense.

Elle sort sa perruque de la boîte où elle est rangée. Dans ce cas-là, au moins, il n'y a pas d'hésitation à y avoir, il y a une seule tête sur laquelle la poser : Pamplemousseland. Et hop, le tas de cheveux noirs montés en un chignon complexe vient atterrir sur le crâne de Rébecca. Avec sa nouvelle coupe de cheveux, la perruque est facile à mettre en place.

La jeune femme se regarde dans le miroir. Tiens, encore une nouvelle tête. Décidément, ça défile ces temps-ci.

Le rouge à lèvres qu'elle étale généreusement transforme sa bouche en un organe étranger. Le loup de velours achève la métamorphose. Ça y est. Maintenant, il n'y a plus de Rébecca du tout.

* * *

Le rythme de la musique augmente au fur à mesure que les invités arrivent. Un grand nombre d'entre eux se sont prêtés au jeu du costume. À croire que l'idée de se déguiser amuse encore, contrairement à ce que Charlotte craignait. Un stock de masques attend les rares personnes qui sont débarquées sans avoir rien prévu. Les rébarbatifs au déguisement sont acceptés tels qu'ils sont, mais ils se sentent vite mal à l'aise, à visage découvert dans la masse de personnages anonymes.

Ils sont bientôt une cinquantaine et l'alcool aidant, ça rigole ferme, en essayant de deviner qui se cache sous les perruques et les capuches.

Éric se promène dans la foule, dans sa toge rouge de moine tibétain. Il a collé sur un carton une photo du dalaï-lama, parue à la une d'une vieille édition du *TIME Magazine*, et l'a découpée pour s'en faire un masque qui lui couvre la moitié supérieure du visage. Le résultat est pour le moins étonnant.

Finalement, il s'en faisait pour rien. La grande faucheuse ne s'est pas invitée à la fête. En tout cas, si elle y est, elle est tout à fait bien élevée et ne prend pas le plancher pour embêter les vivants.

Charlotte danse dans son habit de soldat trop grand. Éric observe son visage, illuminé par ce sourire d'enfant heureux qu'elle a toujours quand la musique l'emporte. Juste pour ça, ça valait la peine de faire la fête. Son partenaire, un épouvantail avec d'immenses lunettes et une fausse moustache, a une tête de plus qu'elle. Pas un costume ne pourra empêcher Éric de reconnaître l'inimitable façon de danser de Jean-Michel. Charlotte sourit. Ça faisait longtemps que tout ce monde n'avait pas été rassemblé.

Derrière Éric, une femme pousse un hurlement. Mais ce n'est pas la peine de s'énerver. Ce n'est qu'Estelle qui vient enfin d'identifier le Superman qui lui a pincé une fesse. C'est le même jeu chaque fois qu'elle réussit à percer le mystère d'un masque. Même enfermée dans un sac, Estelle ne pourrait pas passer incognito.

Et la reine de la soirée, dans tout ça, où est-elle ?

* * *

Rébecca est sur la piste de danse. Elle rit à gorge déployée. Fabien, son collègue de travail, se trémousse en agitant son tutu rose. Le costume de ballerine moule ses rondeurs et on voit l'ombre de ses poils sous les collants couleur chair. Il est délicieusement grotesque avec sa perruque blonde et frisée. Miss Piggy, petit rat de l'opéra, a de la difficulté à garder le contrôle de son visage, son groin de caoutchouc glissant sans arrêt à cause de la sueur.

— Ffffabien, tu es ffffabuleux ! roucoule Rébecca.

— Je sais, je sais. C'est ce que toutes les femmes me disent…

C'est une blague récurrente, puisque tout le monde devine qu'il est gai, avant même qu'il ait ouvert la bouche. Fabien n'est jamais sorti du garde-robe ; il n'y est jamais entré.

— Tu vas me manquer ! hurle Rébecca.

— Ce n'est pas parce que tu quittes le bureau qu'on est obligés d'arrêter de se voir, lance-t-il avant d'entreprendre une parodie d'entrechat.

Quand il retombe lourdement sur ses pattes, il attrape Rébecca par le bras :

— Promets-moi qu'on va manger ensemble au moins une fois par mois. Disons, chaque fois que tu viens de finir ton SPM ? Comme ça, je pourrai continuer à penser que tu es quelqu'un de sympathique.

Rébecca lui donne un coup de coude dans les côtes.

— Tais-toi donc, Porcinet.

— Allez, promets !

— On verra…

— Promets ! lui ordonne la ballerine de cent kilos. Sinon, je te fais la prise de l'ours, ajoute-t-il en lui coinçant la tête avec son bras.

Rébecca se dégage en riant.

— Tu sais bien que je ne suis pas prête à m'engager avec un homme.

— Oui, mais moi, ce n'est pas pareil. Je suis fffabuleux !

Rébecca n'arrive plus trop à savoir si le son sourd qui bat à ses tempes vient du pamplemousse ou des vibrations de la basse. Elle a un léger vertige, une sensation qui descend subitement dans ses jambes, comme si elle était dans un ascenseur dont on aurait coupé le câble.

C'est de justesse qu'elle se rattrape au bras de son cavalier. Surpris, le porteur de tutu arrête de gesticuler, le temps de stabiliser sa partenaire.

— Oupelaille ! Tu n'aurais pas un peu forcé sur le gros rouge, ma chérie ?

Rébecca sourit.

— C'est possible.

Elle pose ses deux mains sur les épaules roses et dodues du travesti porcin, le temps que le sol cesse d'onduler sous ses pieds. Il s'écoule encore quelques secondes avant que la jeune femme parvienne à articuler :

— Fabien, si jamais on ne se revoit jamais, rappelle-toi que je t'aimais.

Miss Piggy remonte son groin humide, un demi-sourire en coin.

— Moi aussi, je t'adore, ma chérie, mais si tu veux un conseil d'expert, pense à prendre deux Tylenol avant de te coucher.

* * *

Accoudée au comptoir, Charlotte trempe ses lèvres dans la mousse toute neuve de sa bière. Un peu de fraîcheur est bienvenue. La preuve est maintenant faite, les habits de l'armée de Sa Majesté n'étaient pas conçus pour danser sur du vieux rock.

— Ça va ? demande-t-elle à Rébecca qui vient d'arriver à ses côtés. Tu t'amuses ?

— Super. Vraiment. C'est génial.

— Et Toulouse ? Des nouvelles ?

Rébecca secoue la tête.

— Enfin, s'il est là, je ne l'ai pas reconnu. Et lui non plus, visiblement.

Ce n'est pas parce qu'elle ne l'a pas cherché. Son regard a bien dû faire cent trente-quatre fois le tour de la salle dans la dernière demi-heure. Même si son côté raisonnable lui répète gentiment que c'est une bonne chose, son côté givré ne peut s'empêcher d'espérer.

— Et ta tête, ça va mieux ?

Rébecca prend le temps de mesurer la douleur avant de répondre.

— Quatre, dit-elle.

— Sur une échelle de...

— De bois, répond Rébecca. Mais je vais faire mieux demain, je te promets, dit-elle en se servant un verre de vin.

Éric arrive par-derrière. Il couvre de ses grands bras les épaules des deux femmes.

— Ça va, ici ?

Comme les filles hochent la tête en souriant, il demande :

— Ça ne serait pas le bon moment pour une petite séance de karaoké ?

* * *

Il y a assez d'alcool dans l'air et dans le sang pour qu'on n'ait aucun problème à trouver un premier candidat prêt à se lancer dans un glorieux tour de chant. C'est d'autant plus tentant que le masque et le costume facilitent les choses. Qui se rappellera Batman se cassant la gueule sur The Police à part les proches qui savent déjà qui se cache sous la cape du superhéros ?

C'est finalement Frankenstein qui casse la glace. Son choix s'est arrêté sur une chanson de Joe Dassin. La foule l'acclame tandis qu'il s'installe au micro. Les futurs participants commencent à avoir des papillons dans l'estomac. L'excitation est palpable. Ça chahute et ça siffle jusqu'à ce que les premières notes se fassent entendre. Les fêtards restent bouche bée quand une voix de fille s'échappe du masque de caoutchouc pour entamer la chanson.

Et si tu n'existais pas
Dis-moi pourquoi j'existerais

La voix est criarde, un peu trop haute. La prestation serait lamentable si le trémolo de la nervosité ne donnait pas au chant du monstre une couleur étrangement poignante. Charlotte regarde Rébecca chantonner, plantée à côté d'un haut-parleur.

Pour traîner dans un monde sans toi
Sans espoir et sans regret

La vague de tristesse prend Charlotte par surprise. Elle la sent grimper le long de son échine et se briser sur ses omoplates.

Et si tu n'existais pas
Dis-moi pourquoi j'existerais

Elle a toujours détesté le karaoké. Ce n'est pas ce soir qu'elle va changer d'avis. D'ailleurs, il est grand temps qu'elle aille aux toilettes. Et pour commencer, c'est qui, cette Frankenstein horriblement sentimentale qui chante comme une casserole ?

* * *

Quand Charlotte revient de la salle de bains, la foule scande en chœur : « Le masque ! Le masque ! Le masque ! »

Fräulein Frankenstein se plie aux caprices de son public et découvre son visage. Un murmure parcourt la salle juste avant que les applaudissements reprennent.

Charlotte n'a aucune idée de l'identité de cette grande blonde. C'est pourtant elle qui a fait les invitations. Mais bon, elle avait spécifié dans son message que tout le monde était libre d'inviter qui il voulait. Si ça se trouve, elle ne connaît pas la moitié des gens qui sont là. Ils appartiennent à un réseau parallèle au sien. Des amis Facebook d'un ami Facebook. Peut-être est-elle entourée d'inconnus? De toute façon, elle le voit bien avec Rébecca : même derrière les masques familiers, il y a toujours un étranger qui se terre.

11

Éric est aux commandes du système de son, et Rébecca est disparue. Elle cherche peut-être son Toulouse. Peut-être même l'a-t-elle trouvé ? Charlotte en profite pour aller vérifier si tout se passe bien du côté du buffet pendant que les chanteurs amateurs s'égosillent au micro. Cette fois, ils sont quatre. Trop pissous pour y aller seuls maintenant qu'ils savent qu'il faut mettre bas les masques ?

— Elle est écœurante, ta salade de lentilles, la félicite Monsieur Patate.

— Merci.

— Il va falloir que tu me donnes ta recette.

— Quand tu veux. Tu sais que je n'ai pas de secrets pour toi.

Monsieur Patate se nomme Pierre dans la vie civile. C'est un des premiers chums de Rébecca, si on fait abstraction des pauvres garçons sur qui elle s'est fait les dents à la polyvalente. Cela dit sans jeux de mots, malgré l'appareil monstrueux qu'elle portait à l'époque. Pierre remonte au temps du cégep, qui suit tout juste celui des dinosaures, et c'est toujours un plaisir de le revoir. Il fait partie de ces trop rares personnes avec qui tout est toujours facile. La relation reprend exactement là où elle était la dernière fois, sans qu'on soit obligé de faire chauffer le moteur avec des questions d'usage, du genre, et toi, quoi de neuf? Ça fait presque deux ans que Charlotte et lui se sont vus et il attaque banalement avec sa salade, comme s'ils avaient déjeuné ensemble ce matin. Même pas un «Hein? Charlotte! Ça fait longtemps!»

C'est tellement reposant.

— C'est pour cacher que tu as engraissé, le costume? demande Charlotte.

— Non. En fait, c'est parce que je suis enceinte et que ma mère ne le sait pas.

— Il me semblait aussi qu'il y avait quelque chose là-dessous...

Ils se sourient, satisfaits de leurs réparties respectives.

— Et tu vas nous interpréter quoi, toi? demande Monsieur Patate, la bouche pleine.

— Je ne sais pas encore. Je vais y penser pendant ton tour de chant.

— Mmm... C'est un défi que tu me lances? fait le tubercule humain en soulevant un sourcil.

— Oui. Et j'espère de tout cœur que tu ne le relèveras pas, souffle Charlotte.

— Si ça peut te rendre service, je vais rester près du buffet toute la soirée.

— J'ai toujours su que je pouvais compter sur toi, eh, patate.

Le féculent pointe sa fourchette devant lui.

— Dis-moi, je rêve ou c'est Rébecca, ça?

Charlotte se tourne en direction de la petite scène aménagée pour le festival de la fausse note. Un nœud se forme chez Charlotte là où Monsieur Patate stocke sa salade de lentilles. Une femme vêtue d'une longue robe pourpre fin XIXe est en train de s'installer au micro.

— Tu ne rêves pas. C'est elle.

— Et elle va réellement chanter?

— J'en ai bien peur.

Monsieur Patate dépose son assiette, comme si l'idée venait de lui couper subitement l'appétit. Charlotte le comprend. Elle serait bien incapable d'avaler ne serait-ce qu'une seule lentille tellement elle est nerveuse tout à coup. À croire que c'est elle qui s'apprête à chanter.

— Je n'aurais jamais cru vivre assez vieux pour voir ça, commente la patate, incrédule.

Charlotte a la gorge tellement serrée qu'elle n'est même pas en mesure de répondre. Son cœur bat à mille pulsations à la minute et sa bouche est sèche. Elle cherche sa bière du regard, mais elle est restée au bar. Elle attrape le premier verre qui lui vient sous la main et s'en prend une grande rasade. Rouge sur bière. Fais pas la fière. Elle secoue la tête. C'est incroyable. Pourquoi se mettre dans un état pareil alors que ce n'est même pas elle qui est sur scène?

Ça y est, la musique a débuté. Rébecca ne reculera pas, c'est sûr.

À la grâce de Dieu.

— Gloria Gaynor? s'étouffe Pierre, le sourire fendu jusqu'aux oreilles.

Il siffle pour encourager l'artiste. Il semble parfaitement enchanté de la situation.

Charlotte aperçoit Éric, sur le côté de la scène, les yeux rivés sur Rébecca. Elle est sûre qu'il partage à la fois son appréhension et son excitation. Cette capacité merveilleuse qu'il a d'entrer dans la peau des autres, ça l'émeut chaque fois.

Et voilà que ça commence.

First I was afraid
I was petrified

La voix est juste, ferme, assurée. Qui l'aurait cru ?
Rébecca se pratiquait dans sa douche ou quoi ?
Charlotte se surprend à recommencer à respirer.

Kept thinking I could never live
Whithout you by my side

Oups ! Ça se gâte. Rébecca se met à déraper sur les
paroles. Ça va trop vite. L'anglais n'a jamais été sa
grande force. Le cœur de Charlotte reprend son galop
endiablé. Rébecca va se ridiculiser et en faire tout un
plat par la suite. Charlotte s'imagine déjà dans l'avion,
le lendemain, en train d'écouter pour la soixantième
fois les plaintes de son amie. Et même les reproches.
Pourquoi tu m'as laissée faire ? C'est tout ce que
les gens vont se rappeler à mon enterrement ! Mais
non. Rébecca n'a pas l'air de paniquer. Elle bafouille
quelques lignes, puis elle se ressaisit et continue à chanter. Elle a carrément renoncé à l'anglais pour offrir
sa propre interprétation dans une langue qu'elle met
au monde au fur et à mesure, un dialecte mi-italien,
mi-chinois, digne d'un menu de buffet à volonté du
boulevard Taschereau. C'est peu de dire que le public
apprécie. Il jubile.

Monsieur Patate est si enthousiaste qu'il prend
Charlotte dans ses bras et la serre contre lui. On dirait
que c'est la chose la plus réjouissante qu'il ait vue de
sa vie. Charlotte est tellement soulagée qu'elle ne se
méfie plus. L'émotion en profite pour s'infiltrer par la
porte d'en arrière. Ça tombe mal parce que Rébecca
vient de rattraper Shakespeare au détour du refrain
et que le cœur qu'elle met à le hurler donne la chair
de poule.

You think I'd lay down and die
Oh no, not I
I will survive
as long as I know how to love
I know I will stay alive
I've got all my life to live
I've got all my love to give
and I'll survive
I will survive

Par chance, le couplet revient avant que les dégâts sur le mascara ne soient irréversibles. Rébecca, plus déchaînée que jamais, se met à danser pour accompagner son récital de charabia lyrique. Avec la robe dans laquelle elle se prend les pieds et le chignon de la perruque qui s'agite, c'est un grand numéro comique. Charlie Chaplin peut aller se rhabiller. Au refrain, c'est toute l'assistance qui chante *I will survive* en chœur. Charlotte, qui a oublié qu'elle détestait le karaoké, hurle à l'unisson, prise dans l'hystérie collective. Monsieur Patate saute sur place en agitant les bras. Le climax est total. Quand Rébecca retire son masque, le public l'ovationne. La clameur fait la vague. Climax, prise deux. L'émotion est tellement forte que Charlotte est traversée de frissons. Elle voudrait courir prendre Rébecca dans ses bras, mais elle est trop loin. Alors elle reste là, plantée devant le buffet, sans se rendre compte que des larmes roulent sur ses joues.

Monsieur Patate, toujours fendu de la banane, lui donne un coup de poing amical sur l'épaule.

— Elle est écœurante, ta salade, mais mon ex, elle est encore meilleure !

* * *

Le pauvre chansonneux qui suit la performance de Rébecca hérite d'une piètre qualité d'attention. C'est à peine s'il s'entend chanter lui-même tellement la rumeur est encore forte. Certains continuent à fredonner la chanson de Gloria Gaynor, d'autres commentent le numéro de haute voltige qui vient de se terminer. Charlotte essaie de se frayer un chemin jusqu'à son amie, mais le passage est difficile. La star d'un soir a toute une cour de personnages hilares qui la congratulent. Au centre du troupeau, Rébecca est lumineuse. Les joues en feu, les yeux brillants, on dirait qu'elle n'arrêtera plus jamais de sourire. Tellement qu'elle n'est même pas capable de parler. Elle halète de bonheur. Elle halète même de plus en plus. Le sourire descend d'un cran, les paupières baissent. C'est à peine perceptible, mais c'est indéniable, quelque chose retombe doucement. Ses mains se soulèvent de chaque côté de son corps. Deux oiseaux qui décollent en parallèle. Le rouge de ses joues se fait rose, le souffle plus court. Charlotte pousse un nain de jardin géant et précipite un chef cuisinier sur une chaise. Tant pis pour les oh! de reproche qui s'accumulent sur son passage trop brutal. Elle court le plus vite qu'elle peut vers Rébecca. Elle a juste le temps de tendre les bras pour la rattraper avant qu'elle tombe à la renverse.

* * *

Sur la scène, l'homme en jean et t-shirt continue de chanter, malgré les remous qui traversent l'assistance. Plus personne n'écoute la chanson de Cohen qu'il semble décidé à interpréter jusqu'à la fin, coûte que coûte.

If you want a father for your child
Or only want to walk with me a while
Across the sand
I'm your man

Éric fait signe à Charlotte que ça suffit. Il va arrêter le karaoké dès que le chanteur aura poussé sa dernière note. Charlotte hoche la tête, elle est d'accord, il est temps de remettre de la musique avant que la fête ne s'écrase comme un soufflé trop cuit.

Rébecca est assise sur une chaise à côté d'elle. Elle a repris connaissance, mais ses yeux sont toujours fermés.

— Il veut, celui-là, commente Charlotte à propos du type qui continue obstinément sa rengaine sans se départir de son calme olympien.

Rébecca murmure quelque chose, sans ouvrir les yeux. Charlotte se rapproche pour la faire répéter.

— Quoi ?

— C'est Toulouse.

— Quoi ?

Elle se tourne à nouveau vers la scène, où le dernier couplet est enfin enclenché.

If you want a lover
I'll do anything you ask me to
And if you want another kind of love
I'll wear a mask for you

Charlotte examine les mains qui tiennent le micro. Pas de doute, c'est bien lui.

* * *

— Qu'est-ce que tu vas faire ? demande Charlotte, quand la foule costumée a de nouveau envahi la piste de danse. Tu veux aller lui parler ?

Rébecca fait une moue qui peut vouloir dire beaucoup de choses. Oui. Non. Peut-être. Je ne sais pas. Apportez-moi un scrabble que je lui pose la question.

— Je ne sais même pas s'il est encore là.

Elle se redresse sur sa chaise, cherche dans la foule. Pas de trace de Toulouse à l'horizon. On dirait bien qu'il est disparu. À l'intérieur de Rébecca, le soulagement et le dépit viennent de sauter dans le ring. Le combat est engagé. Ça frappe fort des deux côtés. Pas moyen de savoir qui va gagner.

— Tu veux que j'aille voir ? propose Charlotte.

Rébecca secoue la tête.

— Sûre ?

Nouvelle agitation du pamplemousse.

— Non, va plutôt nous chercher quelque chose à boire. Ce sera plus utile.

— Bon, comme tu veux…

Charlotte se lève pour partir, mais la crainte de laisser Rébecca seule la retient. Il va décidément falloir qu'elle se clone. Ce n'est pas pratique, ce déchirement constant entre l'attaque et la défense.

C'est Miss Piggy qui tranche le dilemme en surgissant par-derrière.

— Tu as été sublime, Reb !

Il se laisse tomber sur une chaise et croise ses jambons dodus.

— Tu devrais boire plus souvent, ça te réussit tout à fait, ma chérie.

Il avance vers elle pour lui adresser un clin d'œil complice.

— À condition d'avoir quelqu'un à côté qui te rattrape de temps en temps...

— Je reviens dans cinq minutes, souffle Charlotte. Je peux te la confier ?

Fabien fronce son absence de groin. Il se tourne vers Rébecca.

— Dis-moi pas que tu as déjà mal au cœur ? On commençait à peine à s'amuser !

* * *

— Peut-être qu'il n'a pas aimé ma nouvelle coupe de cheveux, suppose Rébecca, quelques heures plus tard.

Elle est allongée sur trois chaises mises bout à bout. Jean-François vient de débrancher le système de son, mais on n'entend même pas le silence tellement les oreilles sont encore secouées par l'overdose de décibels qui vient de s'abattre sur leurs tympans.

— Je pense plutôt qu'il a été trop impressionné par ta performance, lance Éric, en finissant d'empiler les chaises.

— C'est vrai, tu es dans une forme éblouissante, dit Georges. Je ne t'ai jamais vue comme ça. Dis-moi quelle sorte de vitamines tu prends, j'en veux, moi aussi.

— Crois-moi, tu n'en veux pas, marmonne Rébecca.

Elle ouvre les yeux et croise le regard d'Éric. Il l'a entendue. Un faible sourire se dessine sur ses traits fatigués. Non, ce n'est pas de la pitié, mais bien de la complicité qu'elle y lit. C'est rassurant de savoir que Charlotte va pouvoir compter sur lui après. Ça fait une chose de moins à penser.

Dans la lumière crue des néons, la salle ressemble à un champ de bataille. Des verres à moitié pleins traînent sur les tables. Des assiettes avec des restants de nourriture. Dire qu'on s'amusait ferme ici, il y a quelques heures à peine.

— Ne vous fatiguez pas avec le ménage, dit Jean-François. L'équipe de nettoyage va s'en occuper demain.

Charlotte dépose une boîte sur la table à côté de Rébecca. Les restes encore comestibles du buffet.

— Ça va?

— Ça tourne un peu, mais ça va.

Charlotte va repartir quand Rébecca l'interpelle.

— Charlotte?

— Mmm?

— J'ai une demande spéciale.

— Vas-y.

Rébecca se relève sur les coudes. La première chaise glisse un peu, ses pattes provoquant un grincement qui n'a rien à envier au crissement des ongles sur un tableau noir. Charlotte voit la lueur effrayée dans le regard de son amie. C'est un peu inquiétant. Elle ne sait pas trop à quoi s'attendre de la boîte à surprises qu'elle est devenue depuis quelque temps. Qu'est-ce que Rébecca va lui demander cette fois?

— Est-ce que je peux dormir chez vous ce soir? Je n'ai pas trop envie de me retrouver toute seule.

Charlotte soupire, soulagée. Un party pyjama pour clore la soirée, c'est tout à fait dans ses cordes.

* * *

— Qui disait ça, «Je vais avoir l'éternité pour me reposer»?

— Je ne sais pas, mais va t'asseoir, tu me fatigues.

Charlotte finit de mettre les draps sur le canapé-lit de son bureau. Puis elle va dans sa chambre chercher un oreiller et une couette. Éric est déjà couché. Il n'a même pas pris la peine de remonter le lit qui s'est écroulé ce matin. Le matelas repose par terre, encadré par la boîte de bois disloquée. On dirait qu'il dort dans une caisse. C'est sûr qu'on l'entend ronfler avant de compter jusqu'à trois. Un, deux... Tiens, non, c'est deux seulement ce soir.

— C'est sportif, l'amour, chez vous, commente Rébecca, qui vient de passer la tête dans le cadre de porte et qui regarde le lit démonté. Je comprends que tu aies laissé tomber tes cours de yoga...

L'alcool a rendu sa langue tellement paresseuse qu'on dirait presque que sa bouche héberge une troisième rangée de dents. Charlotte lui fourre la couette dans les bras, puis la pousse avec l'oreiller en direction du bureau.

— Tais-toi, chérie, tu ne sais pas de quoi tu parles.

Elle regrette aussitôt sa réplique. On ne contrôle pas toutes ses émissions à quatre heures du matin.

— Penses-tu que la chanson de Cohen était un genre de message qui m'était destiné ? demande tout à coup Rébecca.

Charlotte regarde fixement la couette que son amie tient serré contre sa poitrine. Elle voudrait bien la prendre pour finir le lit au plus vite et pouvoir enfin s'allonger.

— Un message ? fait-elle en tendant la main pour attraper la couverture.

Rébecca la serre encore plus fort contre elle. Elle chantonne :

— *I'm your man.*

On dirait un vieux gramophone en train de rendre l'âme.

— Tu sais... Comme pour me dire qu'il est ouvert... je veux dire prêt un peu à tout et n'importe quoi... avec moi, mettons ?

Charlotte hausse les épaules. Elle n'en a aucune idée. Elle agite mollement la main comme pour faire signe à la couette de sauter vers elle. Mais la couette ne la voit pas. Rébecca non plus. Elle est partie. De retour au party, en pleine contemplation des saucisses chantantes. C'est l'obligation de se retenir au bras du canapé pour ne pas tomber qui la ramène.

— C'est la plus belle chanson d'amour du monde. Tu ne trouves pas ?

Charlotte hoche poliment la tête et fait un nouveau signe à la couette. Toujours pas de réaction de sa part.

— Mais c'est un peu cucul de l'utiliser comme message, non ?

Charlotte hausse les épaules.

— Mais non, fait-elle sans conviction.

Le manque d'enthousiasme ne semble pas faire de victime de l'autre côté du canapé. Rébecca semble toujours branchée sur la même fréquence, très loin du défi qui consiste à étendre une couette sur un lit.

— Mais pourquoi il est parti, aloooooors ? râle-t-elle en étirant la dernière syllabe au-delà du raisonnable.

Charlotte ne répond pas. Elle n'a qu'une obsession : se coucher. Les spéculations amoureuses de Rébecca vont devoir attendre le café. Elle n'a plus la tête à formuler des hypothèses. Elle se laisse tomber à genoux sur le matelas et s'empare de la couette en tirant d'un coup sec. Déstabilisée, Rébecca s'écroule sur son grabat comme si on venait de lui retirer sa béquille. Elle entreprend aussitôt de se déshabiller, comme si c'était le signal qu'elle attendait.

Elle enlève son pantalon pendant que Charlotte déplie la couverture. Quand la couette atterrit sur elle, Rébecca est en train de se battre avec son soutien-gorge. Normalement, elle arrive à l'enlever sans retirer son chandail.

Ce soir, on dirait qu'il ne trouve pas la sortie. Il résiste, s'emmêle, s'accroche. Lasse de lutter, elle arrache tout et lance les tas de vêtements au bout de ses bras. Le soutien-gorge atterrit sur l'imprimante. Elle glousse.

— Tu as raison, on parlera de tout ça demain. Quand je serai capable d'articuler conbenavlement. En attendant, je vais me pratiquer. La duchesse de l'archichessssse...

Le *ssss* n'a pas fini de siffler sur sa tête que Charlotte est déjà dans sa chambre, la face écrasée dans son oreiller.

12

Quand Charlotte se réveille, Rébecca n'est plus dans le canapé-lit. Elle pourrait envisager le pire, mais elle n'en a pas la force. Ni l'envie, d'ailleurs. Elle se contente de faire le tour des pièces, une à une, en se traînant les pieds. Elle a beau chercher, son amie demeure introuvable. Pas dans la cuisine, pas dans le salon, pas dans la salle de bains non plus. Pas sous la table, ni sur le balcon.

Appuyée contre le frigo, Charlotte ferme les yeux. Le monde est vaste, voire infini. Ça fait beaucoup trop de territoire à explorer pour son état physique et mental. Le plus logique serait de téléphoner chez Rébecca. Mais si elle est rentrée, elle dort probablement. Il vaut mieux attendre. Le plus facile, c'est encore de ne pas se poser la question et de faire comme si tout était normal. C'est ce qu'elle choisit de faire.

Le four à micro-ondes affiche dix heures onze. Charlotte reste plantée un moment, sans bouger.

Dix heures douze. Tiens, déjà ? Elle regarde la cafetière italienne sur le comptoir. L'idée de la dévisser l'épuise. Pourtant, il faudra bien. À moins qu'elle ne reste là à attendre qu'Éric se lève et s'en charge ? Elle a l'impression de porter la veste de plomb dont le dentiste couvre les patients avant de leur photographier l'intérieur des molaires. La veste de plomb, mais en version intégrale, double épaisseur.

Dix heures treize. La lassitude qui l'envahit est plus totale que la somme des parties qui la composent. Elle s'est couchée tard. Elle a trop bu. Le stress des derniers jours s'est déposé en couches sur ses épaules. Quand elle arrête de regarder derrière pour jeter un œil devant, c'est pire. L'idée de ce qui s'en vient l'épuise encore davantage. Et si, plutôt que d'être l'occasion de vivre à cent milles à l'heure, la tournée d'adieu avec Rébecca se révélait un sinistre mélodrame à saveur médicale ?

Dix heures quatorze. Elle décide de faire un pas vers la cuisinière, mais ses jambes refusent de collaborer. Elles boudent. Charlotte ne sait pas comment les convaincre que la vie vaut la peine d'être vécue. Peut-être qu'aucun argument n'existe, au fond. Rien ne pourra plus la faire avancer. Ça va finir comme ça. On va retrouver son fossile dans dix millions d'années. Charlotte imagine les paléontologues en train de passer délicatement leur petit pinceau sur son squelette. On prendra des photos. Elle sera mise en vitrine au musée de la Civilisation. Des élèves de classes du primaire viendront coller leur nez morveux et leurs doigts sales sur la vitre : « Oh ! Une madame du XXIe siècle ! »

Sur un petit carton, on pourra lire : *Spécimen femelle, homo absurdus, époque du grand vide.*

Le contact de l'eau froide la ramène dans la cuisine quand elle passe la cafetière sous le robinet. Charlotte ne se souvient même pas d'avoir pris la décision de quitter la planche de bois franc sur laquelle elle était en train de prendre racine. C'est étonnant parfois de constater à quel point le corps est bien dompté.

* * *

152

Rébecca n'est pas sous une rame de métro ni au fond du fleuve, elle est dans sa chambre, lançant, repliant et empilant le contenu de sa commode. Au creux de sa tête, ils sont plusieurs à jouer des percussions. Ça va de la grosse caisse au gong, en passant par les maracas sous stéroïdes. Le quatrième cachet d'analgésique qu'elle vient d'avaler fera peut-être mieux que les trois premiers. En tout cas, il ne peut pas faire pire.

Autant elle n'avait pas envie de s'endormir seule, autant l'idée de prendre le petit-déjeuner en compagnie d'un gentil couple de bien-portants lui levait le cœur quand elle a ouvert les yeux, à l'aube. Manger du gruau fade et tiède sur un plateau dans un corridor d'hôpital en compagnie de ses semblables lui paraissait une activité plus conforme à son état de préfantôme, mais elle se voyait mal se présenter à l'urgence pour réclamer à déjeuner. Dommage. L'hôpital a ça de reposant : c'est une parenthèse où on est autorisé à cesser de jouer son rôle de vivant. On y est un personnage sans scénario, sans costumes, sans décor, plongé dans un présent terne et infini, comme dans un rêve ennuyeux dont on attend qu'on vous réveille. La jaquette bleue est un merveilleux laissez-passer pour le lâcher-prise, comme ils appellent l'abandon de la carapace dans les livres de psycho-pop censés vous révéler la voie infaillible qui mène au bonheur en douze étapes faciles. Rébecca se frotte la boîte à pamplemousse. Doit-elle mettre quatre ou cinq paires de chaussettes dans sa valise ? Est-ce que le bonheur fabriqué avec un mode d'emploi peut être considéré comme du bonheur réel, au même titre qu'une maison préfabriquée devient une vraie maison dans la mesure où on y fait son nid ? À l'hôpital, on remet tous les points d'interrogation entre les mains du personnel. On nous dit quoi manger, quand le manger, ce qu'on doit faire, et comment. On n'est qu'un corps déficient qui s'abandonne aux mains d'inconnus payés pour en prendre soin. Ce qui nous distingue des autres jaquettes est noté dans le dossier, mais tout ce qui constitue notre être social, ce qui donne la couleur, la saveur et la sensation d'exister est rangé dans le placard avec les effets personnels. Il faudra racheter du dentifrice. Le tube est presque vide. Cette passivité paraît reposante quand chaque décision devient lourde et que la motivation a déserté le plateau de tournage. Il fera probablement froid au Grand Canyon, il vaut mieux prévoir des vêtements chauds. Des bottes de marche ou simplement des souliers de course? Les deux seront peut-être nécessaires.

Est-ce qu'une heure ou deux de sieste pourraient venir à bout de cette migraine persistante?

* * *

Dans la voiture qui les mène à l'aéroport, l'électroencéphalogramme des passagers est au-dessous du niveau de la mer. Entre nausées, maux de tête et déprimes diverses, l'excitation du voyage n'a pas réussi à faire sa place.

— *I have all my life to live, I have all my love to give*, chantonne mollement Éric, derrière le volant.

Mais ses essais peu subtils pour mettre de l'ambiance ne remportent pas un grand succès. Tout ce qu'il en retire, c'est un regard sombre de la part de Charlotte. Ça serait bête que ce soit la dernière image qu'elle ait de lui si l'avion s'écrasait.

— Tu n'as qu'à nous déposer à l'étage des départs. Ce n'est pas la peine de te stationner, lui indique-t-elle.

Ça y est. Il est condamné à laisser sa marque comme guignol de service dans la mémoire de ces dames, si jamais le pire arrivait.

Mais pourquoi pense-t-il à des choses comme ça ? Depuis quand est-il devenu catastrophiste ? Il met les essuie-glaces en marche. C'est nerveux, il ne pleut même pas.

— Mais qu'est-ce que tu fais ? s'étonne Charlotte.

Son ton n'est pas franchement agressif, mais pas particulièrement tendre non plus.

— Je chasse un nuage.

C'est la réponse la plus insignifiante qu'il ait jamais faite de sa vie, mais c'est sorti tout seul. Il arrête le balayage du pare-brise, se tourne vers Charlotte, tente de sourire. Ça non plus, ce n'est pas très réussi. Pendant ce temps, Rébecca somnole sur la banquette arrière.

Éric doit l'avouer, il n'a pas envie de les voir partir. Il n'a pas envie d'être laissé seul. S'il le formule à haute voix, il va avoir l'air de se plaindre, de faire du chantage émotif. L'ambiance est suffisamment morose comme ça. Il faut qu'il retienne son grain de sel. Qu'il le ravale. Et hop, derrière la cravate. Mais il n'a pas assez de salive pour le faire passer, ça coince au niveau du larynx. Comme un os. Un os d'amour-propre bafoué. Une clavicule de regret. Un tibia de sentiment d'abandon. Une côtelette de rejet. Il s'engage sur la voie de gauche en écrasant l'accélérateur.

Pourtant, quand il se raisonne, ça va. Charlotte part en voyage avec son amie menacée par le cancer. Il se réjouit pour elles, même si à la tête qu'elles font toutes les deux, ça ne semble pas parti pour être le plus beau jour de leur vie. La voiture se rabat dans la voie de droite. Et puis, non. Ce n'est pas vrai. Il voudrait se réjouir, mais il faut bien avouer que ça ne l'amuse pas du tout. Rébecca est son amie à lui aussi. Pourquoi est-ce qu'il ne pourrait pas les accompagner ? Le Grand Canyon est assez grand pour trois, non ? Pourquoi devrait-il se contenter de le voir en photos ?

Sa petite montée de lait se dissipe aussi vite qu'elle est venue. Les filles ne partent que quelques jours. Il va avoir tout le reste de sa vie pour profiter de Charlotte. Le temps de Rébecca est compté. Elle n'a sûrement pas envie d'avoir un couple dans les pattes pour les derniers kilomètres.

Sans s'en rendre compte, il se remet à chantonner. « I have all my life to live, I have all my love to give… »

Trop tard, c'est sorti.

— Désolé, je n'ai pas fait exprès…

Il se mord la lèvre pour éviter que le malaise le fasse sourire comme un idiot.

— Je vais mettre de la musique, ça va me l'enlever de la tête.

Ses doigts tripotent nerveusement les boutons de l'autoradio. Au grand dam d'Éric, la voix de Gloria Gaynor éclate dans la voiture, surgissant des haut-parleurs comme le génie de la bouteille. Sans se soucier de son erreur de *timing*, elle entame le premier couplet de son grand succès avec son enthousiasme habituel.

Le mouvement brusque que fait Éric dans son empressement à changer de poste déporte la voiture vers l'accotement.

— Désolé, bafouille le chauffeur perturbé, sans qu'on sache trop s'il parle de l'embardée ou de sa malencontreuse bourde de DJ.

Charlotte glousse tandis qu'un commentateur sportif donne les résultats du football. La voix ensommeillée de Rébecca couvre la défaite des Alouettes pour demander à Éric de remettre la reine du disco sur son trône.

— Mets-la à fond. Au point où on en est, ça ne peut pas nous faire de tort.

Et on ne peut que lui donner raison. Se détendre le poumon en musique est idéal pour se réchauffer les pieds. Au premier refrain, l'embâcle noir se fragilise déjà. Il montre des signes de faiblesse, identifiables par un début de détente au niveau des maxillaires. Les mâchoires se relâchent un brin, les orteils trépignent dans les chaussures. Au deuxième couplet, le courant emporte la mauvaise foi accumulée au creux de l'estomac. Le cours normal des émotions peut reprendre ses droits dans l'habitacle où les voix s'échauffent peu à peu. Le ton monte. Voilà que le miracle s'opère et que l'eau de boudin est changée en beaujolais nouveau. Les vaisseaux du cœur sont de nouveau irrigués par autre chose que de la bile. Ça ruisselle de partout. Ça coule à flots. Le changement de pression dans la physique des fluides est tellement soudain qu'Éric doit même contenir un petit débordement au coin de l'œil pendant que les filles échangent un regard où l'amitié a enfin remplacé la peur.

Gloria, on t'en doit une.

* * *

Charlotte et Rébecca sont attablées devant un café et un sandwich, dans un des restaurants impersonnels de l'aéroport. Une présentatrice à la voix langoureuse annonce régulièrement les départs et les embarquements.

— Difficile de l'imaginer autrement qu'en *baby doll*, commente Rébecca en agitant un bâtonnet de plastique dans son café.

— Ils devraient la mettre en vitrine quelque part, rétorque Charlotte. Ça ferait une distraction pour les gens d'affaires qui passent leur vie dans les aéroports.

Tu imagines ? La fille en déshabillé lilas, un micro à la main, s'évertuant à donner toute la sensualité du monde aux mots « porte seize ».

— Je ne sais pas comment on arrive à décrocher cet emploi-là, se demande Rébecca.

— Je suppose que tu viens porter ton CV à Dorval en disant : « Je viens pour les annonces... »

— Et quand on te demande si tu as de l'expérience, tu dis : « Oui, j'ai enregistré le message d'accueil de la boîte vocale de diverses entreprises... »

— « Voici un extrait de mon savoir-faire sur CD », poursuit Charlotte. « Votre appel est important pour nous. Appuyez sur le trois et vous pourrez écouter de la musique d'ascenseur pendant une heure. »

— Peut-être qu'ils lui font faire un essai à l'entrevue, suggère Rébecca. « Pourriez-vous nous lire ceci, s'il vous plaît ? »

Charlotte joue le jeu, attrape le papier invisible que lui tend son amie et lit en exagérant le ton mielleux des annonceuses :

— Tous les passagers à destination de Francfort sont priés...

— D'apporter leurs pains à hot-dog s'ils veulent manger des saucisses, complète Rébecca.

Charlotte émet un petit hoquet jovial, mais son sourire fait rapidement place à un regard inquisiteur. Rébecca secoue la tête.

— Non, pas de nouvelles de Toulouse, si c'est ce que tu veux savoir.

— Il doit attendre que tu le rappelles.

Rébecca ouvre les mains dans un grand geste d'impuissance.

— Eh...

— *Eh* quoi ?

— Ben… *Eh* dans le sens de : « Eh ben, c'est dommage. Je n'ai pas l'agrume à l'amour. »

Avant que Charlotte ne trouve un argument pour la convaincre de changer d'avis, Rébecca se lève comme si on venait de l'appeler au micro.

— Si on allait s'acheter des magazines plutôt que de parler de choses qui n'existent pas ?

Charlotte la rattrape par le poignet et la force à se rasseoir.

— Je te rappelle qu'on a des sandwichs à manger. Et au prix qu'on les a payés, ça serait vraiment trop bête de les mettre à la poubelle.

* * *

Le séchoir à mains fait tellement de bruit qu'on dirait qu'il est muni d'un moteur d'avion. C'est vachement concept, pense Charlotte en glissant ses mains sous le puissant souffle chaud.

— Mais pourquoi tu ne prends pas les messages sur ta boîte vocale ? hurle-t-elle pour couvrir le vacarme de l'appareil.

Rébecca est toujours dans la cabine. Elle ne se donne pas la peine de répondre. Il faut dire qu'elle est très occupée à passer et repasser sa main devant l'œil magique qui déclenche la chasse d'eau. Pourquoi est-ce que ça ne marche pas ? J'ai fini, marmonne-t-elle à l'adresse de la cuvette. Rien à faire, ça ne bronche pas du côté des égouts. Elle se rassoit, se relève, agite la main, se retourne et envoie la main en direction du plafond. Si jamais il y a des caméras de surveillance, on ne pourra pas dire qu'elle n'est pas polie avec la plomberie. Elle finit de rattacher son pantalon. Tant pis. Elle va devoir mourir sans comprendre le mécanisme des toilettes de l'aéroport. Bah. Il y a des raisons plus sérieuses de s'attrister. Elle soulève le loquet de la porte et s'apprête à sortir quand la chasse d'eau se déclenche dans la cabine d'à côté. Où il n'y a personne, faut-il le signaler. Quelque chose ne tourne vraiment pas rond en ce bas monde.

— Tu comprends comment ça marche, toi, les toilettes automatiques? demande-t-elle en sortant de la cabine.

Une Asiatique entre deux âges se recoiffe devant le miroir. Ses iris noirs quittent un instant son reflet pour s'aventurer dans un coin plus propice à l'espionnage par rétroviseur géant.

— Ben, euh… ça se déclenche automatiquement quand tu t'enlèves de devant l'œil magique?

— C'est bien ce que je pensais, dit Rébecca. Je commence déjà à disparaître.

*** * ***

Dans la queue pour l'embarquement, une petite distraction vient égayer l'interminable attente. Un pilote d'Air France est en train de péter un plomb parce qu'on veut lui retirer le contenant de crème de plus de cent millilitres trouvé dans son bagage à main.

— Vous faites chier! gueule-t-il à la tête de l'employé qui n'est pourtant qu'à vingt et un centimètres de lui.

— C'est le règlement, monsieur, ânonne le fonctionnaire, comme s'il avait une cassette à la place du dentier.

— Je m'en fous de votre règlement! poursuit le pilote sur sa lancée. J'ai besoin de cette crème pour soigner mon eczéma.

L'argument laisse de glace l'homme en uniforme.

— Le contenant ne doit pas excéder cent millilitres, précise-t-il pour la trois cent quarante-sixième fois aujourd'hui.

Les yeux du pilote roulent dans leurs orbites.

— Je le sais très bien. Je prends l'avion douze fois par semaine. Mais le pharmacien n'avait pas de format plus petit en stock.

Le garant de la sécurité canadienne secoue ses bajoues flasques pour montrer qu'il est désolé.

— Je ne peux rien faire.

Dans la queue, toutes les têtes sont tournées vers les deux hommes. On peut reconnaître les francophones à l'air amusé qu'ils arborent. Les autres regrettent de n'avoir pas suivi avec plus d'assiduité leurs cours de français.

— C'est parfaitement insensé, s'énerve le coq gaulois. C'est moi qui pilote l'avion ! Si je veux le *crasher*, je vais le *crasher*. Je n'ai pas besoin d'une bouteille de crème contre l'eczéma pour ça !

Un porteur d'uniforme plus âgé, mais aussi plus armé que le perroquet de service, s'approche de la scène de l'altercation.

— Pouvez-vous répéter ce que vous venez de dire, monsieur ? demande-t-il avec un léger accent anglais.

Le visage du pilote se plisse comme un sac de plastique laissé trop près du grille-pain. Il attrape sa bouteille de crème. On sent qu'il résiste à l'envie de la lancer de toutes ses forces en travers des lunettes de l'agent de sécurité. Il se contente de la laisser tomber par terre d'un air méprisant avant de prendre sa valise et de foncer droit devant lui, tel le buffle regagnant le fond de sa prairie.

Les agents demeurent impassibles, mais on sent que ça va jaser fort dans la salle des employés en fin de journée.

Quand vient son tour, Rébecca se demande si elle doit se coucher sur le tapis roulant avec les sacs, les clés et les pièces de monnaie. Elle n'est plus à quelques rayons X près. Peut-être que son pamplemousse fait plus de cent millilitres et qu'elle est une menace terroriste aux yeux des autorités ?

Mais l'employé se contente de lui passer le bâton magique sous les bras et près de la ceinture. De ce côté-là, rien à craindre. C'est le calme plat. Quoique du côté de la vessie…

* * *

— Prends mon cellulaire et consulte ta boîte vocale. C'est un ordre.

Rébecca prend un air faussement blasé et continue de lire son magazine.

— Mais comment tu peux dire qu'il ne t'a pas donné de nouvelles si tu n'as pas pris la peine d'écouter tes messages ?

— Il fausse, répond Rébecca en tournant la page.

Encore une heure à tuer dans la zone d'embarquement, et elle va pouvoir dormir dans l'avion. Si Charlotte accepte de la fermer, évidemment.

— Comme si c'était une raison suffisante…

Le clac du magazine qui se referme fait sursauter Charlotte. Elle en échappe presque son téléphone.

— Non, la raison suffisante, c'est qu'il y a soixante-quinze pour cent des chances que je sois disparue avant le retour des oies blanches et que ça n'a aucun sens, dans une telle situation, d'envisager une relation amoureuse avec qui que ce soit. Qu'il fausse ou qu'il gazouille comme un rossignol.

Rébecca se tourne vers la blonde en tailleur bleu, assise devant elle, qui la regarde fixement.

— Vous voulez ma photo, ou un autographe sur un bout de papier vous suffira ?

La blonde apostrophée baisse les yeux et s'abîme dans la contemplation de son vernis à ongles.

— Est-ce qu'on peut considérer qu'on a fait le tour du sujet comme le cow-boy le tour de la montagne? demande Rébecca avant de rouvrir son magazine à la page Beauté.

Charlotte capte le regard de la femme en tailleur qui ose un œil au-delà de ses phalangettes. Elle lui adresse un demi-sourire complice, mais la voyageuse fait celle qui n'a rien vu. Elle se lève pour aller faire un tour, espérant sûrement en son for intérieur ne pas se retrouver assise à côté de ces deux hystériques dans l'avion.

— De toute façon, ça fait au moins cinq ans que tes relations ne durent jamais plus de six mois, alors je ne vois pas pourquoi, ce coup-ci, tu...

La phrase ne va pas plus loin. Elle s'enlise d'elle-même comme une auto trop téméraire dans le désert.

Pendant que Charlotte cherche un nouvel angle d'attaque, Rébecca se renseigne sur les bienfaits de l'huile sèche tonifiante. L'huile sèche tonifiante? Et pourquoi pas la pierre crémeuse asphyxiante?

— Alors, plus jamais de galipettes? susurre Charlotte à son oreille.

— Je n'ai pas dit ça.

— Et où tu vas prendre le volontaire? À ma connaissance, ce n'est pas un service offert par le CLSC...

Rébecca se lève et dépose son magazine entre les mains de son amie.

— Charlotte?

— Mmm.

— Tu m'épuises. Je ne sais pas qui ce sera, mais ça ne sera pas Toulouse.

— Pourquoi?

Charlotte la regarde s'éloigner, convaincue qu'elle n'en tirera pas de réponse, mais Rébecca se retourne au bout de quelques pas pour crier :

— Je te l'ai dit, il fausse !

Et bang ! Elle fonce dans la voisine curieuse qu'elle vient tout juste d'invectiver.

* * *

Ça fait maintenant plus de dix minutes que Rébecca est partie aux toilettes, et Charlotte commence à s'inquiéter. Surtout que la voix éthérée de *Baby doll woman* vient de faire la première annonce de l'embarquement pour leur vol.

Les deux bagages de cabine sont à ses pieds. Elle a trois magazines sur les genoux et deux bouteilles d'eau traînent sur le siège à ses côtés. Il va falloir qu'elle trimballe tout ça si elle veut se mettre à la recherche de son amie.

Fait chier.

Elle embarque tout le bazar comme elle peut et clopine jusqu'à la salle de bains la plus proche. Rébecca n'est pas devant les lavabos. Ses chaussures n'apparaissent sous aucune porte de cabine. Mais où est-elle, merde ? Elle n'a quand même pas décidé de rentrer à la maison sans l'avertir ?

— Vous n'auriez pas vu une femme avec les cheveux décolorés très courts ? demande Charlotte à une jeune fille qui se lave les mains.

Visiblement pas, si on se fie à la moue désolée de l'adolescente.

Merde. Merde.

Toujours chargée comme une ânesse un jour de marché, Charlotte doit se rendre à l'évidence qu'il est plus facile d'entrer que de sortir des toilettes. C'est une petite vieille en déambulateur qui vient à son secours en poussant la porte de l'extérieur. Charlotte l'attrape du coude et la maintient ouverte jusqu'à ce que l'aïeule ait fini de trottiner jusqu'à l'intérieur. Un siècle s'écoule avant que Charlotte puisse relaxer son avant-bras, tordu dans une position contre-nature. Dans les haut-parleurs, le déshabillé parlant informe voluptueusement sa charmante clientèle qu'il s'agit du deuxième appel pour le vol à destination de Las Vegas.

— Merci beaucoup, mademoiselle, chevrote la tortue du quatrième âge, une fois que sa marchette a assez avancé pour ne plus risquer d'être projetée sur le sèche-mains si Charlotte lâche la porte. Merci, reprend-elle, comme si une fois ne suffisait pas à payer tant de civilité.

Charlotte remonte les coins de sa bouche du mieux qu'elle peut avant de disparaître dans la foule. De retour aux recherches après cet avant-goût d'éternité.

Premier réflexe : retourner là où elles étaient assises. À moins que Charlotte ne se trompe d'emplacement, il y a maintenant deux enfants à genoux qui se disputent les sièges qu'elles occupaient, mais aucune trace de Rébecca.

Elle regarde tout autour. Par où chercher ? Le mieux est encore d'aller directement à la porte d'embarquement. Rébecca va finir par avoir l'idée de s'y rendre. D'ailleurs, elle y est peut-être déjà. Merde. Merde. Merde. Et si elle n'y est pas ? Si elle s'est évanouie quelque part dans un coin ? Allongée derrière un étalage d'orignaux en peluche dans une boutique hors taxes ?

Charlotte se prend brièvement à espérer qu'elle est déjà morte et que tout ce cauchemar est fini. Mais ses neurones interdisent illico l'accès de cette idée à son cortex frontal. Elle peut presque entendre le bruit des freins sur sa moelle épinière.

La jeune femme court, hors d'haleine, une bouteille dans chaque main, les bras serrés autour des magazines tandis que les sacs cognent sur ses hanches.

Mais qu'est-ce que Rébecca fout encore, bordel ?

Une alarme se déclenche tout d'un coup au fond de son crâne. Alerte ! Alerte ! Quelque chose est entré dans son champ de vision et l'oblige à s'arrêter. Charlotte l'a lu dans un article scientifique récemment : la conscience a toujours un train de retard sur l'œil. Quand l'information est enfin traitée par son cerveau, la jeune femme a déjà dépassé ce qui a obligé son corps à ralentir.

Elle recule de quelques pas. C'est ça, cette veste de velours brun, c'est bien elle. C'est Rébecca.

Les sacs rebondissent une dernière fois sur les hanches de Charlotte quand elle s'immobilise. À trois mètres sur la gauche, Rébecca est pendue au récepteur d'un téléphone public. Comme elle n'a plus de main disponible, Charlotte donne un coup de pied dans les mollets de son amie. On dira ce qu'on voudra, un brin de violence fait toujours du bien dans ces cas-là. Quand Rébecca se retourne, elle est à peine étonnée de trouver Charlotte en sueur devant elle.

— Il est trop chou, dit-elle, avant de raccrocher, avec un sourire idiot.

* * *

Au comptoir, une agente de bord vient d'ouvrir le micro après avoir consulté une dernière fois la liste sur l'écran d'ordinateur. « Les passagères Rébecca Fréchette et Charlotte Lavoie sont priées de se présenter immédiatement à la porte numéro seize. *Passengers…* »

Charlotte l'interrompt en agitant sa carte d'embarquement.

— C'est nous. C'est nous.

L'employée a un sourire réflexe et attrape les cartons sans faire de commentaires.

— Passeports ?

Elle n'a pas l'air de se formaliser du fait que Charlotte croule sous les sacs en suant à grosses gouttes pendant que Rébecca flotte derrière elle, avec un air béat.

Peut-être pense-t-elle que le merveilleux monde de la pharmacopée y est pour quelque chose ?

Un mouvement des sourcils trahit son étonnement quand elle compare la morne photo de passeport de Rébecca à la blonde décolorée et radieuse qui lui fait face, mais son professionnalisme cent pour cent polyester la retient de faire des commentaires capillaires.

— Dépêchez-vous, on vous attend, se contente-t-elle de dire.

* * *

Dans l'allée encombrée de l'avion, les passagers mettent, remettent et re-déplacent leurs sacs, vestes et autres effets personnels dans les compartiments au-dessus de leur siège. On sent que certains pourraient y passer le reste du vol si les agents de bord les laissaient faire.

« Tu es sûr que tu ne veux pas ton livre, mon chéri ? Attends, je te le sors, mais avant, passe-moi ton chandail que je le range dans le sac. Tu vas le froisser si tu le laisses là. Tu veux un sandwich ? »

Quand les deux femmes atteignent enfin leurs places, les rangements sont évidemment pleins. Charlotte a juste le temps de rattraper un sac de plastique contenant des achats hors taxes avant qu'il ne s'écrase sur un passager assis devant eux. L'homme, qui a judicieusement choisi ce moment pour se pencher et fouiller dans la pochette devant son siège, ne se rend même pas compte qu'il vient d'échapper à une attaque de whisky, et qu'il aurait pu se retrouver avec un mal de crâne carabiné sans même avoir ouvert la bouteille.

Charlotte tend le sac à l'hôtesse de l'air qui vient de se matérialiser à ses côtés.

— Désolée, c'est tombé du plafond, et je n'arrive pas à le remettre en place.

On dirait que l'hôtesse voudrait sourire, mais qu'elle a mal quelque part. Peut-être pense-t-elle aux heures de vol qui lui restent à faire avant de pouvoir enlever ses souliers. Peut-être se dit-elle qu'elle n'en peut plus de ces passagères imbéciles et impotentes qui prennent le personnel de bord pour des domestiques. Peut-être est-ce simplement sa façon à elle de ne pas pleurer en songeant à son mari qui la trompe quand elle survole le continent.

Pendant l'incontournable pantomime illustrant les mesures de sécurité, Charlotte n'y tient plus. Elle se tourne vers son amie.

— Alors ? Qu'est-ce qu'il t'a dit ?

Rébecca ferme les yeux.

— Rien. Je ne lui ai pas parlé.

Elle appuie sur le bouton pour abaisser le dossier de son siège et sourit.

— Je ne t'ai pas demandé ce que tu lui avais dit, mais ce qu'il t'avait dit. Il t'a laissé un message, quand même, non ? Tu n'as pas cette tête de sapin de Noël illuminé pour rien.

Rébecca sourit toujours, sans que l'intention de répondre semble faire partie de ses plans d'avenir. Il faut le dire, ça énerve prodigieusement Charlotte, qui actionne le mécanisme pour redresser le siège de son amie.

— Eh ! se rebiffe Rébecca, qu'est-ce que tu fais ?

— On va décoller, laisse tomber Charlotte, d'un air d'innocente perfidie. Il faut redresser les sièges.

D'un index hypocrite, elle montre Sourire Forcé qui vient justement de prendre appui sur le dossier du siège de devant dans sa petite promenade rituelle pour vérifier que tous les passagers sont bien attachés. L'hôtesse se fend la poire de son rictus amer. Ça part d'un bon sentiment. Que voulez-vous, on ne peut pas tirer juste à tous les coups.

L'avion commence lentement à rouler sur la piste. Rébecca en profite pour coller son nez au hublot comme si un spectacle grandiose l'y attendait. Charlotte prend une gorgée d'eau. Bon. On se calme. Il faut seulement un peu de patience, Rébecca va bien finir par tout raconter tôt ou tard. Après tout, ce n'est pas si urgent. Charlotte se laisse aller contre son dossier. C'est à son tour de fermer les yeux. Un petit répit bien mérité après le tourbillon des derniers jours.

Les moteurs grondent sous les sièges. Elle pense au regard triste d'Éric, planté sur l'asphalte mouillé du débarcadère. Son air faussement détaché donnait mal au ventre. À la tête qu'il faisait, on aurait cru qu'elles embarquaient pour un vol direct à destination de l'au-delà. Peut-être savait-il quelque chose qu'elle ignorait. Quelque chose qu'il avait lu dans son horoscope en prenant son café, quelque part entre les cotes de la Bourse et les mots croisés. Mars est en Capricorne. Un être cher disparaîtra sans laisser de traces. Au travail, ne ménagez pas la photocopieuse, elle saura bien vous le rendre. Chiffres chanceux : 1, 2, 3, 4, ma p'tite vache a mal aux pattes.

Charlotte jette un œil du côté de Rébecca. Elle est toujours rivée à son bout de ciel. Le bruit des moteurs s'amplifie. L'avion gonfle ses poumons avant de prendre son élan. Ça y est. La course est lancée. La bête file sur la piste, compressant l'estomac de ses passagers contre leur colonne vertébrale. Une toute petite dose d'adrénaline monte à la tête de Charlotte. Le léger étourdissement qui signale au corps qu'il a perdu contact avec le sol. Si l'avion dans lequel elle vient de monter allait malencontreusement plonger dans le lac de tête d'une montagne du Colorado, est-ce qu'elle regretterait d'avoir abandonné Éric sur un trottoir humide ? Est-ce qu'elle préférerait qu'il soit à ses côtés à lui tenir la main pour unir leurs corps une dernière fois dans un fulgurant désordre plein de bruit et de fureur ? Ou le voudrait-elle sain, sauf, seul ? Et triste à en mourir ? Honnêtement, est-ce que la vie est si précieuse qu'elle vaut la peine qu'on soit malheureux ? Allez, sois honnête, ma vieille. Une fois. Dévoile le fond de ta pensée.

Mais Rébecca, qui vient de lâcher sa contemplation du monde extérieur, ne lui laisse pas la chance de trancher l'épineuse question. Elle agrippe le bras de Charlotte pour lui souffler avec une intensité qui tranche avec le détachement qu'elle a l'habitude d'afficher :

— Je veux mourir à la tombée de la nuit, un soir d'hiver, quand le ciel sera de cette couleur-là.

Charlotte ravale ses petites questions faussement existentialistes.

— D'accord. Je vais voir ce que je peux faire.

13

Accoudée au comptoir de location, Rébecca bâille à s'en décrocher les mâchoires pendant que Charlotte essaie de garder les yeux suffisamment ouverts pour trouver le X à côté duquel apposer sa signature. Avant d'en arriver enfin à ce moment crucial, elles ont dû passer vingt minutes à répondre à une quantité démoniaque de questions sur le genre de voiture qu'elles désiraient, sur sa couleur, son nombre de portes, de clés, les modalités de paiement, les heures et les dates de départ et de retour, et surtout, surtout, sélectionner parmi un vaste choix le type de couverture d'assurances que ces dames souhaitaient avoir.

Bill est ravi de les servir, comme l'indique son épinglette dorée. Sa patience, galvanisée par son enthousiasme corporatif, est à toute épreuve. Il décline les options de location, comme si c'était le menu alléchant d'un repas sept services.

L'esprit aussi vif qu'un carton mouillé, Charlotte répond un peu au hasard, comme un étudiant paresseux à un examen à choix multiples. Ce qui est encourageant, c'est que Bill s'exclame « Great! » à chacune de ses réponses, comme si elle avait fait le choix le plus judicieux du monde. Charlotte s'attend à tout moment à entendre l'orchestre lancer la musique d'intro faisant apparaître la fille en robe de soie rouge qui lui remettra les clés de la voiture dans l'éclairage éblouissant des projecteurs. Mais c'est Bill, sous la lumière glauque des néons, qui glisse finalement le trousseau sur le comptoir beige, dans un dernier sourire affable et satisfait.

— Have a nice trip, ladies.

— You too, répond Rébecca, trop endormie pour se rendre compte de l'incongruité de ses salutations.

* * *

— Il faut se rendre à l'hôtel, maintenant, soupire Charlotte, assise derrière le volant.

S'embarquer pour le Rallye des gazelles à travers le Sahara ne lui paraîtrait pas une aventure plus hasardeuse.

Rébecca a les yeux rivés sur ses genoux, là où repose la carte de Las Vegas, offerte gracieusement par leur nouvel ami Bill. Le problème, c'est qu'il fait noir et qu'elle ne voit strictement rien.

— On pourrait dormir jusqu'à ce qu'il fasse clair, propose-t-elle sans conviction.

Charlotte démarre le moteur de la petite voiture décapotable. Ça doit vouloir dire non, en conclut Rébecca.

Elle se met à la recherche d'un interrupteur permettant de faire la lumière sur l'affaire. Essuie-glaces, porte-gobelet, chauffage, rétroviseur, radio, coffre à gants, pare-soleil. Et ça? C'est bien une lumière, mais ça refuse de s'allumer. Pas la peine de l'arracher. Climatisation, ventilation. Tiens, le bouton pour ouvrir le toit. Pourquoi pas? Rébecca appuie. Le plafond se rétracte, le ciel se déploie et un lampadaire éclaire soudain la carte. Elle est à l'envers. Ah! Voilà pourquoi elles avaient perdu le nord. Le moteur tourne toujours, et les filles n'ont pas encore choisi la direction à prendre.

— Bill n'a pas dit que c'était simple ? se rappelle Rébecca, maintenant qu'elle a le plan devant elle. On sort sur Paradise, on tourne à gauche sur Tropicana Avenue, puis à droite à Las Vegas Boulevard.

— Et tu as une idée où est Paradise ? demande Charlotte.

— Noop, je ne pas avoar d'idée, rétorque Rébecca dans une jolie imitation d'Américaine à Paris. Sinon, je y aller daïrectement, sans passer go, sans réclamer deux cents dollars.

Sa main dessine un large arc de cercle qui englobe le pare-brise et son au-delà.

— Mais bon, mords dans la vie, on verra bien où ça nous mènera.

Dit comme ça, ça paraît un bon plan. Charlotte voudrait passer la première vitesse, mais la voiture est automatique, il faudra s'y faire.

Le vent frais de la nuit fait aussitôt son effet. La peau se rappelle qu'elle est un organe vivant, et les neurones se remettent à créer des liens entre copains.

— Là ! s'écrie tout à coup Rébecca.

Charlotte tourne les yeux dans la direction pointée par son amie. Un immense panneau vert annonce Paradise Road. Elles n'ont qu'à se laisser glisser sur la bretelle de sortie. Ce n'était pas la peine d'en faire tout un plat. Il n'y a pas d'autre issue, semble-t-il.

Si c'est ça, le Paradise, Jésus doit se retourner sur sa croix. Un boulevard à six voies déferle vers un infini de lumières. Ça clignote, ça frétille, ça s'étale dans des dimensions démentielles. Ça s'aggrave d'un cran à gauche sur Tropicana et à droite sur Las Vegas Boulevard, ça devient littéralement un feu d'artifice mis sur pause. Prenez un manège étourdissant, mettez-le dans un robot culinaire, secouez un peu et ouvrez les yeux. Las Vegas vous sourit. On a une idée de ce que peut représenter un milliard quand on pense au nombre d'ampoules allumées dans cet univers artificiel, planté au milieu du désert. S'il y a un mot qui vient spontanément à l'esprit, même chez ceux qui ne sont pas trop portés sur la bagatelle, c'est bien *orgie*. On se sent presque coupable d'appartenir à une espèce partie de l'amibe pour en arriver là.

— Dire que Las Vegas signifie « vallées fertiles », murmure Charlotte.

— En tout cas, on peut dire qu'on est loin du potager, rétorque Rébecca. On dirait une mégaville dans un film de science-fiction à gros budget. C'est là, conclut-elle en indiquant un ensemble de bâtiments sur la gauche.

Tant qu'à jouer aux touristes, les filles ont misé sur une valeur sûre au palmarès du kitsch. Elles ne sont pas déçues. Le Caesars Palace se dresse dans toute sa splendeur de pacotille, encore plus invraisemblable dans ses trois dimensions surréelles que sur les photos glanées dans Internet.

C'est trop. Rébecca est prise d'un fou rire irrépressible, comme devant un dégât irréparable.

— Je ne peux pas croire…

La sensation d'irréalité crée un effet d'hélium sur son pamplemousse. Quelque chose s'élève et s'échappe de sa boîte crânienne. Elle a beau faire un effort, elle n'arrive plus à raccrocher l'univers incongru qu'elle a sous les yeux au fil de ce qu'était sa vie jusqu'à ce jour. Ça y est. Sa conscience se dilate et commence à déborder de la casserole. Est-elle vraiment Rébecca Fréchette, une célibataire née au Québec, graphiste de formation, propriétaire d'un condo sur le Plateau, condamnée par un cancer incurable ? Peut-être que oui. Peut-être que non. Comment savoir ? Tout ça n'est peut-être qu'une illusion, le résultat hyperréaliste d'une carte postale virtuelle particulièrement réussie. Ou peut-être que, contrairement à ce qu'on nous a toujours raconté, l'existence fonctionne comme un jeu vidéo et qu'on a droit à une nouvelle vie. L'éventualité de passer sa seconde vie dans ce parc d'attractions ne lui déplaît pas. Ça la changerait des problèmes de logiciels défaillants et de cellulite galopante. Rébecca rit toujours, du rire victorieux de celle qui vient enfin de trouver une sortie au labyrinthe dans lequel elle errait depuis des siècles. Mais son rire lui revient en écho étouffé. C'est bien la preuve que les murs qui l'entourent existent toujours.

— Et je me gare où, là-dedans ? lâche Charlotte au pied du palace romain exultant dans ses mégawatts.

— Dans le stationnement ? suggère Rébecca, de retour sur terre.

* * *

— Il s'est excusé d'avoir chanté aussi mal, marmonne Rébecca, le visage à demi englouti dans son oreiller.

— C'est tout ?

Les deux femmes sont allongées et laissent la gravitation terrestre enfoncer leurs corps fourbus dans les draps propres mais un peu rêches de leurs lits *king*. Une montagne de coussins s'élève entre leurs couches respectives, le résultat de tout ce qu'elles ont dû pelleter avant de découvrir la couleur du couvre-lit.

Après le tumulte électrique des rues de Vegas, l'obscurité donne l'impression d'une débarbouillette fraîche sur le front, un jour de canicule. Bien sûr, ce serait encore mieux si on pouvait faire sauter l'horrible veilleuse verte du système d'éclairage d'urgence, mais bon. On ne va pas faire la fine bouche, et puis, en se cachant la tête derrière un des monstrueux oreillers, on arrive presque à la faire disparaître.

— Il ne t'a rien dit d'autre? demande Charlotte au bout d'un moment. Il ne t'a pas dit pourquoi il était parti sans te parler?

Ça pourrait être quelques secondes ou quelques heures plus tard, elle n'est pas en mesure de le dire. Peut-être qu'elle a dormi depuis la question précédente. Peut-être que Rébecca s'est assoupie, elle aussi. La fatigue de Charlotte est telle que les pompiers devront la lancer par la fenêtre si le feu prend. Il est hors de question de faire un geste de plus aujourd'hui.

Le temps continue à ramper sans bruit. Le silence de la chambre est uniquement profané par le ronronnement de la ventilation depuis que Charlotte a débranché le minibar réfrigéré qui lui faisait compétition. L'épais tapis, si moelleux qu'il faut pratiquement s'accrocher aux meubles pour parvenir à s'y tenir debout, amortit les bruits du monde extérieur et rend l'atmosphère aussi brumeuse qu'un cerveau grippé. C'est bon de flotter, les membres à la dérive sur le matelas, en attendant que la vague du sommeil passe vous chercher.

— Il m'a dit qu'il travaillait tôt le lendemain. Et qu'il ne voulait surtout pas s'imposer, déclare tout à coup l'obscurité en empruntant la voix de Rébecca.

— Rien d'autre? fait Charlotte, dont l'incrédulité peine à pointer dans le mince filet de voix que son larynx daigne laisser passer.

Comme le souffle de la ventilation étire le temps de la chambre, on ne peut pas se fier sur lui pour mesurer les minutes qui passent. Au loin, on entend vaguement des gens parler. C'est déjà un repère plus solide, même s'il s'efface aussi rapidement que la buée de la vitre sur laquelle on a soufflé.

— Il a dit « Je ne veux surtout pas m'imposer », et il a raccroché ?

La respiration de Rébecca est maintenant plus régulière. La question arrive peut-être un peu tard. La jeune femme s'est probablement enfuie dans les bras de Toulouse, dans le pays plus fragile et plus friable des rêves.

Des images éparses de sièges d'avion, d'Éric les bras ballants, de rues illuminées et de comptoirs d'enregistrement défilent sous les paupières fermées de Charlotte. Ses jambes tressaillent. Sa bouche s'entrouvre. Elle va, elle aussi, bientôt basculer dans la zone obscure qui est ce qui ressemble le plus à l'idée qu'on peut se faire de la mort.

— Non, dit de nouveau l'obscurité.

Pendant un bref instant, Charlotte, qui flotte entre deux mondes, se demande qui parle et de quoi.

— Il n'a pas raccroché.

Rébecca s'accorde une petite pause bien méritée avant de poursuivre :

— Il a chanté… Encore… Sa chanson…

Une couche de silence s'étale de nouveau dans la chambre. Un rien de salive monte aux lèvres de Charlotte, glisse subrepticement en direction de son oreiller. La voix de Rébecca arrête *in extremis* le débordement liquide.

— Il a dit que c'était la première fois de sa vie qu'il pensait vraiment ce qu'il chantait.

Charlotte essaie de réaligner ses mâchoires détendues pour en savoir plus.

— Et puis ? arrive-t-elle à émettre malgré les lâches tentatives de son oreiller pour l'en empêcher.

Un ange passe, un ascenseur arrive à l'étage, une porte se referme au loin. La dernière chose que Charlotte entend avant de sombrer, c'est:

— Et puis, il a raccroché.

Rébecca sourit dans l'obscurité. La ventilation ronronne. Le monde tournoie autour d'elle.

La nuit sera bonne.

14

— On ne peut pas venir à Las Vegas sans jouer au casino.

C'est ce que décrète Rébecca, dès le réveil. C'est-à-dire peu avant midi.

— Hon… On a passé l'heure du *check out,* marmonne Charlotte d'une voix ensommeillée.

— Raison de plus, rétorque Rébecca en ouvrant grands les rideaux. Aujourd'hui, on reste à Vice City, on se ruine et on part se jeter dans le Grand Canyon demain.

— Wou, quel programme ! fait Charlotte, dans une pâle imitation d'enthousiasme. C'est fou comme ça donne envie de se lever.

En plantant ses pieds nus dans le tapis beige, elle a l'occasion de constater que le sol est toujours aussi instable. Une vague intention de se rendre aux toilettes à quatre pattes la traverse, mais elle résiste. Après tout, c'est elle l'élément sain du couple, c'est à elle de donner l'exemple.

Après avoir péniblement avancé, les genoux flageolants, sur du mou chaud et laineux, elle appréhende le moment où ses pieds nus vont toucher la céramique froide de la salle d'eau. Mais, à sa grande surprise, le sol y est aussi chaud qu'un ventre sous la couette. César ne fait pas les choses à moitié pour les orteils de la clientèle délicate de son palace.

Elle va entrer dans la douche aux dimensions d'un hall de gare quand elle entend un bruit mou en provenance de la chambre.

— Rébecca ?

Figée comme un pointeur qui a repéré le canard, Charlotte tend l'oreille.

— Rébecca ?

Pas de signe de vie du côté de la chambre.

Charlotte attrape une serviette et sans prendre la peine de s'enrouler dedans, sort de la salle de bains au grand galop. Ça devient inquiétant, cette nouvelle propension de Rébecca à s'effondrer à tout bout de champ. Il faudra la surveiller aux abords du Grand Canyon. Si elles finissent par se rendre jusque-là, bien entendu…

Tout d'abord, il n'y a pas de Rébecca en vue dans la chambre. Le temps que le cerveau de Charlotte traite cette information étonnante, un rire monte du tapis. Un pas de plus lui révèle son amie, étalée de tout son long sur le tas de coussins entre les deux lits. On dirait le calife Haroun El Poussah reposant sur son trône.

— Ça va ? demande Charlotte, toujours nue et décoiffée.

Rébecca sourit.

— Oui, et toi ?

— Oui. Enfin… Je croyais que tu étais tombée…, balbutie Charlotte, en se couvrant tant bien que mal de sa serviette.

— J'ai bien peur que ce soit le cas, avoue Rébecca.

Elle ferme les yeux quelques secondes avant de lancer :

— C'est complètement insensé, mais je pense que je vais le rappeler.

* * *

Les assiettes d'œufs bacon que dépose Cindy, l'esclave romaine *happy to serve you,* devant les deux filles attablées à l'un des nombreux restaurants du majestueux empire, sont grosses comme des volants d'autobus. Il faut presque tendre le bras pour atteindre la tranche de tomate qui repose, telle une naïade nue, sur son lit de verdure. La salière, en forme de colonne du temple, pourrait servir de matraque à la police en cas d'émeute au bar à salades.

— Ça va nous occuper une partie de l'après-midi, commente Rébecca, en souriant à ses patates rissolées.

— Oui, mais ça risque de nous gâcher le souper…, fait mine de s'inquiéter Charlotte.

— Me passerais-tu le poivre, que je fasse un peu d'exercice avant de manger?

Cindy est une véritable fontaine, remettant à niveau, dès qu'elle le peut, les contenants de liquide de ses trop rares clients. L'heure est creuse, il faut l'avouer. La plupart des touristes qui ne sont pas en train de perdre leur maison aux tables de jeu s'enduisent de crème solaire, leurs pieds ridés trempant dans l'un des innombrables bassins d'eau chlorée que l'auguste César met à leur disposition.

L'eau potable fournie gracieusement par Cindy se boit comme de l'eau. Le problème, c'est qu'il en est de même pour son café. La machine expresso est, semble-t-il, en vacances sur la Côte pour réparation et les filles doivent noyer leur peine dans *l'americano* bien vaisselé.

— Si je lui disais que je suis porteuse d'un pample-mousse qui peut exploser à tout moment — non, mais c'est vrai, il faut bien que ça serve… — et que j'ai choisi son palace pour passer mes derniers moments de bonheur sur terre, tu penses qu'elle irait me chercher un vrai café à l'autre restaurant du complexe ?

— Tu peux essayer… Sauf que, vu la distance, elle risque de finir son quart de travail avant d'être de retour. Sans compter que le café va arriver froid.

— Tu marques un point. Bon, tant pis. Je me plaindrai directement à César, si je le rencontre de l'autre côté. Et peut-être qu'il viendra hanter les cuisines pour vous punir, ajoute Rébecca, tout sourire, à l'adresse de Cindy, plantée derrière elle avec son pichet d'eau.

— Beg your pardon ? fait la fontaine.

— You have a very nice suit.

— Oh ! Thank you ! Some more water ?

Rébecca voudrait bien répondre qu'une vessie humaine a ses limites et qu'il est contre ses principes de les transgresser, mais les mots lui manquent dans la langue de l'oncle Sam. Elle se contente de sourire en secouant la tête.

— No, thank you, Cindy.

* * *

— C'est d'un kitsch ahurissant, dit Charlotte, alors que les deux femmes traversent l'immense hall d'entrée pour retourner à leur chambre.

— Est-ce que c'est horriblement quétaine ? demande Rébecca.

— Quoi ? Tu ne trouves pas ? fait Charlotte en montrant le marbre à perte de vue, les colonnades à profusion et les fontaines à gogo.

— Non, pas Rome, Toulouse. Je veux dire l'idée de chanter une chanson d'amour sur une boîte vocale.

Charlotte s'arrête. Le sol est tellement lisse que les semelles de ses sandales glissent sur quelques centimètres avant de s'immobiliser.

— En chaussettes là-dessus, on pourrait vraiment s'amuser, commente-t-elle. On devrait essayer...

— Sois franche, la somme Rébecca.

— Écoute..., commence Charlotte, sans trop savoir où elle s'en va.

Rébecca se raidit.

— Tu trouves ?

— Mais non, fait Charlotte d'un ton mal assuré.

— Tu n'as pas l'air sûre.

Charlotte soupire. Honnêtement, elle ne sait pas quoi en penser. Elle n'a jamais adressé la parole au fameux propriétaire des saucisses. Tout ce qu'elle en connaît, c'est sa façon excentrique d'onduler sur une piste de danse et la manière un peu hésitante qu'il avait de chanter, le soir de la fête. Mais elle avait trop la tête ailleurs pour juger objectivement et de son talent et de sa sincérité.

— Qu'est-ce que ça change que je trouve ça quétaine ou pas ?

Rébecca reste coite, les yeux rivés sur une fontaine qui glougloute au loin.

— Avec ce qui t'arrive, as-tu vraiment besoin de ma bénédiction pour aller où tu veux avec qui tu veux ? Tous les ouvrages de pensée positive l'affirment, tous les pourriels en PowerPoint avec des images de coucher de soleil le répètent, tous les t-shirts avec des phrases toutes faites le proclament en caractères gras : ce sont les choses auxquelles on a dit non qu'on regrette le plus. Il doit bien y avoir du vrai là-dedans. Alors, tu vas me faire le plaisir de dire oui.

— Charlotte ? murmure Rébecca d'une voix éteinte.

— Quoi ?

— On dirait que je ne vois plus de l'œil gauche.

Charlotte aurait envie de dire : « Bon ! voilà autre chose ! » mais elle se retient.

C'est quand même délicat de sa part.

* * *

Les deux femmes sont assises côte à côte sur une ottomane, devant une réplique du David de Michel-Ange.

— Tu es sûre ? demande Charlotte, sans lâcher la main de son amie.

Une boule d'angoisse écrase toujours le bacon noyé de café qu'elle vient d'avaler.

— Oui, oui, c'est parti comme c'est venu. Je te jure.

Rébecca est tellement soulagée d'avoir recouvré la vue qu'elle en oublie pour l'instant qu'elle peut la reperdre à tout moment. Tout sursis est bienvenu. Ce serait quand même dommage d'aller jusqu'au Grand Canyon pour le voir d'un seul œil.

— OK, petit test, alors, annonce Charlotte, en plantant son sac devant l'œil droit de Rébecca.

— Vois-tu tout ce qu'il y a à voir du beau David avec pas de culottes qui est devant toi ?

— C'est petit, mais c'est là.

— C'est normal. C'était avant l'obsession pour le grand format.

Rébecca se lève et approche de la sculpture, le sourire en coin.

— Par contre, tu as vu ses mains ? Méchantes paluches. Ça ne te rappelle pas quelqu'un ?

Charlotte fait glisser ses pieds sur le marbre lisse du sol. Ça fait un petit chuintement presque imperceptible, agréable comme la chip sous la dent.

— Est-ce qu'on s'entend pour dire que c'est un signe ?
Rébecca se tourne vers elle, sans cesser de sourire.

— Est-ce qu'on s'entend pour dire que je ferai bien ce que je veux de tes maudits signes ?

— Tu m'en vois ravie, fait Charlotte en lui tendant son cellulaire.

* * *

Charlotte attend Rébecca en bordure de la piscine de Vénus, un bassin tellement grand qu'il pourrait servir d'aquarium pour une famille de baleines s'il était juste un peu plus profond.

Son amie a demandé l'intimité la plus totale pour son coup de fil. Pas question pour elle de faire ça dans le hall sous le regard blanc d'un David musclé et surtout à portée des oreilles trop curieuses de Charlotte. Celle-ci aura son compte rendu au moment opportun. Avec les détails que son amie voudra bien lui révéler. Rien de plus.

Charlotte se détend sur une chaise longue. Il ne fait pas assez chaud pour avoir envie de se mettre en maillot pour plonger, mais le soleil est bon, et le vent à peine assez léger pour faire frissonner le tissu de la robe. La jeune femme ouvre un œil de temps en temps pour consulter le document qui dresse la liste des services offerts au spa. Elle lit une ou deux lignes à la fois, avant de refermer les yeux pour laisser mijoter le tout. Manucure, pédicure. Pause.

Est-ce que Rébecca va vraiment téléphoner à Toulouse ? Va-t-il y avoir une suite à cette histoire ou est-ce que son amie va se casser le nez sur un non-lieu ? A-t-elle bien fait ou non d'insister pour qu'elle le rappelle ?

Massage aux roches volcaniques. Bain de boue anticellulite.

Est-ce qu'elle doit surveiller Rébecca au cas où le gars serait mal intentionné ? Ça serait trop pathétique qu'elle s'embarque dans une relation complètement tordue alors qu'elle est malade. Après tout, personne ne le connaît, ce Toulouse.

Facial chaud restructurant. Aromathérapie holistique.

Et si c'était vraiment un ringard de la pire espèce, mais que son faux amour farci de clichés galopants fasse du bien à Rébecca ? Si son amie choisit de croire ou de faire semblant de croire qu'elle va connaître l'amour une dernière fois avant de mourir, est-ce que Charlotte réussira à se taire et à la laisser vivre son illusion sans faire de commentaires ?

Douche des sept chakras. Exfoliation aux herbes sauvages.

Quand Rébecca devra-t-elle annoncer à son prince charmant qu'ils n'ont que très peu de chances de finir leurs vieux jours ensemble ? Avant que ça commence ? En plein orgasme ? Ou quand les symptômes seront devenus impossibles à cacher ?

Visitez notre boutique cadeaux.

* * *

Dans la chambre, Rébecca tourne et retourne dans ses mains le bout de papier où est inscrit le numéro de Toulouse. Sa peau est tellement moite que l'encre commence à déteindre. Tout s'en va. Tout s'efface. Il faut jouer le tout pour le tout, allez, hop, pendant qu'il est encore temps.

Elle attrape le combiné, le raccroche. Mais qu'est-ce qu'elle va lui dire ? Elle le décroche à nouveau. Signale. Raccroche. Recommence. Son cœur bat à toute allure.

Ce serait si chouette de faire une crise cardiaque, là, et ne plus avoir de questions à se poser.

* * *

Charlotte sursaute tellement quand son téléphone sonne qu'elle en fait presque un triple saut sur sa chaise longue. Elle renverse la moitié de son sac sur le dallage avant de mettre la main sur l'appareil. *Caesars Palace calling.*

— C'est moi, dit simplement Rébecca, à l'autre bout du fil.

— Ça va ? T'es où ?

— Tu ne le croiras pas, je suis à Las Vegas.

— Incroyable, moi aussi ! On pourrait se rencontrer pour prendre un verre...

Charlotte continuerait bien la blague, mais dans sa gorge, on dirait que sa salive fait des grumeaux. Quelque chose lui dit que ce n'est peut-être pas le bon moment.

— Tu l'as appelé ? se contente-t-elle de demander.

— Non.

Silence.

— Je... Je ne savais plus trop ce que je devais lui dire. Je veux dire, est-ce que je lui annonce...

— C'est drôle, j'en étais rendue là dans mes questions, moi aussi.

— Et... ?

Le regard de Charlotte court sur l'immense piscine bleutée, sur les touristes japonais qui se prennent en photo devant la fontaine, sur les couples de jeunes mariés américains qui accomplissent le rêve de leur vie, sur tous ces gens en vacances, insouciants, heureux. Et elle, un téléphone sur l'oreille, à qui on demande de jouer le rôle du destin, en prenant une décision qui

187

pourrait avoir des répercussions importantes sur le peu de vie qu'il reste à Rébecca.

— Charlotte ?

— Mmm.

— Je ne te demande pas de décider pour moi. Je voulais juste savoir, si jamais je cause pamplemousse avec lui, est-ce que tu vas m'en vouloir d'avoir trahi notre pacte ?

Les grumeaux dans la gorge de Charlotte sont maintenant réunis en un seul groupe, bien compact.

— Non. Bien sûr que non, parvient-elle à articuler.

— D'accord. À tout de suite, alors.

Il faut encore quelques secondes à Rébecca avant de raccrocher, comme si ce seul contact, silencieux, la rassurait. Puis la communication est coupée. Charlotte lève les yeux. Le soleil scintille sur la piscine. Une brise légère agite l'onde, faisant valser les petites étincelles de lumière. Si la tendance se maintient, Rébecca ne sera bientôt plus au bout du fil. Bientôt il n'y aura plus de fil du tout. De cette amitié si forte, de cette complicité de toujours, il ne restera plus que des fragments de souvenirs heureux qui scintilleront à la surface de sa mémoire. Si Charlotte ne se retenait pas, elle courrait à la chambre prendre Rébecca dans ses bras, mais elle a promis de ne pas bouger et elle va tenir promesse.

— Would you mind ? demande quelqu'un avec un fort accent allemand derrière elle. Charlotte se retourne. Un homme dans la cinquantaine lui tend timidement un appareil photo. À ses côtés, rose et luisante, sa dulcinée sourit avec l'air de s'excuser, mais dans ses yeux on peut lire toute l'arrogance d'un bonheur tout neuf et encore plein d'espoir.

— It will be a pleasure, murmure Charlotte, en essuyant une larme.

* * *

— Il n'était pas là, annonce Rébecca, en se laissant tomber sur la chaise longue à côté de Charlotte.

— Tu lui as laissé un message, j'espère.

Le ton de Charlotte est presque menaçant, ce qui fait sourire Rébecca.

— Oui, maman.

— Sans blague. Regarde-moi dans les yeux et dis-moi que tu lui as laissé un message.

Rébecca s'agenouille à côté de la chaise. Elle pose ses deux mains sur les cuisses de Charlotte et plonge ses yeux bruns dans ceux de son amie.

— Je-lui-ai-lais-sé-un-mes-sa-ge, articule-t-elle comme si elle s'adressait à une déficiente mentale.

— Et-qu'est-ce-que-tu-lui-as-dit ? reprend Charlotte sur le même ton.

— Pas grand-chose, répond Rébecca en se levant. Votre appel est important pour nous. Veuillez raccrocher et composer de nouveau. Nous vous rappellerons dès que nous aurons des nouvelles. Des choses dans le genre.

— Et ça t'a pris une heure et quart, juste pour ça ?

— C'est loin d'ici, la chambre, réplique Rébecca avec un sourire en coin.

— Rébecca…, lâche Charlotte sur un ton de reproche.

— Bon, d'accord, j'avoue avant que tu sortes les instruments de torture : il a rappelé au bout de cinq minutes. J'étais justement en train de me frapper la tête contre le mur, en me disant que je n'aurais jamais dû lui téléphoner…

— Et vous vous êtes parlé ?

— Qu'est-ce que tu lis ? demande Rébecca, comme si de rien n'était.

Charlotte lui tend le document promotionnel de l'hôtel qu'elle a encore à la main. Rébecca l'attrape et le feuillette.

— Mmm… Douche des sept chakras… Ça a l'air intéressant…

— Je n'en saurai pas plus pour l'instant, c'est ça?

Rébecca lance le dépliant à Charlotte, avant de s'étendre sur la chaise à côté.

— J'en ai bien peur, murmure-t-elle, en fermant les yeux, afin de mieux profiter de la chaleur du soleil. Pour être honnête, ajoute-t-elle au bout d'un moment, j'étais tellement nerveuse que je ne me rappelle plus moi-même ce qu'on s'est dit.

* * *

L'après-midi passe en massages, baignoire à remous, exploration et conquêtes des différentes possibilités du spa. Début novembre ne semble pas être le top de la saison touristique. Les différents Bill et Cindy du complexe hôtelier se battent presque pour offrir leurs services.

La tournée au Caesars qui, au départ, était une expédition un peu deuxième degré, finit par s'avérer d'un agréable premier degré.

Tout est démesuré. Trop grand, trop kitsch, trop propre. Mais Rébecca doit l'avouer, entre baigner dans la vraie réalité, un vrai matin de novembre, alors qu'il tombe une vraie pluie glaciale à l'extérieur, et se faire donner un pseudo-massage suédois par une caricature de Pakistanais dans un faux bain romain d'une ville américaine inventée de toutes pièces, elle n'hésite pas une seconde et elle opte pour le toc relaxant. De toute façon, si elle est pour disparaître de la carte dans les mois ou, pire encore, dans les semaines à venir, l'idée n'est pas de trouver enfin la vérité, mais bien d'essayer d'avoir le plus de moments de bonheur possible en slalomant entre les obstacles. Quand on n'a que du court terme comme avenir, la vie ne peut pas être grand-chose d'autre qu'une course contre l'ennui et la douleur. Pas de projet. Pas d'ambition. Vivre. Vivre. Vivre. Plaisir. Plaisir. Plaisir. Et ne surtout pas se poser de questions.

Rébecca secoue la tête pour éviter que le germe d'un doute ne vienne faire son nid dans un des replis de son cerveau. Il y a déjà assez de corps étrangers là-dedans.

— Are you alright, m'am? demande le masseur pakistanais.

— Peux-tu croire, Bill, que dans six mois, je serai peut-être morte?

— What?

— You have such a nice suit, Bill. It makes me happy.

— My name is Derek, répond le masseur, visiblement désarçonné par la réponse de la dame au drôle d'accent.

— Me too, but keep it secret, you're the only one who knows...

15

C'est hilares et plus détendues que jamais que les deux femmes font leur entrée dans la salle de jeu du casino. La surutilisation du spa est certes fortement en cause, mais le gin tonic en terrasse a sa part de responsabilité, il faut bien l'admettre.

— À quoi on joue ? demande Charlotte.

Rébecca sourit.

— J'hésite entre la corde à danser et la Barbie. Qu'est-ce que tu préfères ?

Charlotte émet un son de gorge grotesque en guise de rire, de quoi laisser planer le doute sur son quotient intellectuel pour qui ne la connaît pas.

— À la Barbie ?

— OK. Moi, je fais Ken.

Les deux filles gloussent comme des oies en joie. Derrière sa table, le croupier leur lance un regard froid.

— Ça doit être le métier qui demande le plus grand contrôle des zygomatiques après celui de notaire, fait remarquer Charlotte.

— Porteur de cercueils, ce n'est pas mal non plus.

— Dire que le caissier de mon dépanneur a une face de croupier naturel, c'est quand même dommage de gaspiller un talent pareil à vendre des cigarettes alors qu'il pourrait l'utiliser pour ruiner de bons pères de famille...

Les deux filles ricanent encore un petit coup, mais ça manque un peu d'élan.

— Bon, on n'est pas là pour rigoler, déclare Rébecca.

— Ah non ?

— Non, on est là pour flamber tout notre argent.

— Ouille ! Vu mes économies, je vais me coucher de bonne heure..., lâche Charlotte.

Les sourcils de Rébecca se froncent soudain, comme si un fil invisible venait de tirer dessus.

— Qu'est-ce qu'il y a ? Tu as oublié de fermer un de tes ronds de poêle ? demande Charlotte.

— Non, c'est juste que... C'est bête, mais je n'avais pas pensé à ça avant...

— À quoi ? s'enquiert Charlotte, intriguée devant l'air presque trop sérieux de Rébecca.

— Aimerais-tu mieux qu'on dépense moins pour que je puisse t'en laisser, genre... en héritage ?

— De quoi tu parles ?

— Ben, de mon argent... Mon condo est presque payé, si je ne flambe pas tout... Je pourrais peut-être...

Charlotte jette un regard effaré autour d'elle. Sa bouche à moitié ouverte dessine un sourire idiot au beau milieu de son visage.

— J'hallucine...

— Quoi ?

— Quelqu'un a mis de la drogue dans mon verre ou on est vraiment en train de parler d'épargner ton argent pour me le laisser en héritage devant une table de black-jack du Caesars Palace ?

— Ben..., fait Rébecca, gagnée par l'hilarité de son amie.

— Tu sais que j'ai fait de vrais rêves beaucoup moins surréalistes que ça dans ma vie. J'ai même déjà rêvé que je faisais des quiches parce que les œufs étaient en réduction à l'épicerie.

Sa gorge laisse échapper quelques sons incongrus, plus près du moteur en panne que du rire normal. Son ton est doux, mais plus ferme quand elle poursuit:

— Je ne veux plus jamais en entendre parler.

Rébecca hoche lentement la tête, les yeux dans le vague. Son sourire se dégrade un peu, témoignant d'un petit détour de son esprit vers une région reculée de sa conscience. Puis, les coins de sa bouche remontent peu à peu. Le mouvement de tête se fait plus vigoureux, avant de s'arrêter. Elle sourit maintenant franchement, illuminée par ce qui ressemble à la gratitude du lépreux qu'on vient d'inviter à danser. La parenthèse raisonnable est refermée. La soirée peut continuer. La folle épopée aussi.

* * *

— Pour moi, le casino, c'est la roulette, affirme Rébecca, en grimpant sur un banc, avec un nouveau gin tonic.

— Alors, ça roule pour la roulette, lance Charlotte en escaladant le tabouret voisin.

Le sourire synthétique du croupier qui les accueille est aussi lisse que sa chemise.

— Ladies...

— Sir..., répond Rébecca en inclinant le torse pour le saluer.

Elle n'a pas fini de se redresser qu'elle entend l'impeccable chauve susurrer d'une voix de velours côtelé:

— Quebecers?

— Eh ! Je n'ai presque rien dit ! s'exclame-t-elle, offus-
quée d'être démasquée par une seule syllabe.

— Qu'est-ce que tu veux... C'est écrit dans ta face que
tu as été élevée au sirop d'érable. Bon, qu'est-ce qu'on
mise ? Rouge ? Noir ? Pair ? Un, deux, trois ? Nous irons
au bois ?

Rébecca réfléchit. Elle ne va quand même pas prendre
un chiffre au hasard. Son cerveau turbine en rythme
avec les machines à sous, dont la rengaine électronique
lui parvient amortie par l'atmosphère feutrée des tapis.

— Si on jouait cette jolie petite pile sur le six,
propose-t-elle au bout d'un moment.

— Six comme dans...

— Comme dans six mois, oui... « My friend »,
interpelle-t-elle le croupier en exagérant son accent français. « We'll bet on the six. »

Le chauve accepte la mise d'un discret mouvement
de tête.

— Le médecin a parié sur six. Voyons voir ce que va
prédire la roulette.

L'idée d'utiliser le jeu pour faire de sinistres prédictions plonge Charlotte dans un malaise qu'une nouvelle
gorgée de gin tonic ne suffit pas à dissiper.

Pendant qu'elle agite son bâtonnet de plastique dans
sa boisson, cherchant un moyen d'empêcher Rébecca
de jouer avec des explosifs dangereux pour son moral,
la bille va son petit bonhomme de chemin. Insouciante
du poids qui pèse sur elle, elle sautille joyeusement,
gambade, enjambe des chiffres et rebondit sur d'autres.
Puis, la roulette ralentit son allure. La bille hésite un
peu. Encore un petit peu. Six, trente-deux, trois, vingt-
deux... Charlotte se surprend à attendre le verdict comme
si l'oracle de Delphes allait parler. Elle jette un œil à
Rébecca qui regarde la bille de métal avec un air de défi.

Trrreeeeente et... un... C'est ça? C'est le dernier mot de la bille?

Rébecca sent une vague d'espoir monter du tapis jusqu'à la racine de ses cheveux. Ses poumons se gonflent d'un coup comme une veste de sauvetage d'avion quand on tire sur la manette. Et si le premier docteur s'était trompé? Et si celui de Québec allait vraiment la sauver?

Mais c'est sans compter qu'on est aux États-Unis et que, comme dans tous les films américains, le monstre qu'on croyait mort se relève fatalement.

Toc. La bille roule un dernier petit coup.

— One, red, impair, annonce le croupier d'un ton détaché.

— Comment, *one*? s'écrie Rébecca. Ça veut dire qu'il va me rater, ce con?

À l'air soucieux qui vient de prendre possession du visage de son amie, Charlotte doit se rendre à l'évidence. Rébecca s'est mise à croire à la divination par casino.

— Youhou! Rébecca..., fait Charlotte en agitant deux mains pacifiques de chaque côté de sa tête. C'est un jeu de... hasard...

— Si le scrabble peut me parler, je ne vois pas pourquoi la roulette n'aurait pas son mot à dire, elle aussi, rétorque Rébecca avec un aplomb étonnant pour une réponse aussi absurde.

Charlotte en est toute pantoise et, du coup, aussi muette qu'un porte-manteau. Le chauve croupier jette un œil de lézard dans leur direction. Il ne manquerait plus qu'il comprenne le français.

Pendant que Charlotte s'efforce d'effectuer son sourire mondain le plus normal, Rébecca s'empare d'une pile de jetons.

— Bon, on va voir combien de jours, maintenant… Je parie sur dix-sept.

— Non ! s'écrie Charlotte en tentant de freiner les jetons dans leur avancée sur le tapis.

— Seize, alors ?

Malgré son immobilité de prédateur à l'affût, l'imberbe du crâne suit la scène avec curiosité, c'est évident.

— Quinze, c'est mon dernier mot. Moins, c'est trop déprimant. Remarque, ça m'éviterait d'avoir mes règles.

— Ladies ? s'enquiert le ruineur de ces dames.

— Fifteen, annonce Rébecca avant que Charlotte ait le temps de réagir.

La pauvre se contente de ravaler le « non » qu'elle avait commencé à émettre. Cette contorsion vocale fait bruire sa gorge, comme si elle en chassait un chat sans son chien de chasse.

— Quel est le rapport entre la croupe et le croupier ? demande Rébecca, en négociant son coq-à-l'âne, les doigts dans le nez.

Charlotte fouille dans ses fichiers internes, à la recherche d'une réponse plausible, mais rien ne vient. Rien. La connexion avec ses neurones a échoué. Tout ce que son cerveau est capable de faire, c'est de suivre la bille des yeux en souhaitant être ailleurs.

— Si elle tombe sur zéro, je me noie dans la piscine, plaisante Rébecca, avec un sens de l'humour désolant.

Sur la roulette du destin, la friction commence à avoir raison de la vitesse. Le décompte est entamé. Charlotte se demande si, finalement, elle ne va pas mourir avant Rébecca, à force d'être ballottée sans arrêt d'une émotion à l'autre.

Dix-sept… onze… trois… ? Non, pas trois. Par pitié. Comment va-t-elle gérer le moral des troupes si

Rébecca se met en tête qu'il ne lui reste que trois jours à vivre ?

Des deux femmes, c'est Rébecca la plus calme. Quelque chose s'est déjà résigné en elle. Comme si sa conscience était sous anesthésie locale et que la douleur ne pouvait plus y trouver son chemin. Au point où elle en est, un jour de plus, un jour de moins, qu'est-ce que ça change ? De toute façon, après, la boutique sera fermée. Elle ne sera même plus là pour s'en rendre compte. Alors...

Sept... viiiingt-deeeeux...

C'est parfaitement ridicule, ne peut s'empêcher de se répéter Charlotte en mordillant l'ongle de son petit doigt.

Treize... Un...

Et toc ! La bille s'arrête brusquement alors qu'on la croyait partie pour un dernier tour.

— Double zero, déclare le maître de bille dénudé de la boule.

Rébecca pousse un cri comme si elle venait d'être poignardée et s'écroule sur la table. Monsieur le croupier soulève un sourcil broussailleux. Quelques têtes se tournent dans leur direction. Le temps prend une grande inspiration. Charlotte s'attend au pire. Elle imagine déjà Rébecca se roulant sur le tapis. Peut-être même les services de sécurité qui la ramènent sur un brancard après lui avoir administré un sédatif. Mais non. Rébecca se relève, très calme. Elle lève la main. Veut-elle poser une question ? Non. Elle l'agite pour saluer les curieux, en souriant comme la reine pendant un défilé.

— Vivez aujourd'hui, comme si c'était le dernier jour du reste de votre vie, déclare-t-elle sans cesser de s'exhiber les dents.

Puis, elle arrête aussi sec pour se pencher vers Charlotte.

— C'est ça qui était écrit dans les toilettes de la polyvalente, non?

Il faut quelques secondes à son interlocutrice hébétée pour réagir.

— Non. C'est le contraire, souffle-t-elle.

— Le contraire?

— Comme si c'était le premier jour du reste de votre vie.

— Ah...

* * *

— On essaie un autre manège? demande Rébecca tout à trac.

Les prédictions nécrologiques de la roulette semblent complètement oubliées. Ce n'est pas Charlotte qui va se plaindre de quitter le creux de la vague. Elle cale le fond de son gin tonic avant de sauter en bas de son tabouret.

— OK. On tente notre chance avec les machines à sous?

— Yes!

Un plat *tupperware* de jetons sur les genoux, les deux femmes essaient de comprendre le fonctionnement de leur machine. Charlotte est installée devant un appareil pompeusement baptisé *Treasures of Egypt*. Le toupet de Cléopâtre en friserait si elle voyait jusqu'où s'est écroulé son empire. Quelques hiéroglyphes et représentations divines paradent à toute vitesse au son d'une suite sans queue ni tête de notes électroniques. Rébecca, elle, est assise devant un modèle appelé *Tropical Safari*. Entre les sept et les *bars*, on voit passer des maracas et des piments.

— Je comprends le tropical, mais le safari de jalapeños m'intrigue un peu…, commente-t-elle en insérant
un premier jeton. Qu'est-ce qu'il faut faire ?

— Tu mets un jeton et tu appuies sur le bouton.

— C'est tout ?

— Ça a l'air…

— Finalement, c'est un peu comme des gratteux
électroniques, mais en plus bruyants ?

— Et sans le plaisir du grattage, dit Charlotte en
démarrant le jeu.

— Tu peux toujours gratter le bouton, si ça peut te
soulager…

Rébecca glisse un nouveau jeton dans la fente. Elle
appuie sur la touche. Les maracas et les jalapeños tournoient à s'en donner mal au cœur. Elle appuie de nouveau. Encore un coup. Un autre. Ça virevolte encore
quelques instants avant de s'arrêter.

— Tu n'as pas plus de contrôle que ça sur la vie de tes
piments ? fait-elle, déçue.

— Je ne pense pas, non.

— C'est assez passif comme activité.

— C'est le moins qu'on puisse dire.

— C'est même assez ennuyant.

— Je suis d'accord.

Rébecca regarde le fond de son pot, regarde la
machine, regarde Charlotte, regarde autour d'elle,
regarde à nouveau son amie.

Aïe. Ça sent le ressac, pense Charlotte. Tous aux abris.

— Ça suffit. On s'en va, déclare Rébecca, d'un ton
sans appel.

Elle dépose le pot encore plein de jetons sur la chaise
et s'éloigne d'un pas mal assuré vers la sortie. L'absurdité de passer les dernières heures de sa vie dans cet
univers de toc et de fric vient de la frapper brutalement.

Rien que d'y penser, elle sent la nausée l'envahir. Qu'est-ce qu'elles font là ? Est-ce que l'être humain, aussitôt qu'il relâche le moindrement sa vigilance, sombre dans la facilité et la futilité ? Est-ce vers cette vacuité que tend l'humanité, un retour au néant cérébral d'où elle vient, maintenant que les mécanismes nécessaires à la survie de l'espèce sont en place ? Est-ce que l'intelligence et la curiosité s'éteignent quand la bête humaine est rassasiée, comme s'il ne lui restait plus qu'à s'asseoir et à regarder son nombril s'enfoncer dans le gras de son insignifiance ?

Rébecca continue d'avancer en titubant entre les fausses colonnes du temple. Un membre du personnel de sécurité déguisé en légionnaire lui jette un regard suspicieux. La jeune femme aurait bien envie de le frapper et de le voir quitter ses sandales, comme les Romains d'Astérix, mais elle se retient. De toute façon, même si elle le voulait, elle n'en aurait pas la force. Sur ses épaules, le poids de la médiocrité de son espèce est déjà trop lourd à porter.

* * *

Par réflexe, puisqu'elle a mis un jeton et que sa mère lui a montré à toujours finir son assiette, Charlotte appuie sur le bouton avant de se lever à son tour.

Une alarme tonitruante éclate dans l'atmosphère feutrée du casino. Charlotte met quelques secondes avant de comprendre ce qui vient d'arriver.

— Merde. J'ai gagné.

Rébecca est maintenant hors de vue. Elle n'a même pas pris la peine de se retourner quand la fanfare a sonné la victoire du hasard sur l'avarice de la machine. Un préposé romain avance, tout sourire, vers l'heureuse

202

gagnante qui hésite entre s'enfuir et encaisser. Charlotte n'a aucune idée du montant qu'elle vient de remporter, mais la perspective d'abandonner des *pesetas* à l'industrie du vice organisé lui fait un pincement au cœur.

Des confettis tombent subitement du ciel, sans que la météo ait eu le temps de les annoncer. Une salve d'applaudissements éclate en guise de tonnerre. Tous les regards, la plupart envieux et pas forcément sympathiques, sont maintenant tournés vers Charlotte qui se demande où est partie Rébecca et ce qu'elle a l'intention de faire. Les prédictions de la roulette ne peuvent quand même pas lui être montées à la tête. Ça serait trop bête qu'elle utilise le double zéro comme un signe et obéisse à la bille comme une zombie possédée.

Le légionnaire romain invite la gagnante à le suivre pour les formalités d'usage. Le bruit forme un tel brouhaha autour d'elle que Charlotte n'arrive plus à déterminer ce qui devrait être la priorité à ce moment précis. Courir après Rébecca ? Récupérer son magot ? Aller faire pipi ? Caius Brutus la prend par le bras et l'entraîne avec lui. La jeune femme se laisse porter par le courant. On dirait que de mettre son corps en marche lui replace un peu les idées.

Rébecca est sûrement capable d'attendre un peu. Après tout, le monde entier ne tourne pas autour d'elle. La vie continue. Il y a encore des millions de gens qui meurent, qui pleurent, qui se déchirent. Des gens heureux, aussi. Et d'autres avec de petits soucis de rien du tout. Chacun fait son chemin comme il peut. Charlotte vient de gagner une grosse somme d'argent. C'est un événement qui lui arrive à elle. Un événement, somme toute, heureux. Elle sait bien que l'argent est une chose futile. Que devant le malheur, il ne pèse pas plus qu'une vieille chaussette sale. Mais la vie est remplie de plaisirs futiles. Si on ne sait pas en profiter, ce n'est pas la peine de s'acharner à respirer, jour après jour.

Charlotte ne va pas bouder son plaisir. Elle regrette seulement que Rébecca ne soit pas là pour vivre ça avec elle. Mais il faut bien se faire à l'idée, son amie s'en va. Elle ne sera plus là pour partager ses joies et ses peines. Charlotte décide de considérer ça comme un coup de pratique.

Les yeux humides, elle esquisse vaillamment un timide sourire de gagnante.

* * *

Charlotte est en train de signer un formulaire sur une table de stuc devant une replète et souriante réplique de Cicéron quand le téléphone sonne dans son sac.

— Charlotte ? T'es où ? demande Rébecca à l'autre bout du cellulaire. Ça fait une demi-heure que je te cherche dans le Panthéon.

— Je suis dans un bureau quelconque…

— Un bureau ? Tu t'es trouvé une job de secrétaire ?

— Non. Je viens de gagner… Attends…

Elle jette un œil sur le document.

— Trente-six mille quatre cent vingt-neuf dollars.

Pendant quelques secondes, c'est le silence. Puis :

— Et je ne suis pas avec toi pour fêter ça ?

Les yeux de Charlotte font le tour de la pièce. Une table, des fauteuils, une reproduction du Colisée, un faux romain…

— Non. Non, je ne te vois pas.

— J'arrive !

— Reb…

Trop tard, elle a raccroché. Charlotte regarde son téléphone en souriant. Son amie va forcément rappeler pour demander où se trouve le fameux bureau. Au bout de cinq secondes, elle sourit toujours et Cicéron sourit aussi.

Au bout de dix, elle sourit encore, mais Cicéron a l'air plutôt perplexe. Au bout de quinze, Charlotte ne sourit plus, mais regarde encore son téléphone. Cicéron, lui, regarde Charlotte regarder son téléphone, d'un air presque soucieux. À vingt, Charlotte remet le téléphone dans son sac au grand soulagement du Romain. Il est temps d'en finir avec les formalités. Elle rappellera son amie après.

* * *

Quand Charlotte tente de contacter Rébecca, quelques minutes plus tard, le téléphone de la chambre ne répond pas. Rébecca est partie à sa recherche, sans savoir dans quelle direction. Tous les chemins ont beau mener à Rome, il faut quand même un peu d'aide pour se retrouver dans le dédale de César. Charlotte sillonne les piscines de Vénus, arpente le salon de l'Empereur, visite les boutiques du Forum et fait le tour du David et de sa petite affaire à plus de trois reprises. Rébecca demeure introuvable. Pour Charlotte, la preuve est maintenant faite. On a beau avoir un chèque de trente-six mille quatre cent vingt-neuf dollars en poche, ça n'aide en rien à faire diminuer l'angoisse quand on cherche une femme farcie d'un pamplemousse sur des kilomètres de marbre. La joie est un glaçon qui peut fondre très vite quand il est chauffé par le stress.

Charlotte tente une quarante-huitième fois d'appeler la chambre quand l'idée la frappe comme un manche de râteau sur lequel on vient de mettre le pied : Rébecca n'est pas en mesure de répondre dans la chambre parce qu'elle est inconsciente. C'est évident. Comment n'y a-t-elle pas pensé plut tôt ? L'argent peut-il rendre stupide aussi rapidement ?

C'est au grand galop que la grande gagnante prend la grande direction de la grande chambre. Quand les portes de l'ascenseur s'ouvrent enfin au onzième étage, Charlotte l'aperçoit tout de suite. Rébecca est assise sur le tapis, adossée au mur. On dirait qu'elle dort.

Charlotte s'agenouille devant elle et touche le genou de son amie du bout des doigts.

— Rébecca ? Ça va ?

Celle-ci ouvre lentement les yeux, cligne des paupières. Dans le fond de ses iris, une masse nuageuse traverse l'horizon.

— Je suis désolée, dit-elle. J'ai oublié de te demander où c'était.

— Ce n'est pas grave.

— J'ai aussi oublié mon sac avec la clé dans la chambre. J'ai entendu le téléphone sonner, mais comme je n'avais pas la clé, je ne pouvais pas entrer.

— Ce n'est pas grave.

— J'ai voulu aller te rejoindre, mais comme je ne savais pas... Et puis, j'étais si fatiguée, tout à coup... Alors, je me suis dit que j'allais t'attendre...

Elle regarde le corridor, tâte le tapis sous ses fesses.

— Après, je pense que je me suis endormie...

— Ce n'est pas grave, répète encore une fois Charlotte. Il est tard. On va se coucher. On a de la route à faire demain.

— Charlotte ?

— Mmm ?

— Je suis super contente pour toi, murmure Rébecca d'une voix à peine audible. Yé !

Elle tente de lever les bras en signe de victoire, mais ses mains ont à peine atteint la hauteur de ses épaules qu'elles retombent au sol.

* * *

— Viens, dit Charlotte, en empoignant son amie sous les bras. On fêtera ça demain.

Rébecca, pleine de bonne volonté, essaie, tant bien que mal, de collaborer à son transport, mais ses jambes mollassonnes ne font pas grand-chose pour aider.

— Peut-être que l'alcool et les médicaments ne sont pas vraiment faits pour s'entendre, en fin de compte, murmure-t-elle. Il faudra peut-être que j'envisage d'arrêter un des deux. On verra lequel demain matin, si ça ne te dérange pas.

— Ça peut même attendre jusqu'à midi, réplique Charlotte en ouvrant la porte. Bon. Prête pour le sprint final ?

— La dernière arrivée est une poule mouillée, lâche Rébecca en prenant appui sur l'épaule de son amie.

Charlotte n'aurait jamais cru qu'une personne debout sur ses deux pieds puisse être aussi lourde. C'est en titubant et au prix d'un effort soutenu qu'elle parvient à déposer Rébecca sur son lit sans rouler sur le tapis avec elle.

— Merci, lâche celle-ci, d'une voix faible, une fois son corps en position horizontale.

Un duo de petits bruits mous signale qu'elle vient de retirer ses chaussures et que le tapis les a reçues à poils ouverts.

— Tu veux que je t'aide à te déshabiller ? demande Charlotte.

— Si tu pouvais juste tirer sur le pantalon, ça m'éviterait probablement de vomir.

— C'est comme si c'était fait.

* * *

Quand Rébecca est installée confortablement et ronfle tout son saoul, Charlotte se laisse tomber sur son propre lit. Elle a l'impression que la gravité vient de reprendre ses droits de manière brutale sur son corps, en ajoutant d'un coup cinquante kilos à sa carcasse. Une espèce de taxe vengeresse pour compenser les minutes où la tension nerveuse l'avait effacée de la carte. Les pieds enfoncés dans le tapis, la jeune femme prend conscience de l'état d'agitation dans lequel elle s'est mise. Son esprit, étourdi par des vents contraires, avait pris de l'altitude. Il flottait au-dessus de son enveloppe corporelle comme une montgolfière affolée qui aurait perdu le contact avec la tour de contrôle. C'est clair qu'il y a un pilote automatique, quelque part, dans le cervelet. Autrement, ce n'est pas possible. C'est à peine si elle se souvient du déroulement de la soirée et pourtant Rébecca dort, en sécurité, à côté d'elle.

Allongée sur le couvre-lit, la jeune femme sent le sentiment d'urgence quitter peu à peu son ventre, comme un bain qui se vide. Au fur et à mesure que le stress cède du territoire, c'est la fatigue qui prend la relève de la garde. Le soulagement est là, mais il est lourd. Il coule comme une mélasse dans ses veines.

Éric. Elle a besoin d'entendre sa voix pour remettre tous les morceaux en place. Mais le téléphone est si loin… Et se mouvoir demande un tel effort… Demain ? Demain, Rébecca sera réveillée et prendra encore toute la place. Il faut que ce soit maintenant.

Il y a vraiment un pilote automatique quelque part, se répète Charlotte lorsque, appuyée contre la baignoire, sans le moindre souvenir du moment où elle a décidé de se lever, elle compose le numéro de chez elle.

16

La décapotable file sur un ruban d'asphalte qui se perd à l'horizon. Des deux côtés de la route, des champs d'absolument rien défilent, étales devant les montagnes qui semblent avoir été dessinées en arrière-plan pour décorer le vide. Évidemment, les milliers d'insectes, les touffes de végétation hirsutes et sèches et les serpents à sonnettes qui habitent la région ne seraient pas d'accord, mais aux yeux des urbaines boréales que sont Charlotte et Rébecca, le désert porte tout à fait son nom.

Le ciel a ce blanc à la fois terne et lumineux d'une journée qui n'arrive pas à se brancher entre beau temps et mauvais temps. C'est ce que la nature offre de plus près de l'éclairage au néon, mais aussi de l'ennui.

Dans la voiture, l'énergie est au neutre. Les passagères avalent la route, chacune dans son corps. Dans leur tête tournent des fragments d'images, d'idées et de sensations qu'elles regardent passer d'un œil distrait comme on observe les vêtements qui culbutent dans la sécheuse.

Aujourd'hui est un non-jour. Sa seule fonction est d'être le pont qui mène à demain. De Las Vegas au Grand Canyon, il y a plus de cinq heures de route. Charlotte n'a pas envie de passer autant de temps derrière le volant.

Et elle n'est pas chaude non plus à l'idée de laisser Rébecca conduire. Déjà, sans pamplemousse, ses talents de pilote laissaient à désirer. Maintenant qu'elle peut tomber en convulsions à tout moment, une ceinture de sécurité et un sac gonflable ne suffisent pas à empêcher Charlotte de lacérer la cuirette du siège avec ses ongles dès que la voiture s'écarte de la ligne blanche.

Les deux femmes ont donc choisi de faire une étape à Flagstaff. C'est pratiquement sur le chemin et les montagnes autour semblent spectaculaires.

— Tu as parlé à Éric? demande Rébecca, en jouant avec le pare-soleil.

Charlotte opine sans ouvrir la bouche. Seul un mince sourire permet à Rébecca de comprendre tout le bien que cela lui a fait.

— Tu lui as dit que tu avais gagné le gros lot?

Le sourire de Charlotte monte d'un cran en se remémorant la réaction de son amoureux. «J'ai toujours su que j'avais gagné le gros lot avec toi. » C'est ce qu'il a dit. Mais ce n'est pas la peine de répéter ça à son amie. Le bonheur est un état qu'il faut savoir partager sans trop en exhiber les détails.

— Il paraît qu'il fait un temps de cochon à Montréal, se contente-t-elle de répondre.

Rébecca appuie la tête sur la vitre. Le vent qui pénètre par le toit ouvert lui fouette le dessus du crâne, s'évertuant à décoiffer ses cheveux courts. C'est peine perdue. La prise n'est pas suffisante. C'est bête de voir ça comme une victoire sur les éléments, mais c'est exactement ce que Rébecca ressent. Une impression d'invulnérabilité. C'est dingue quand elle pense qu'elle peut s'écrouler n'importe quand.

Elle regarde Charlotte qui conduit, les yeux fixés sur l'horizon. Derrière elle, le décor défile. Un décor inconnu, étrange. Comme sorti d'un écran de cinéma. D'un rêve. Ou d'un fantasme. Est-ce qu'elle aurait pu arriver à l'étrange sentiment de paix qui l'habite en ce moment si elle était restée chez elle, à Montréal ? Il lui semble que le seul fait d'être sortie de son quotidien provoque un sentiment d'irréalité, qui rend tout aussi irréel l'agrume qui a colonisé son cerveau. Échapper à soi, à ce qui est derrière soi, aller vers l'inconnu, est-ce la seule façon de pouvoir vivre en sachant que la fin arrive ? On avance. On y va. Mais on profite du trajet. Peut-être que s'évader est encore la meilleure façon d'être là, toute là.

Pendant un moment, une vague de reconnaissance envahit Rébecca. Si Charlotte ne l'avait pas accompagnée, elle ne serait pas dans cette voiture en ce moment. Elle marinerait dans son lit, en regardant novembre par la fenêtre. Le ciel gris, comme le couvercle d'une poubelle de métal. Le tunnel sombre qu'il faut traverser pour passer de la rouille flamboyante de l'automne au blanc lumineux de l'hiver. À Montréal, elle n'aurait rien d'autre à faire que de surveiller les progrès du pamplemousse, tournant et retournant son passé dans sa tête afin de se prouver à elle-même que sa vie n'avait pas été complètement ratée, qu'elle avait eu de bons moments et que la tranche d'existence qui lui avait été accordée avait valu la peine d'être vécue. Que tout ça avait du sens. Et le sens s'amuserait à se défiler, c'était couru d'avance. Parce que le sens lui-même n'existe pas. Il n'y a que de petits éclats de conscience qui s'allument dans le noir et à partir desquels on s'invente des histoires comme, enfant, on traçait un dessin dans le cahier à colorier en reliant les points. Tout le reste n'est que sensation. Des sensations fugaces qui se succèdent, se chevauchent et se dissolvent avant d'être

remplacées par d'autres. En ce moment, c'est la gratitude qui prend tout le terrain. Envers la terre. Envers
la vie. Envers cette femme qui l'accompagne et qui lui
offre la possibilité de ne pas être morte avant que son
cœur ait cessé de battre.

Rébecca ouvre la fenêtre. Le vent s'engouffre. Des
papiers s'éparpillent sur la banquette arrière comme des
enfants qui se chamaillent.

— Merci ! crie-t-elle aux herbes sèches, au ciel
brumeux, aux montagnes enneigées, à la route déserte.

Elle relâche son cou, sa tête bascule vers l'arrière.

— Merci, répète-t-elle, au cas où le ciel n'aurait pas
entendu.

Elle pose sa main sur le bras de Charlotte.

— Merci.

Charlotte ne relève pas. Elle se contente de fixer
l'horizon en souriant. Elle a l'impression que ses poumons prennent maintenant trop de place dans sa cage
thoracique. C'est à la fois bon et étouffant.

Tiens. On dirait presque que le soleil fait une percée.

* * *

— Tu es sûre ?

— Sûre. Avec tout le café que j'ai bu, ça ne peut plus
attendre. Il faut que je pisse.

— Il paraît qu'il y a des serpents à sonnettes,
là-dedans.

Rébecca fait une moue qui signifie « si tu penses me
faire peur avec ça... »

— Oui, bon, je sais, dans ton cas, il faudrait vraiment
être malchanceuse, concède Charlotte, en rangeant la
voiture sur le côté de la route. La loi de la probabilité est
rarement aussi vache.

Les deux femmes sortent du véhicule. C'est bon de s'étirer un peu. Ça réconcilie les jambes avec le reste du corps.

Maintenant que le moteur s'est tu, le silence du désert prend toute la place. C'est impressionnant. Tout cet espace. Si peu de bruit.

— C'est fou, dans la voiture, on ne se rend pas compte…, commente Rébecca en commençant lentement à détacher la ceinture de son pantalon.

— Quand on voit un paysage pour vrai, approuve Charlotte, on se dit, ah, c'est quand même mieux qu'en photo. Mais quand on met le pied dedans, ça prend encore toute une autre dimension.

— Ça doit être ça, la quatrième dimension, glousse Rébecca, en avançant dans l'herbe sèche.

Elle s'arrête, se retourne.

— Viens, il faut que tu essaies ça. Ça fait trop drôle de marcher dans le décor. On dirait qu'on entre dans la photo.

Charlotte hésite, puis se décide. Les touffes de végétation sont rondes sous le pied. Se déplacer là-dessus n'est pas aussi facile qu'elle l'aurait cru. Malgré la légère brume, le soleil tape, mais une petite brise descendue de la montagne vient fouetter la peau pour la rafraîchir. C'est comme faire du ski de printemps les pieds dans l'herbe d'un champ bossu. Charlotte regarde tout autour.

— Il n'y a pas grand-chose pour se cacher…

— Je n'ai rien à cacher, déclare Rébecca en s'accroupissant, le pantalon aux genoux.

Charlotte jette un œil à la route.

— Là-bas, au loin, ce n'est pas une voiture ?

— Bah. Tant pis. Le temps qu'elle arrive ici, même si c'en est une, on aura tout remballé. Et puis, je suis sûre que les Américaines aussi font pipi de temps en temps. Leurs compatriotes vont comprendre. On ne va tout de même pas se retrouver en prison pour ça. Et si oui, bien, ça nous... ça te fera de quoi raconter à tes petits-enfants...

Rébecca a raison. Qu'est-ce que ça peut faire de montrer ses fesses à un automobiliste qu'on ne connaît même pas? Et qu'on ne reverra jamais. Les risques de dommages collatéraux sont limités. Même du côté de la vertu.

— Le pire qui puisse arriver, ajoute Rébecca, c'est que le conducteur du véhicule quitte la route à force de ne pas regarder devant lui. C'est connu, le cerveau cherche toujours à nous envoyer là où nos yeux se posent. Ils nous bassinent avec ça quand on suit des cours de conduite.

Charlotte détache son pantalon et prend position à son tour. Les deux femmes sont maintenant accroupies, côte à côte, cul au vent. Elles rient comme deux gamines qui pissent dans le carré de sable.

— Aux États-Unis, raconte Rébecca, toujours au ras du sol même si sa mission est maintenant accomplie, une nouvelle tendance semble s'imposer dans la philosophie populaire. Ça émane de la mode du *scrapbooking*, j'imagine. Ou bien, c'est le contraire, le *scrapbooking* en découle? Bref, l'idée, c'est de faire des choses pour se créer de beaux souvenirs à ressasser en se berçant au centre d'accueil. Pas tant pour les vivre que pour avoir quelque chose à mettre dans l'album. Comme s'il fallait documenter sa vie pour qu'elle ait du sens. Pisser dans le désert avec toi, je ne l'avais pas mis sur ma liste des choses à accomplir avant de mourir, mais maintenant que c'est fait, je pense que je vais le coller en bonne place dans mon album personnel. Si ça ne te dérange pas, évidemment.

— Tu en fais ce que tu veux, rigole Charlotte.

Sur la route, le point se précise. C'est bien un véhicule. C'est même un pick-up. Vert. Avec à son bord, deux hommes, un barbu, l'autre simplement mal rasé. Tous deux avec une casquette de baseball vissée sur la tête. Tous deux les yeux rivés sur Charlotte et Rébecca à moitié déculottées.

Rébecca se relève, remonte son pantalon. Charlotte achève d'arroser les cailloux et entreprend de se rhabiller, elle aussi. Mais dans son empressement, elle perd pied. Elle s'accroche à Rébecca d'une main, tout en tentant de remonter son pantalon de l'autre. Sur le coup de la surprise, Rébecca recule sur une motte de terre et se déstabilise à son tour. Ça prend bien trois quatre pas de valse avant que les deux femmes, toujours agrippées l'une à l'autre, retrouvent leur équilibre.

Quand Charlotte réussit enfin à remettre l'ensemble de son postérieur à l'abri, elle réalise que le pick-up a quitté la route et fonce sur elles. C'est une erreur de manœuvre, une blague de mauvais goût, un attentat ? Vont-elles se faire violer, avant d'être abandonnées dans le désert, ligotées à un cactus, sans avoir eu le temps de s'enduire de crème solaire ?

Charlotte n'a pas le temps de prendre les gageures, la camionnette passe devant elles et freine en soulevant un nuage de poussière.

— À la voiture ! hurle Rébecca.

C'est bien joli, mais il faut contourner le pick-up qui leur barre maintenant le chemin. Qu'à cela ne tienne, ça galope raide chez les gazelles.

Elles détalent comme elles le peuvent sur la terre bosselée, ouvrent les portières en vitesse et se jettent littéralement à l'intérieur du cabriolet décapotable.

Pendant que Charlotte tente de maîtriser ses tremblements pour tourner la clé de contact, on entend le barbu et son acolyte pousser des jurons depuis leur véhicule. Puis, un nuage de poussière s'élève de nouveau dans le champ et le pick-up remonte sur la route et poursuit son chemin. Tout ça avant même que Charlotte ait réussi à démarrer.

Quelques secondes s'écoulent avant que Rébecca murmure :

— Je te l'avais dit, le pire qui puisse arriver, c'est qu'un conducteur perde la maîtrise de son véhicule...

Les deux femmes se regardent. Il leur faut bien dix minutes de fou rire pour se remettre du choc. Encore une chance qu'elles aient la vessie vide.

* * *

À Ash Fork, l'ancienne Route 66 commence à avoir sérieusement entamé l'énergie des voyageuses. La faim aussi a puisé dans leurs maigres ressources, laissant les deux femmes blêmes, frileuses et silencieuses sur leur siège. Il y a quelques kilomètres déjà que le toit a été rabattu. C'est bien joli, le vent de la liberté, mais ça finit par trouver son chemin jusqu'aux os. Et le sifflement de l'aventure dans les oreilles use les nerfs.

— De toute façon, il faut s'arrêter pour faire le plein, déclare Charlotte, comme s'il y avait eu un début de conversation sur le sujet.

— De toute façon quoi ? demande mollement Rébecca, abandonnée contre la portière.

Il faut encore quelques bonnes centaines de mètres avant que Charlotte poursuive.

— Je veux dire, il me semble qu'il est temps de s'arrêter pour manger, non ?

Rébecca se redresse un peu sur son siège.

— Ici? fait-elle, intriguée. Ce n'est pas un peu...

La voiture roule maintenant à trente kilomètres-heure. Ça permet de prendre la mesure des alentours. C'est vrai que c'est un peu limité comme zone urbaine. C'est plutôt un village de cow-boys.

— J'ai besoin d'une petite pause, se justifie Charlotte. Elle ralentit encore, sans avoir le cran de stopper la voiture tant que Rébecca n'aura pas donné son accord.

— Penses-tu vraiment qu'il y a un endroit pour manger dans ce trou perdu?

Quelques maisons défilent. Le bureau de poste. La station d'essence.

— Ce n'est pas un restaurant, ça?

Sur la gauche se dresse un *diner* si typique qu'on se demande si c'est un vrai ou une reconstitution. Rébecca le fixe, bouche bée.

— Tu n'as pas peur que le port du chapeau de cow-boy y soit obligatoire? Et si la serveuse était armée et nous forçait à finir notre assiette?

Avec tout ça, la voiture roule toujours. Et le village tire à sa fin. Le désert va bientôt reprendre toute la place dans le pare-brise.

— Mais si tu veux y aller..., souffle soudain Rébecca, je veux bien, moi aussi.

Il est un peu tard, la dernière baraque en bois vient d'apparaître sur la droite. Après, il y a un genre de dépotoir, avec de vieilles carcasses de voitures, puis, le vaste territoire de chasse des serpents à sonnettes s'étend de nouveau.

Charlotte arrête la voiture sur le côté de la route. Dans le rétroviseur, le nuage de poussière rousse cache le peu qu'il y a à voir.

— Tu es sûre?

— Tu as raison, il faut bien manger. Et puis, il faut mettre de l'essence, non ? Tu viens de le dire.

— C'est vrai.

À la fenêtre de la maison devant laquelle elles sont arrêtées, un visage apparaît derrière le rideau. Une vieille pomme ridée qui plisse les yeux pour essayer de discerner qui stationne devant chez elle.

— C'est un homme ou une femme ? demande Charlotte.

C'est vrai que c'est difficile à dire. Parfois, les vieillards, c'est comme les bébés, ce n'est pas évident de trancher de quel côté du chromosome ils penchent.

— Je dirais une femme, finit par lâcher Rébecca.

— Pourquoi ?

— Ben, elle n'a pas de casquette…

— Excellente déduction, Watson.

Rébecca sourit et envoie la main à Madame Pomme. Celle-ci offre un sourire édenté en retour et agite la main, elle aussi.

— Tu vois que les cow-boys ne sont pas tous des méchants, dit Rébecca en continuant d'agiter la main.

— Bon, on y va ? lance Charlotte.

C'est moins une question qu'une façon de confirmer que la décision est prise et qu'on passe en mode action.

Elle regarde autour pour évaluer la meilleure façon de faire demi-tour. La route est assez large pour faire un virage, mais le plus simple est peut-être de s'engager dans l'entrée de leur nouvelle amie et de reprendre la route dans la bonne direction.

C'est ce qu'elle fait. Tandis qu'elle manœuvre pour reculer, Charlotte sent la main de Rébecca se poser sur son bras.

— Attends.

— Attends quoi ?

Elle relève la tête. La vieille chose n'est plus à la fenêtre. Elle est sortie par le côté de la maison et trottine vers elles, en leur faisant signe des deux mains, comme si elle voulait leur montrer qu'il y a encore de la place pour reculer.

— On dirait qu'elle veut qu'on se stationne…

— Chez elle ?

Vieille Pomme fait un ciseau avec ses mains croisées devant elle. Cette fois, c'est clair, elle trouve que le stationnement est parfait.

— Je n'ai même pas bougé, remarque Charlotte.

Mais elle n'est pas vraiment étonnée. C'est une vieille pomme givrée, il n'y a pas de doute.

Rébecca baisse la vitre pendant que la vieille approche. Pomme Plissée pose ses deux mains veinées sur le bord de la fenêtre.

— Hi dear ! s'écrie-t-elle avec entrain.

La vieille a l'air heureuse de les voir, comme si c'étaient des connaissances de longue date qui se décidaient enfin à venir la visiter. Sa voix est étonnamment claire et c'est avec des phrases complètes et cohérentes qu'elle propose aux deux femmes de venir prendre un café.

Quand Charlotte lui explique que c'est gentil, mais qu'elles s'en allaient manger, la vieille balaie l'argument du revers de la main avec un petit rire, comme si c'était l'excuse la plus ridicule qu'elle ait jamais entendue. Elle a un chili presque prêt. Il sortira du four dans dix minutes si elles veulent. Pourquoi aller au restaurant alors qu'elles peuvent déguster un bon plat maison ?

Rébecca regarde Charlotte, qui regarde Rébecca.

C'est la force d'inertie ? De la pitié pour l'aïeule ? Son autorité tranquille ? Est-ce plutôt la faim ? La curiosité pour les populations locales ? Ou un mélange de tout ça ?

Quoi qu'il en soit, les deux femmes sortent de la voiture et suivent leur hôtesse sans se poser de questions.

* * *

L'intérieur est sombre. Beaucoup plus sombre que ce à quoi les deux femmes s'attendaient. C'est même un peu étonnant pour une maison plantée en plein désert. Il faut dire que tous les rideaux sont tirés. Il y a même une fenêtre placardée avec une planche. Dans un coin, une télé allumée diffuse une lumière bleutée sur un canapé vert élimé. Tout semble vieux et jauni. S'il y a un chili au feu, les ingrédients sont vraiment discrets. Ça sent plus le renfermé que les haricots qui mijotent. Merde. Dans quel guet-apens ont-elles mis les pieds ? se demande Charlotte. Et si la vieille était une *serial killer* qui collectionne les restes de touristes dans son sous-sol ? À moins qu'elle soit de mèche avec les deux types du pick-up de tout à l'heure et qu'elle leur livre les deux folles qui les ont envoyés dans le champ ?

Mais Charlotte est rapidement rassurée. Rosita McDunn, c'est le nom de la vieille femme, a l'air tout à fait inoffensive, si ce n'est qu'il semble impossible de la faire taire. Elle jacasse sans reprendre son souffle. Elle parle de Dick, son mari mort la même année que la Route 66, pauvre homme, il n'aurait pas supporté sa réfection, l'Interstate 40, ce n'est pas pareil. Dick possédait un garage du côté de Williams, mais il a toujours eu horreur de l'odeur de l'essence, enfin ça ne l'a jamais empêché de manger, il pesait bien 300 livres quand son cœur a lâché. Elle montre des photos dans des cadres de plastique doré, disséminés sur tous les meubles de la maison. Dick, dans sa Buick, l'auto de sa vie, Dick à la pêche à Mormon Lake avec son beau-frère, quel salaud, celui-là, ils n'avaient rien pris d'autre qu'une cuite cara-binée, à croire qu'ils n'avaient même pas emporté de canne à pêche, quand même, faut pas pousser, ne pas prendre de poisson à Mormon Lake... Ça, c'est Dick, peu de temps avant leur mariage. Il était pas mal pour un type du coin, c'est sûr, ce n'est pas Hollywood, ici, mais c'était un bon gars qui n'aurait pas fait de mal à une mouche, c'est quand même dommage qu'il ait tant engraissé, c'est même ça qui l'a tué, les enfants ne veulent pas le croire, mais ils vont bien voir quand ils seront morts, eux aussi. Elle, au moins, a toujours le même poids, elle pourrait entrer dans sa robe de mariée si les mites ne l'avaient pas mangée. De toute manière, qu'est-ce qu'elle ferait dans sa robe de noces? Elle est toujours toute seule, les enfants sont occupés avec leur travail et puis, ils n'aiment pas revenir dans le coin. Il paraît qu'ils ont trop de mauvais souvenirs, n'importe quoi, elle les a toujours bien traités, et le Grand Canyon, une fois qu'on l'a vu... vous savez, c'est toujours pareil. Un trou. Un grand trou.

Rébecca est immobile, les yeux grands ouverts. Elle se demande ce qu'elle fait là. Est-ce qu'on a si peu de contrôle sur sa vie? C'est quand même incroyable. On décide d'aller casser la croûte au restaurant et on se retrouve enfermée et affamée devant un moulin à paroles impossible à arrêter.

Charlotte, âme vaillante, semble s'être portée volon-taire pour jouer le rôle d'oreille compatissante auprès du troisième âge. Elle prend sa mission au sérieux, opine, acquiesce et fait tous les bruits de gorge et les sourires nécessaires pour absorber les épanchements de Rosita. C'est trop pour Rébecca. Déjà qu'elle perd la moitié du texte, débité dans une langue qu'elle ne maîtrise pas, sans parler de l'accent local, plus grave que grave, mais en plus, les petites vies étriquées, égarées dans des régions en apparence hostiles à l'humain, l'ont toujours fait angoisser. Si le sens de la vie nous échappe dans un milieu urbain où on peut s'étourdir de culture, de travail, de relations humaines, amoureuses ou sexuelles, si en ville on peut faire diversion de mille façons pour oublier qu'on ne sait pas pourquoi on s'est retrouvés sur terre, ici, dans ce trou perdu aride, le sens de la vie est carrément impossible à repérer. Il ne pointe même pas le bout du nez. Et on ne peut pas se fier non plus à la beauté du paysage pour camoufler son absence. À la limite, un trou perdu en montagne, en forêt ou au bord de la mer comporte certains avantages sur le plan esthétique, la communion avec la nature pouvant toujours donner le change. Mais ici ? Ici ! Comment est-ce qu'on peut choisir de passer sa vie enfermée dans une maison sombre et sale, avec des cailloux poussiéreux pour horizon et *The Price Is Right* comme seul écran de fumée devant le vide de l'existence ? Il ne fait pas de doute dans l'esprit de Rébecca que c'est pendue à la douche qu'on la retrouverait s'il fallait qu'on l'abandonne dans le quartier. Son instinct de survie n'est pas assez fort pour se défendre dans le ring d'un désert tout à la fois humain, culturel et géographique. C'est fou. Toutes ces théories fumeuses sur la vie, la vraie vie, le bonheur et sa recherche, c'est le lot d'une minorité de privilégiés gâtés. L'humain normal n'en demande pas tant. Il n'a pas besoin de la jungle luxuriante des plaisirs et des expériences pour donner un sens à son existence. La bête humaine standard est une plante en pot qui se contente d'un peu d'eau de temps en temps pour continuer sur son erre d'aller.

— Ici, c'est Dick avec Mike, notre plus vieux, le jour de son anniversaire, je crois qu'il avait douze ans, peut-être treize ? Non, douze, il porte sa casquette des Dodgers, c'est mon frère qui lui avait rapporté ça de Los Angeles, la semaine avant son accident — il est mort sur le coup, pauvre homme — il est dans l'informatique, maintenant, mon fils, je veux dire. Pas mon frère. Mon frère, que Dieu ait son âme, est au ciel aujourd'hui. Bien sûr, il avait bu un peu, mais ce n'est tout de même pas de sa faute si Bernie Smith a foncé droit dessus avec son camion. Mon fils a un bon emploi. Je ne pourrais pas vous expliquer ce qu'il fait, vous savez tous ces trucs d'ordinateurs, ça me dépasse...

Rébecca, qui a depuis longtemps cessé d'écouter, se laisse tomber sur le canapé miteux. Dans l'écran devant elle, une femme avec un *brushing* surréel pleure dans les bras d'un Monsieur Muscles dont le teint décline une nuance entre la carotte et le caramel. Rébecca est partagée entre l'envie et l'horreur. Elle aurait bien voulu être une banale plante en pot. Une créature confiante et aveugle qui pousse sans se poser de questions. Mais non, il avait fallu que ce soit plus compliqué que ça. Qu'elle se casse la nénette sans arrêt à se demander ce qu'elle attendait de l'amour, si son travail lui permettait vraiment d'exploiter toutes les facettes de sa personnalité, s'il ne fallait pas qu'elle change de vie pour s'épanouir davantage, s'il valait mieux investir dans l'immobilier plutôt qu'à la Bourse, si elle avait fait les bons choix. Et puis voilà que le film allait bientôt prendre fin et qu'elle n'avait jamais répondu à ces questions qui, en fait, elle le comprenait maintenant, n'avaient pas de réponses.

— Ça va ? demande tout à coup Charlotte.

La petite vieille a un sursaut de surprise. Comme si elle ne s'attendait pas à ce que ses convives aient un peu d'autonomie dans la conversation et se permettent d'ouvrir une parenthèse dans laquelle Dick était absent. Mais elle se ressaisit rapidement, mue par la curiosité.

— What language do you speak? demande-t-elle, intriguée. Is that Italian? You don't look Italian.

— It's French, l'informe Rébecca.

— Oh! You've got such a funny accent! se réjouit la veuve du garagiste aussitôt que Rébecca a mis un point à sa phrase.

On dirait qu'elle considère le fait d'avoir deux francophones dans son salon comme étant un événement tout à fait excitant. Sa voix monte d'une octave quand elle lance :

— So you come from Paris?

— No. We're from Québec.

— Where's that?

Rébecca prend une grande inspiration avant de se lancer dans une réponse, mais elle expire sans avoir prononcé un seul mot. Utiliser son anglais raboteux pour expliquer à la vieille dame l'histoire du Haut et du Bas-Canada l'épuise à l'avance. Elle jette un regard à Charlotte, qui vole à son secours.

— Oh! fait Rosita, qui semble partagée entre l'incrédulité et le ravissement, tandis que Charlotte situe leur pays natal sur la carte. You must be hungry! s'écrie-t-elle, comme si elles venaient tout juste de terminer le trajet à pied.

Charlotte et Rébecca la suivent docilement dans la cuisine. On dirait qu'à moins de défoncer un mur à la hache, il n'y a pas de sortie possible. Elles sont piégées. Toutes les issues sont condamnées. C'est clair que Madame McDunn prendrait comme un affront toute excuse pour se défiler. Ça casserait sa journée, fêlerait son plaisir, démolirait son moral. Et ni Charlotte ni Rébecca n'ont le cœur de frapper une vieille pomme déglinguée, aussi givrée soit-elle.

* * *

Rosita se dirige vers une vieille armoire bancale et en tire deux boîtes de conserve.

— Ce n'est pas vrai, murmure Rébecca.

Elle jette un regard à Charlotte et articule sans émettre un son : « Elle ne va pas nous faire manger du chili en boîte ! »

— J'en ai bien peur, marmonne Charlotte entre ses dents, sans se départir de son sourire bienveillant, au cas où la vieille tournerait le regard dans leur direction.

Tout en faisant réchauffer l'épaisse mixture, Rosita les assure que c'est la meilleure marque, que Dick pouvait en manger une boîte à lui tout seul, et qu'en plus, il ajoutait toujours une tonne de Tabasco. Mais elle, le Tabasco, elle n'a jamais pu, c'est trop fort. La dernière bouteille entamée par Dick est toujours dans le placard. D'ailleurs, si elles en veulent, pas de problème, elles n'ont qu'à se servir.

Rébecca fait un rapide calcul. La sauce piquante doit bien avoir dans les vingt ans. C'est suffisant pour la refroidir. Déjà qu'elle n'est pas trop friande des trucs qui arrachent la bouche sur leur passage, se payer la tourista dans le Far West ne fait pas partie des choses qu'elle a mises sur sa liste des priorités avant de mourir.

— Thank you so much, lâche Charlotte, en décollant avec difficulté ses avant-bras de la nappe de plastique pour permettre à Rosita de déposer l'assiette fumante devant elle. Elle a l'impression que la vaisselle est d'une propreté douteuse, mais ce n'est peut-être qu'une vue de l'esprit à force de s'imaginer que la vieille utilise une seule et même assiette depuis douze ans et que les autres accumulent la poussière en attendant qu'un être humain franchisse la porte du sanctuaire dédié à Dick.

Du coin de l'œil, elle aperçoit Rébecca qui attaque le mélange de viande et de haricots du bout de la fourchette. Bah, se dit Charlotte, de toute façon, au restaurant, ce n'aurait pas été meilleur et probablement pas de niveau très supérieur, côté hygiène non plus. Il ne faut pas se faire d'illusions, tout sort d'une conserve, là aussi. C'est juste que les boîtes sont plus grosses et qu'on ne voit pas les étiquettes depuis la banquette en vitrine. C'est donc plus facile de se persuader qu'une grosse *mamma* a cuisiné pour nous.

C'est comme pour toute chose, on peut se faire croire tout ce qu'on veut quand il n'y a pas de Rosita pour nous forcer à garder les yeux ouverts.

* * *

— So, what do you do for a living in your country ? demande la vieille femme, sa bouche édentée pleine de chili.

Rébecca fixe un motif de la nappe pour éviter de voir les postillons de Rosita traverser la table et bombarder la salière crasseuse.

C'est évidemment Charlotte qui se charge de répondre, Rébecca se laissant remorquer dans la conversation comme un poids mort. Elle explique à leur *American hostess* qu'elle est traductrice, et que son amie est graphiste. Mais le graphisme est un concept un peu abstrait pour leur hôtesse. Charlotte doit donc expliquer avec plus de précision en quoi consiste ce mystérieux

226

travail. La vieille hoche la tête, les sourcils froncés, comme si chaque détail avait une importance capitale.

— And you make a good living with that? fait-elle, étonnée.

Tout ce que Rébecca retient de la question, c'est le mot *living.* Un mot duquel elle doit apprendre à se détacher. Tant qu'elle *workait,* elle *livait* bien. Maintenant, elle ne *work* plus, parce qu'elle ne va peut-être plus *liver* très longtemps.

— No. Not now, baragouine-t-elle.

— Ah! fait simplement Rosita, en offrant une vue partielle sur le chili prémâché entre ses gencives.

— I don't live anymore with that because I have a brain tumor.

Charlotte jette un œil inquiet à Rébecca. Qu'est-ce qui lui prend de parler de ça maintenant?

— I will probably die soon.

C'est drôle de le dire en anglais, on dirait que ça ne compte pas. C'est comme si elle parlait de quelqu'un d'autre. Ou qu'elle mentait. On peut raconter tout ce qu'on veut à des étrangers. Ils n'ont aucun moyen de vérifier.

— Oh! ajoute Rosita, incapable d'avaler sa bouchée devant cette information inédite. Sa bouche édentée est stabilisée en position ouverte. Puis sa mâchoire reprend lentement du service mais, encore perturbée par la nouvelle, elle s'arrête avant d'avoir terminé sa tâche de broyage.

— Oh! Sorry to hear that!

Quelques grains de viande rougis de sauce tomate atterrissent sur la nappe.

— Very sorry, ajoute-t-elle en déglutissant avec difficulté. On dirait qu'elle va se mettre à pleurer. La sauce tomate lui fait comme une petite moustache du côté gauche de la bouche. Ça lui donne un peu l'air d'un clown.

Le silence qui suit est comme un puits sans fond. Les trois femmes regardent dans le trou en se demandant comment y pêcher un nouveau sujet de conversation. La télé marmonne doucement au loin. Tiens, on l'avait oubliée, celle-là. Charlotte feuillette le catalogue des phrases toutes faites dans sa tête afin d'y trouver quelque chose à dire pour tuer le silence. Surtout que Rosita semble décidée à ne plus se nourrir tant que personne d'autre n'aura fait un geste.

— Your chili is excellent! déclare soudain Rébecca, comme si de rien n'était.

Ça y est, c'est reparti. Rébecca a prononcé les paroles magiques pour activer le bouton Play. La machine Rosita est de nouveau en marche. Dick en aurait mangé tous les jours, raconte la vieille femme en se trémoussant sur sa chaise. Elles sont sûres qu'elles ne veulent pas de Tabasco?

17

— Tu me laisses conduire maintenant ? demande Rébecca, une fois que Rosita est disparue du rétroviseur.

La vieille pomme avait formellement interdit à Charlotte de laisser son amie prendre le volant, même si c'était juste pour se rendre à la station-service, à trois cents mètres de là. Comme si, en partageant quelques haricots pâteux baignant dans une viande indéterminée, les trois femmes avaient scellé un pacte qui confirmait l'adoption instantanée et définitive des deux plus jeunes par leur aînée et sa position d'autorité sur elles.

Quand les deux amies étaient repassées devant sa maison pour reprendre la route de Flagstaff, la vieille Madame McDunn était toujours devant chez elle, hochant la tête pour montrer son approbation à ses deux nouvelles filles, satisfaite de voir qu'elles avaient obéi à leur maman. Son visage ravagé, entre E.T. et Mère Teresa, n'exprimait pas de tristesse. Seulement la résignation tranquille de celles qui n'attendent rien. C'est comme ça. C'est tout. Comme si la fonction « bureau des plaintes » de son cerveau n'avait pas été activée. Toute une vie à se réjouir des miettes de bonheur, glanées ici et là, comme un petit moineau. Ça fait presque envie, avait pensé Rébecca. Si on lui avait proposé un échange à ce moment précis, elle aurait hésité avant de dire non. Peut-être que, finalement, la perspective de finir pendue au pommeau de la douche ne lui aurait pas paru une solution si attrayante, une fois édentée et ratatinée. Juste comme la voiture dépassait la maison, après les derniers signes de la main, un bref rayon de soleil avait fait scintiller le cadre doré que la vieille serrait contre sa maigre poitrine. Dick était là, avec elle, pour l'aider à supporter les adieux et attendre la prochaine pépite d'or qui l'éblouirait à nouveau. Vivre d'amours mortes et d'eau tiède, c'est peut-être ça, le bonheur.

Le regard de Rébecca revient vers la route en ligne droite qui se perd au loin.

— Juste quelques kilomètres, insiste-t-elle, je vais faire attention, je te le promets.

Charlotte fait une moue pas trop enthousiaste.

— Allez, je n'ai jamais conduit de décapotable. C'est peut-être ma dernière chance de le faire.

L'argument fait craquer Charlotte. Comment refuser après ça ? De quelle autorité se réclamer pour décréter que Rébecca n'est plus apte à enfoncer la pédale d'accélération sur une route déserte ? Lui dire « Oui, mais ça me fait un peu peur. Toi, tu vis chaque minute en te demandant si la mort t'attend au tournant, mais moi, je n'ai pas envie d'envisager sa possibilité, si mince soit-elle, quelques secondes » ? Et puis, se dit Charlotte, en rangeant la voiture sur le côté de la route, c'est aussi bien que ça se fasse ici que sur une bretelle d'autoroute bondée de voitures. N'empêche, ces quelques mots, « C'est peut-être ma dernière chance de le faire », ça fait drôle à entendre. Et drôle, ce n'est pas vraiment le mot juste.

* * *

Rébecca ajuste le rétroviseur en souriant. Le toit a été rouvert, évidemment. Une décapotable au toit fermé, ça n'a rien de particulièrement excitant, même avec les vitres baissées et beaucoup d'imagination.

Du coin de l'œil, elle aperçoit Charlotte qui pose sur elle un regard attendri, en devinant le plaisir enfantin qui l'anime. Et elle a raison. Rébecca a l'impression qu'elle s'apprête à jouer avec un jouet tout neuf. De ceux qu'on voit à la télévision juste avant Noël et qui ont l'air si fabuleux.

Dès qu'elle pose le pied sur l'accélérateur, une sensation d'ivresse l'envahit. Ce n'est pas tant le ciel immense qui défile par le toit ouvert, ce n'est pas non plus le vent qui violente la peau et s'infiltre sous les vêtements, bien que tous les deux participent à la fête, c'est le sentiment de puissance et de maîtrise que donne la conduite de la machine. La joie pleine et lumineuse d'être dans l'action, de ne pas être la bête fragile qui attend passivement qu'on l'envoie à l'abattoir en se délectant des derniers brins d'herbe fraîche.

Non, c'est clair maintenant, elle n'a pas envie d'être édentée et de manger du chili en boîte pendant des siècles. Elle veut foncer et mordre. Tout de suite. Maintenant. Et tant pis — tant mieux, même — si ça ne dure pas.

Son pied enfonce encore un peu la pédale. Le plaisir s'intensifie à mesure que la vitesse augmente. Son cœur bat. Son sang coule à grand bruit, dévalant le moindre de ses vaisseaux comme un torrent après la pluie. Rébecca est hilare, les deux mains accrochées au volant. Ça valait la peine. Ça vaut la peine. Ça a valu la peine. Ça vaudra la peine. Ne serait-ce que pour ces quelques secondes d'extase, elle ne regrette rien. Même pas le pamplemousse.

À ses côtés, Charlotte sourit aussi. Le plaisir de Rébecca irradie jusqu'à elle et traverse son corps. Elle n'a plus peur. La mort n'est pas à bord. C'est la vie qui mène. La vie pleine. La vie qui éclate et retombe en pluie de lumière.

Les montagnes font les belles dans le lointain. Le soleil, haut dans le ciel, pose sur le paysage son œil amoureux, l'enveloppant de sa lumière dorée.

La vie roule maintenant à cent soixante kilomètres. À l'intérieur de Rébecca, les morceaux se remettent en place. Ce n'est pas parce qu'elle est malade qu'elle doit traîner derrière. Elle décide. Elle va. Elle agit. Il faut qu'elle ose tout. C'est maintenant ou jamais.

Charlotte la regarde avec une joie mêlée d'admiration. Rébecca a raison. Il faut aller jusqu'au bout. La vie est courte. Et belle. Il faut la prendre à pleines mains et la brasser jusqu'au fond.

Cent soixante-dix. C'est tellement facile de se laisser aller, de se confiner dans le confort de la sécurité. Moins on ose, plus on rétrécit. Plus on rétrécit, plus les obstacles paraissent infranchissables. Alors que chaque pas qui avance, qui résiste, redouble notre courage. Et nous donne l'impression d'être grand et fort. On doute toujours, avant. C'est normal. Comme on hésite avant de se saucer dans la rivière froide. Mais une fois qu'on a eu le cœur de plonger, on ne regrette jamais de s'être baigné.

Cent soixante-quinze. Le moteur gronde, le vent siffle. Rébecca a l'impression d'être invincible. Et elle l'est. Même si elle meurt maintenant, elle va demeurer vivante à jamais.

Cent quatre-vingts. Charlotte se rappelle que c'est un pamplemousse qui conduit. Elle sourit un peu moins. Surtout qu'après des kilomètres de route invariablement droite, une courbe se dessine maintenant au loin. À cette vitesse, ce loin est déjà très proche. De plus en plus proche.

Rébecca, grisée par la vitesse, les yeux écarquillés, aperçoit le virage, elle aussi. Pour être honnête, elle n'est pas sûre de pouvoir le négocier de façon honorable. Son pied lâche l'accélérateur, s'approche du frein, hésite. Elle donne un petit coup. La voiture décélère, mais son erre d'aller est encore imposante.

Et puis, oui. Ça aussi, elle en a toujours rêvé. Et il n'y a rien autour. Pas de voiture en vue. Elle y va. Elle donne un grand coup de frein. La voiture se cabre comme un étalon furieux. Tête à queue. Queue à tête. La décapotable dérape. Le sable laissé sur la route par le vent du désert contribue à la valse. Ça vire. Ça tourne. Ça tournoie. On dirait que ça ne finira jamais.

Charlotte a le temps de se dire que son amie est une folle dangereuse, que les pépins du pamplemousse ont déjà enrayé l'engrenage. Qu'elle n'aurait jamais dû lui laisser le volant. Elle a une pensée pour Éric quand il apprendra qu'il doit venir la chercher à l'hôpital de Flagstaff. Ou à la morgue de Las Vegas. C'est idiot. Elles ne se seront même pas rendues au Grand Canyon.

Puis, tout s'arrête. Après un dernier et élégant dérapage latéral, la voiture se stabilise sur le côté de la route. Exactement là où elle ne devrait pas être. C'est-à-dire, face aux voitures qui s'en viennent.

Mais il n'y a pas de voiture. C'est le désert. Encore le désert. Avec son infini silence. Ses espaces vides où tout et rien sont possibles à la fois.

Rébecca, calme et plus galvanisée que jamais, redémarre la voiture qui a calé. Elle va la ranger sur le côté. Puis, elle détache sa ceinture de sécurité, ouvre la portière et inspire à fond. Elle a beau les gonfler à bloc, elle a conscience que cela ne représente qu'une infime partie de l'air qui s'étend à perte de vue. Est-ce que dans le temps qui lui reste, elle aurait le temps d'inspirer tout ça? Quel est le volume d'air qu'on fait transiter dans ses poumons en une semaine, en un mois, en une demi-année?

Il faut encore une longue minute à Charlotte pour réussir à sortir de la voiture. Titubant sur ses jambes flageolantes, elle va se poster à côté de Rébecca.

Elle va ouvrir la bouche, mais Rébecca la devance.

— C'était la dernière fois. C'est promis.

Charlotte hoche la tête en silence. Elle comprend.

Du moins, elle croit.

* * *

Après le virage, il y en a un autre. Puis un autre. Et un autre encore. Rébecca s'est endormie sur la banquette arrière, cuvant sa démence automobile et ses haricots. Charlotte est seule à grimper la montagne, s'enfonçant toujours un peu plus dans les nuages. Le toit est de nouveau rabattu. Avec le soleil disparu et l'altitude à la hausse, il ne faisait plus assez chaud. Juste au cours de la dernière demi-heure, la température a bien dû chuter de cinq degrés. Avec la nuit qui commence à tomber, on va bientôt frôler le point de congélation.

Déjà, après leur cascade en voiture, quand elles avaient marché dans le décor pour se remettre de leurs émotions, le vent n'avait plus rien de chaleureux. Les cumulus s'étaient pointés, s'accrochant au sommet des montagnes avec l'air de s'installer pour les attendre.

Maintenant, ça y était. On y était. En plein gris. Lourd et humide. Il fallait se rendre à l'évidence, novembre avait aussi une franchise dans la région. C'est juste qu'il attend que la nuit vienne pour en ouvrir les portes.

— On dirait qu'il va neiger, marmonne Rébecca, du fond de son siège.

Charlotte jette un œil dans le rétro.

— Tu ne dors pas, toi?

— Oui. Et je rêve qu'il neige.

Rébecca n'a pas complètement tort. Dans l'air virevoltent de minuscules particules dont il est difficile de déterminer la texture. Gouttelettes de pluie, bruine de nuage, flocons nains? Ça embue le pare-brise plus que ça le mouille. Les essuie-glaces les écrasent contre la poussière du désert, laissant une trace boueuse. Bientôt, on ne voit plus rien. Que de la soupe brunasse étendue en travers de la vitre.

Un jet de lave-glace ouvre le chemin, dégageant la vue. La vue, c'est vite dit, étant donné que les phares éclairent maintenant un mur de brouillard, onctueux et dansant. Malgré son épaisseur, le rideau de coton se laisse traverser par la voiture sans offrir de résistance. Mais derrière le dernier pan de mousseline opaque, le spectacle a brusquement changé. Les particules sont passées de minuscules à majuscules. C'est bien de la neige. De bons gros flocons de neige. Joviaux et jouflus. Ils culbutent sur eux-mêmes dans un tourbillon aérien. Ils roulent et tournoient. On dirait qu'ils ne touchent même pas la voiture. Puis tout s'efface dans un nouveau nuage de brume. Quand la voiture en ressort, la neige a commencé à s'accumuler sur le sol et ça tombe dru.

— On avait bien besoin de ça, râle Charlotte.

— On ouvre le toit? demande Rébecca, comme une enfant prête à déballer son cadeau. Ça serait drôle…

— Non.

La réponse de Charlotte claque comme un capot de voiture qui se referme. Il y a des limites. Il faut aussi, parfois, savoir être raisonnable si on ne veut pas que le plaisir fasse trop mal.

— En plus, il n'y a même pas de pneus à neige sur ces foutues voitures. J'ai l'impression de conduire un *crazy carpet*.

— C'est rassurant. On est encore loin ?

— Je ne sais plus. Peut-être à vingt-cinq kilomètres de la prochaine ville.

— Et du prochain hôpital ?

— S'il te plaît, Rébecca. Garde ce genre d'humour pour ton ami imaginaire.

* * *

La voiture roule maintenant à trente kilomètres-heure. La visibilité est passée de nulle à archi-nulle. Les deux mains de Charlotte sont vissées sur le volant, leurs jointures pâlissant un peu plus à chaque virage.

Le blanc arrive de partout, sous toutes ses formes, dans tous ses états.

— Comment il peut y avoir à la fois de la neige et du brouillard ! peste Charlotte.

— On devrait peut-être se ranger et attendre que ça passe, suggère Rébecca, depuis l'arrière de la voiture où elle est toujours allongée.

— Se ranger où ? Je ne sais même pas où commence la route et où elle finit. Si ça se trouve, il y a un fossé de deux mètres, juste après l'accotement.

Voilà un point qui méritait d'être soulevé, Rébecca l'admet. Quelqu'un a une autre proposition ?

De longues minutes s'écoulent dans le cocon blanc et mouvant, avant que Rébecca s'écrie :

— Là ! Une aire de pique-nique !

— Où ça ?

— À cinq cents pieds. Enfin, c'est ce que disait le panneau… Il me semble…

C'est drôle. L'image, captée entre des millions de flocons, est passée tellement vite que Rébecca n'est plus sûre. Est-ce qu'elle a bien vu ça ? Est-ce une blague de ses neurones étourdis ? Hallucination ? Rêve éveillé ? Délire total ? Comment se fait-il que le cerveau n'ait pas de prise plus solide sur la certitude ? Pourquoi ne peut-on jamais faire jouer la reprise ?

L'auto avance à la vitesse de la tortue au galop. Ce serait presque plus rapide à pied. Charlotte, les yeux plissés, essaie de discerner ce qui pourrait se révéler une entrée dans le banc de blanc qui lui tourne autour. Là, peut-être ? Il n'y a pas d'arbres, en tout cas. C'est déjà ça. On va y aller modérément. Clignotant. Réflexe un peu stupide dans le néant opaque. Mais bon. Il y a assez de choses à penser sans s'occuper d'annuler des réflexes inutiles. La voiture avance lentement. Un flocon à la fois. Le sol semble tenir le coup sous les roues. Oh… Trop lentement, c'est comme trop vite. Dans la neige, ce n'est pas une stratégie gagnante. On va s'embourber. Il y a déjà une bonne couche de gadoue mouillée sur ce qui est peut-être une route, une entrée, un sentier, ou rien du tout. On ne voit pas ce qu'il y a devant, mais on ne peut pas rester comme ça au travers de la route. Un léger coup d'accélérateur. La voiture vrombit plus qu'elle n'avance. Elle fait bien un mètre ou deux, mais c'est tout. Les pneus d'été roulent sur eux-mêmes. Ils en ont assez fait comme ça. Le ski, ce n'est pas leur truc.

Charlotte ferme les yeux, dans l'espoir de faire descendre la pression. Mais les yeux ouverts ou fermés, ça ne change rien. La visibilité est toujours aussi nulle. Au moins, quand ils sont fermés, ça les repose du tourbillon blanc.

— Je vais voir où on est, annonce Rébecca.

— Non, ne bouge pas, j'y vais, la relance Charlotte.

Mais rester à l'abri sur la banquette arrière, pour un pamplemousse fringant comme celui de Rébecca, c'est hors de question.

* * *

Avant d'ouvrir les portières, Charlotte et Rébecca enfilent tout ce qui se trouve comme vêtements dans la voiture. Par chance, les polars avaient été empilés pour servir d'oreillers et les coupe-vents sont munis de capuchons.

La violence du vent surprend les deux femmes quand elles sortent du véhicule. Si l'air est agité, le sol, lui, est stable autour de la voiture. Pas de précipice en vue. Reste à évaluer à quel point elles ont réussi à s'éloigner de la route.

Bras dessus, bras dessous, elles avancent dans le blizzard, le corps penché vers l'avant, la tête rentrée dans les épaules.

— Tu crois que les serpents à sonnettes survivent par des temps pareils? demande Rébecca.

— Je pense qu'il n'y en a plus, par ici. Il y a déjà trop d'arbres. Ça vit dans le désert, ces bestioles-là.

— C'est assez désert à mon goût, commente Rébecca.

Charlotte se retourne, histoire de vérifier que la voiture est encore visible. Ça serait quand même bête de mourir gelées à trois pas du véhicule. La mort... Encore elle. Il lui semble tout à coup qu'elles ne font que ça, passer à deux doigts de la mort depuis ce matin.

— Ah!

Rébecca pointe, avec ce qui semble du soulagement, une pancarte qui annonce l'entrée de l'aire de pique-nique. Il y a de la neige collée dessus, mais on arrive à décoder les pictogrammes.

— Ça va, dit-elle. On n'est pas dans le stationnement, mais, à mon avis, on est suffisamment hors de la route pour ne pas se faire rentrer dedans par un camion de bois.

— À moins qu'une autre voiture décide de s'engager dans l'allée ?

— On mettra les feux de détresse. Ils vont bien nous voir quand même. On est là ! crie Rébecca à la tempête, à la route, à la ronde.

Elle se dégage de Charlotte et étend les bras de chaque côté de son corps. Elle tourne sur elle-même, peinant à garder les yeux ouverts sous l'attaque des flocons.

— On est là ! hurle-t-elle au silence épais. On est encore là !

Il y a un brin de fierté dans sa voix. Un rien de défi. Un soupçon d'insolence. Elle fait un dernier tour sur elle-même pendant que Charlotte la regarde en grelottant, son sourire claquant des dents.

— On est là, reprend Rébecca, un peu moins fort, mais on se les gèle. Alors, si vous voulez bien nous excuser…

* * *

Les deux femmes sont assises sur la banquette arrière. Elles ont récupéré dans le coffre tout ce qui pouvait servir à les tenir au chaud. Foulards, chapeaux, chaussettes de laine sont tout fiers de ne pas avoir été emportés pour rien.

Blotties l'une contre l'autre sous une grande serviette de bain, elles attendent que la nature ait fini de s'exciter. Ce n'est pas la peau d'ours devant le foyer, mais, en termes de confort douillet, c'est tout comme. Dehors, la nuit achève de tomber. La neige a recouvert la voiture et la buée a dessiné des rideaux. Dans l'igloo de métal, l'obscurité est presque complète.

— On dit qu'on attend une heure. Si ça ne se calme pas, on appelle des secours. Ça te va ?

Rébecca opine du menton. Une heure dans cette parenthèse irréelle avec Charlotte, ça lui va parfaitement.

Leurs corps collés pour garder la chaleur, les filles somnolent un peu, chacune trottinant dans ses pensées éparses.

— Je l'ai dit à Toulouse, souffle Rébecca, au bout de longues minutes.

— Que tu étais folle de lui ? fait Charlotte.

Rébecca lui enfonce mollement un coude dans les côtes.

— Pour le pamplemousse.

Un temps. Puis, elle articule d'un ton neutre, plus pour elle que pour Charlotte.

— La tumeur. La tumeur au cerveau.

Dans sa cage thoracique, son cœur esquisse quelques petits pas de cha-cha. Le savoir et le dire à haute voix, c'est deux choses. Mais il faut pouvoir le dire. Cette histoire de secret autour de sa maladie a des effets pervers. Il nie son droit à entendre le son que fait la blessure dans la réalité. À en évacuer le trop-plein. Il faut prononcer le mot de temps en temps pour mieux pouvoir l'oublier ensuite. Sinon, il gratte constamment à la porte, comme un chien qui veut sortir.

— Autrement, c'est de la triche, ajoute-t-elle.

— Et qu'est-ce qu'il a dit?

— Rien. Au début. Je veux dire pendant au moins dix secondes.

— Et puis?

— Il a chanté. Doucement. Très très doucement.

Dehors, on dirait que le vent s'est un peu calmé. L'écrin de neige enferme les deux femmes dans un cocon protecteur. Là, dans cet espace hors du temps, on peut tout avouer. Personne, nulle part, n'entend. Même Dieu ne capte plus rien.

— Je pense que c'est la première fois de ma vie que j'éprouve un sentiment comme ça pour un homme. On dirait qu'il a toujours été là. Qu'il sera toujours là. Je ne sais pas comment expliquer ça. Il est là, au téléphone, il ne dit rien et je ne sais pas... C'est comme s'il me tenait dans ses bras.

Charlotte se redresse et repousse la serviette.

— Mais qu'est-ce que tu fais ici avec moi? On rentre immédiatement à Montréal!

Rébecca sourit et ramène la serviette sur elles.

— Calme-toi. D'abord, c'est absurde. Je ne le connais même pas. Peut-être que c'est juste une distorsion de mon cerveau. Un roman Harlequin que je m'invente pour me bercer et m'empêcher de penser aux fruits et légumes. Ensuite, si tu veux savoir, ce que je fais ici, je vais te le dire: je suis avec toi. Et ça, ce n'est pas une invention de mes neurones. C'est la chose la plus solide, la plus réelle et la plus belle qui me soit arrivée dans ma vie. Et pour tout dire, je ne suis pas prête à abandonner ça pour une chanson. Même une chanson d'amour.

Charlotte attrape un coin de la serviette et le remonte sous son menton. Juste un peu au-dessus de l'endroit où la boule vient de se former dans sa gorge.

Elle voudrait dire merci, moi aussi, quelque chose d'approchant. Mais elle ne trouve pas. Et, au fond, elle sait que Rébecca n'attend rien. Rien d'autre que de la savoir là, à ses côtés. Elle pose sa tête sur l'épaule de son amie.

— Et puis, ajoute Rébecca, même si on voulait repartir, on ne pourrait pas. La route est disparue. La neige l'a avalée. Il faut attendre qu'elle nous la rende.

* * *

Au bout d'une heure, la voiture est complètement ensevelie sous la neige. La seule façon de vérifier si la tempête s'est calmée, c'est de sortir. De toute manière, il faut faire repartir le moteur pour mettre un peu de chauffage. Il commence à faire un froid de canard dans l'auto. Et tant qu'à se cogner les genoux sur les appuie-têtes en enjambant les sièges, aussi bien passer par l'extérieur.

Quand Charlotte ouvre la portière pour sortir de la voiture, le monde a changé. C'est comme si elles avaient été transportées sur une autre planète. Une lune presque pleine brille dans un ciel où s'effilochent des nuages qui jouent les innocents. Plus le moindre flocon ne tourbillonne dans l'air. Tout le blanc repose maintenant au sol, conférant au décor un air majestueux et solennel. Une forêt de conifères se dresse des deux côtés de la route qui s'élève lentement vers la droite. Les branches des épinettes croulent sous leur blancheur toute neuve. La lumière de la lune est si forte que l'ombre des arbres se dessine sur la route immaculée qu'aucun véhicule n'a encore profanée.

— Wow, souffle Rébecca, venue rejoindre Charlotte.

Les deux femmes sourient d'un air hébété devant la splendeur du paysage.

Dans le ciel nocturne, on dirait que l'air lui-même scintille.

— C'est mieux que Las Vegas, ajoute Rébecca.

— C'est fou comment la beauté est apaisante, murmure Charlotte.

Un vent glacial vient mettre un terme à cet épisode contemplatif en leur rappelant qu'elles sont déjà transies et que la beauté, aussi apaisante soit-elle, peut aussi être frisquette.

Charlotte regarde autour d'elle. La voiture est de travers sur le chemin qui mène à l'aire de repos.

— Et c'est génial, on n'est même pas dans le fossé. Bon, peut-être pas tout à fait alignées pour aller pique-niquer, mais quand même...

— De toute façon, on n'avait pas de sandwichs, fait remarquer Rébecca.

— C'est vrai. Alors, j'ai bien fait de ne pas foncer dans une table.

Rébecca fait quelques pas. Ses pieds s'enfoncent dans la neige avec un bruit croustillant. C'est délicieux. Bien qu'un peu mouillé.

— Penses-tu qu'on va pouvoir sortir de là?

Charlotte hausse les épaules. La route n'a pas été dégagée. Elle jette un œil à sa montre. Il est passé sept heures. Quelles sont les mœurs dans les environs? Passent-ils avec une déneigeuse après le souper ou bien faut-il attendre que ça fonde?

La réponse ne tarde pas. Elle prend la forme d'un grondement lointain qui s'approche. Bientôt il est tout près. Les deux femmes peuvent sentir sa vibration dans leur plexus solaire. Il y a décidément une bonne étoile qui veille sur elles, pense Charlotte, avec une pensée reconnaissante envers l'univers. Le camion de déneigement surgit au détour du virage. Ses phares éblouissants les font cligner des yeux. Il passe devant elles, raclant l'asphalte avec fracas, semant quelques étincelles derrière lui.

Le tracé de la route se dessine maintenant clairement dans le décor. Malheureusement, le côté qui vient d'être dégagé ne va pas vers Flagstaff.

* * *

— Qu'est-ce qu'on fait ? demande Rébecca.

— Tu veux qu'on retourne chez notre amie Rosita ? suggère Charlotte. Il lui reste sûrement quelques bonnes boîtes de chili…

Rébecca fait la moue. Malgré la faim qui recommence à se pointer, la proposition ne la transporte pas d'enthousiasme.

— Bah. S'ils passent dans un sens, ils vont bien passer dans l'autre à un moment donné. On pourrait toujours déneiger la voiture en attendant.

Les deux femmes se regardent. La même idée les traverse. Ça se voit dans leurs sourcils également en suspension.

— Tu as un grattoir, toi, dans ta trousse de toilette ?

La carte de Las Vegas est mise à contribution pour nettoyer le pare-brise. Mais ce n'est pas long qu'elle mollit et renâcle à poursuivre la tâche. Quelle vache. Il faut finir le travail à la mitaine. Au sens le plus strict du terme. Le déglaçage des rétroviseurs latéraux se fait à la carte de crédit.

— Ne partez pas sans elle ! lance Rébecca, en grattant de manière frénétique avec sa Visa.

Charlotte indique la route et ajoute avec une pointe de découragement :

— Pour tout le reste, il y a Master Card…

Le temps que les deux amies procèdent à leur grand déblayage artisanal, un nouveau grondement de moteur se fait entendre. Cette fois, c'est bien sur la gauche. Il y a donc de la lumière au bout du tunnel de neige. Il fallait juste avoir confiance et être patientes.

Les deux femmes suivent le trajet des phares, pleines d'espoir. Mais ce n'est pas la déneigeuse. C'est une jeep 4 × 4 qui passe sans s'arrêter. Le chauffeur, tout à sa conduite, n'a pas pris le temps de lorgner vers l'aire de pique-nique pour voir si deux touristes égarées n'avaient pas eu l'idée d'y faire une pause détente.

— Merde ! grogne Charlotte, en rangeant sa carte de crédit dans sa poche. Allez, on va se réchauffer un peu, déclare-t-elle, avant de monter dans la voiture.

Rébecca fait le tour du véhicule pour se rendre à l'entrée des invités. Avant d'ouvrir la portière, elle jette un dernier regard autour d'elle. Aura-t-elle encore la chance de voir une nuit pareille avant que le rideau ne soit définitivement tiré ? Elle inspire profondément, histoire de faire entrer le maximum de paysage à l'intérieur d'elle.

C'est déjà ça de gagné.

18

Il faut bien une autre demi-heure avant que la déneigeuse daigne passer en sens inverse pour dégager la route qui mène à Flagstaff. Le hic, c'est qu'en poussant la neige sur les côtés, la pelle a fait surgir une espèce de muret glacé, bloquant l'entrée de l'aire de pique-nique.

. — Merde ! lâche de nouveau Charlotte, en laissant tomber sa tête sur le volant. Comment on va pelleter ça ? Avec nos brosses à dents ?

Rébecca ne prend pas le temps de répondre à la question. D'une main ferme, elle enfonce le klaxon d'un grand coup de poing.

— Les phares ! hurle-t-elle.

Charlotte sursaute et met quelques secondes avant de comprendre ce que lui demande son amie. Une fois que l'information a percuté son cerveau, elle s'empare du levier et fait clignoter les phares pour accompagner le tintamarre. La voiture a beau être de dos à la route, peut-être que le chauffeur du camion va capter le message ? Le spectacle son et lumière semble porter fruit. La déneigeuse ralentit. Puis, elle s'arrête au détour du virage.

On ne la voit pas, mais on entend la portière claquer. Quelques secondes plus tard, la silhouette d'un homme se découpe sur la route. Il marche vers elles d'un pas chaloupé.

— Un sauveur est né ! exulte Rébecca, en bondissant hors de la voiture.

C'est bête, parce que c'est à ce moment-là que les petites étoiles font leur apparition dans le ciel de son pamplemousse. Elle avance, titube, veut lever la main, mais la main, elle, ne veut pas. Perplexe, son corps recule de lui-même vers la voiture, où il s'affaisse sur le siège qu'il vient à peine de quitter.

— Vas-y. Ton anglais est… dans… la boîte à gants…

C'est ce qu'elle réussit à formuler de plus cohérent pour le moment.

* * *

Le conducteur du camion a tout ce qu'il faut pour sortir la voiture louée du pétrin. Si une lueur lubrique a brièvement traversé sa pupille quand il a découvert qu'il avait affaire à deux femmes, l'état de Rébecca, assise à la place du mort, à demi inconsciente, a définitivement chassé tout fantasme salace de son esprit, ne laissant intacte que son âme de superhéros. Adieu intro de film porno, faites place au *happy ending* hollywoodien. Quelques minutes après son apparition dans le décor lunaire, le sauveur au double menton et à l'abdomen débordant de son parka avait pelleté la neige, libéré l'entrée et permis d'une poussée d'un seul de ses immenses bras de sortir la petite décapotable de l'impasse dans laquelle la tempête l'avait jetée.

En fait, le plus long a été de convaincre l'homme que Rébecca allait bien. Que ce n'était pas la peine d'appeler les secours. Qu'elle avait déjà repris conscience. C'est un truc qui lui arrivait souvent. Un problème de pression.

Pas dangereux, non. Oui, Charlotte était tout à fait capable de s'en occuper. Tout allait bien aller maintenant qu'il les avait sauvées. Merci. Vraiment. C'est gentil à vous. God bless you.

* * *

Charlotte suit la déneigeuse, qui lui ouvre le chemin. Sa masse imposante est réconfortante. On se sent comme un wagon traîné par la locomotive. Ça ne va pas vite, c'est sûr, mais ce rythme convient tout à fait à son état d'esprit. Elle ignore si Rébecca dort, à quoi elle pense, comment elle se sent. Et elle n'a pas vraiment envie de le savoir. Elle a besoin d'une pause de la vie communautaire. Un moment de répit dans la communion. Un petit bout de banal. Une lampée d'ennui.

Elle fixe les phares rouges devant elle, lucioles amies qui vont la ramener à bon port. Elle paierait cher pour que sa maison apparaisse au bout de cette route. Pouvoir rentrer chez elle, dans la chaleur rassurante de ses affaires, et se retrouver dans les bras d'Éric, enveloppée de son amour calme et solide. Un amour de terre, une pente douce, couverte d'herbe tendre et folle, sur laquelle on peut grimper, s'étendre et se rouler en toute confiance. Un ancrage, un repère, une main dans le noir. Éric. Où es-tu en ce moment? Que fais-tu? Le sais-tu que je t'aime?

* * *

La déneigeuse escorte les filles jusqu'à l'entrée de Flagstaff. Il ne leur reste plus qu'à trouver un endroit où passer la nuit. Le choix est vaste. Toutes les grandes chaînes qui offrent des chambres beiges et usinées sont représentées sur le territoire. Prise d'un subit accès d'humour noir, Rébecca a émis le souhait d'aller s'échouer dans les draps empesés d'un Journey's End, mais la localisation de l'hôtel, dans les faubourgs nord de la ville, a mis ses plans en échec. Charlotte veut bien se plier aux caprices du pamplemousse, mais il y a des limites. Pas question pour la chauffeuse désignée de faire des heures supplémentaires pour un gag, même pas drôle, en plus.

— C'est loin d'être la fin, s'est-elle contentée de répondre à Rébecca, avant de l'inviter à chercher autre chose, plus près du centre-ville, dans le guide qu'elle feuillette depuis plusieurs minutes.

C'est finalement un bed and breakfast, bêtement appelé White House, à quelques blocs de la rue principale, qui remporte la palme.

La maison centenaire, timidement cachée derrière un arbre au tronc immense, est toute de bois peint en blanc. Dans le paysage enneigé, on dirait une fillette qui essaie de se fondre dans les jupes de sa mère.

La dame qui ouvre la porte aux deux femmes n'a qu'une jambe. Elle se déplace avec sa béquille à une vitesse étonnante. Tout en la suivant dans le corridor couvert de tapis, Charlotte regarde ses longs cheveux gris s'agiter comme des broussailles en bordure d'autoroute. Mais peut-être est-ce un effet pervers de l'overdose de conduite dans le désert.

Elles entrent bientôt dans un salon douillet, reconstitution d'une époque où l'opulence se mesurait en mètres de tapis et de rideaux et où compter meubles et bibelots dans une seule pièce pouvait vous occuper pour la soirée. L'antithèse de l'épuration des lignes qui règne dans les magasins de meubles du boulevard Saint-Laurent.

L'unijambiste leur apprend qu'elles ont le choix entre la suite Lincoln et la chambre Obama.

— Il a déjà une chambre à son nom ? s'étonne Rébecca.

En fait, il a déclassé Harry Truman, explique la tenancière, prénommée Debbie. Personne ne la voulait jamais. Même qu'un jour, un couple en lune de miel s'était disputé à cause de cela. C'est bête quand même. Alors qu'Obama, c'est plutôt le contraire. On se bat pour l'avoir. D'ailleurs, les prévient-elle, il y a un léger supplément.

Elle détourne le regard, peut-être dans l'espoir un peu puéril de dévier l'attention de sa mesquinerie, qui lui permet de se graisser la patte sur le dos du premier président noir.

— We'll take both of them, déclare Charlotte. C'est ma tournée, ajoute-t-elle à l'adresse de Rébecca, un peu étonnée.

Debbie sourit. Voilà des clientes comme elle les aime. Riches. Et résolument hétérosexuelles.

* * *

— Ce n'est pas parce que je n'ai plus envie d'être avec toi, explique Charlotte, une fois qu'elles sont attablées devant un bol de soupe aux lentilles et navet, dans le décor néo-hippie d'un café équitable, tendance seitan intégral, à quelques rues de la maison blanche.

— Je sais. Je sais tout ça, répète Rébecca. Arrête de t'en faire.

Elle beurre sa tranche de pain aux graines de lin d'une substance probablement laitière, à tout le moins grasse et jaunâtre.

— Moi aussi, j'ai envie de faire l'étoile dans mon lit. Et je n'ai pas besoin que tu me tiennes la main en permanence. Tu le sais. Dis à ta culpabilité de te lâcher un peu…

Charlotte fait une moue, mi-sucrée, mi-amère.

— Dis-lui, toi. Moi, elle ne m'écoute pas.

Rébecca roule un menu de carton recyclé pour s'en servir comme porte-voix.

— Couchée, culpabilité de Charlotte ! Couchée ! Rébecca n'est pas un bébé. Elle est capable de faire dodo toute seule. Allez ! Ouste ! Déguerpis !

La serveuse, une gentille rasta percée comme passoire et ornée de ce qui a toutes les apparences de gréements de pêche, leur sourit. C'est rassurant de savoir que dans certains endroits, on peut considérer qu'il n'y a rien d'anormal à hurler dans un tube, directement dans le visage de la personne qui vous fait face.

Rébecca repose son menu entre le distributeur de serviettes et le pot de miel collant qui remplace le sucrier traditionnel.

— Tu es sûre que tu ne veux pas coucher dans Obama ? Le bain à pattes est plus grand que dans ta Lincoln.

— Sûre. De toute façon, tu es plus grande que moi, réplique Charlotte.

Elle hoche la tête, comme si cette phrase contenait un double sens qu'elle cherchait elle-même à décrypter.

— Tu as toujours été plus grande que moi, finit-elle par ajouter.

— C'est normal, je mange toute ma soupe, moi, dit Rébecca.

* * *

Dans la chambre d'Abraham, Charlotte cherche le sommeil, qui se refuse à elle comme une vierge offensée. Malgré l'épuisement, et peut-être à cause de lui, Morphée se défile, s'échappant toujours au moment où elle a l'impression qu'elle va enfin glisser dans ses bras. Elle appelait une longueur dans le scénario, tout à l'heure. La voilà. Elle est là. Elle s'étend entre les draps avec la jeune femme, se roule sur l'oreiller pour la narguer, l'empêchant de mettre le film sur Pause.

Charlotte aimerait pouvoir s'assommer à coups de pelle, se débrancher de la prise, se lester de morceaux de béton pour caler au fond du néant. Mais il n'y a rien à faire. Elle s'use les ongles sur le mur lisse de son insomnie, sans trouver le moyen de sauter dans le sommeil. Dans son esprit défilent en boucle des images de route enneigée, toujours les mêmes. Elle sait bien qu'elle doit cesser de chercher la ligne blanche sur les draps. Qu'il faut que ses mains lâchent le volant. Elle sait que la prudence lui recommande de ne pas dormir en conduisant et qu'à l'inverse, pour se reposer, il vaut mieux éviter de conduire en dormant. Mais quelque chose, dans les replis de son cerveau, s'entête à appuyer sur l'accélérateur. Peut-être est-ce dû au fait que chaque fois qu'elle parvient à couper le moteur, Rébecca s'effondre quelque part, les yeux révulsés. Alors, par réflexe, elle reprend la route.

Peut-être qu'en te concentrant sur le désert... Inspire, se répète-t-elle. Le grand désert calme. Expire. Oublie le reste. Allez, un effort, ma vieille. Tu es morte de fatigue. Non. Ne dis pas des choses comme ça. Tu es vivante. Rébecca aussi. Vous roulez jusqu'au Grand Canyon. Il neige. Il neige. Ça va s'arrêter. Il ne neigera plus, alors, c'est promis. Ensuite, on retournera à Montréal. Plus de ligne blanche. Où est la ligne blanche ? Il ne faut pas perdre le fil. Est-ce que cette route a une fin ? Éric sera là. L'aéroport sera trop éclairé et il me prendra dans ses bras. Qui prendra Rébecca dans ses bras ? Toulouse ? Non, il ne sera pas là, mais Éric aura les bras et le cœur assez grands pour nous englober toutes les deux. Un virage. Et après ? Encore un autre. Pour combien de temps ? Combien de virages encore avant que la route s'achève ? Une voiture passe dans la rue. Pendant un moment, ses phares éclairent la fenêtre. Est-ce que Rébecca dort, elle ? Est-ce qu'elle pense à sa route qui peut finir brusquement ? Est-ce qu'elle aura mal ? Est-ce qu'elle aura peur ? Un virage. Un autre virage. Se concentrer sur le désert. Le grand désert calme. Oublier le reste. Oublier ce qui s'en vient. Oublier. Tout oublier.

* * *

Quand Charlotte se réveille, son cœur bat à tout rompre. Elle ne se souvient pas de son rêve, mais elle sait que Rébecca criait. Elle criait de tout son être. Ce n'était pas un cri d'horreur. C'était plutôt de la surprise. Une surprise puissante. Quelque chose de vital qui s'échappait. Le décollage d'une fusée. Une éruption volcanique. Non, ce n'était pas un cri d'horreur, mais l'intensité de ce hurlement coupait les jambes de Charlotte et faisait remonter un frisson depuis le tréfonds de son âme.

Charlotte repousse les couvertures. Elle est en sueur. Il y avait un trou. Noir et infini. C'était quelque chose comme l'espace intersidéral. Elles étaient là toutes les deux. Et Rébecca criait. Comme si le trou l'avalait. Un triangle des Bermudes froid. Un vortex de poussières d'étoiles. Rébecca criait. Comme dans des montagnes russes, quand ça descend trop vite et que l'estomac affolé cherche à se frayer un chemin dans les entrailles pour sortir à la lumière du jour.

Charlotte s'assoit dans le lit. Est-ce que Rébecca a hurlé pour vrai ? Est-ce que c'est ça qui l'a réveillée ? Elle tend l'oreille dans le silence de la nuit. La maison craque. Difficile à dire. Les cris ne laissent pas de traces de leur passage dans l'air.

Un petit tour du côté d'Obama s'impose.

* * *

Charlotte se lève. Le plancher de bois est frais sous ses pieds nus. Ça lui donne l'impression de se rebrancher avec le monde réel. Le trou intersidéral se referme lentement dans sa tête. Les murs tapissés de papier fleuri définissent à nouveau les limites de l'espace. Rébecca ne crie pas et n'a probablement pas crié. Tout ça n'était qu'un rêve. Un de ces rêves qui envahissent chacune des cellules de votre corps, s'insinuant jusque dans votre ADN pour chambouler votre perception du monde.

La porte grince à peine quand Charlotte l'ouvre pour sortir de sa chambre. Dans le corridor, une veilleuse lui permet de se rendre sans encombre jusqu'à Obama. C'est inutilement qu'elle marche sur la pointe des pieds. Le faux tapis de Turquie amortit le bruit de ses pas. Même le plancher ne se fatigue pas à craquer.

Elle appuie son front sur le chêne de la porte, épiant les bruits en provenance de la chambre. Rien. Tout a l'air calme de l'autre côté. Peut-être un léger bruissement des couvertures qui se déplacent. À moins que ce ne soit que le vent qui agite les branches du gros érable devant la maison ?

Charlotte respire, la tête toujours en appui contre la porte.

Rébecca. Tu peux dormir. Je veille sur toi.

Elle laisse les minutes filer, le temps que les lambeaux de rêve finissent de s'effilocher.

Veilleras-tu sur moi, toi, là où tu seras, quand le trou noir t'aura avalée ?

19

Au déjeuner, la ville a complètement changé d'air. Le soleil brille et la neige a commencé à fondre, descendant en rigoles sautillantes le long des trottoirs. Avant la fin de la journée, le blanc manteau de la nuit passée ne sera devenu qu'un souvenir à mettre dans le *scrapbook*.

Debbie, l'unijambiste hôtesse, vient de déposer sur la table une assiette pleine de pancakes épais comme des coussins. Elle souhaite la bienvenue à Charlotte et Rébecca, et les invite à prendre place avec les quatre convives déjà installés autour de la table. Trois, en fait, puisque le quatrième, un homme qui doit avoir un âge mais n'en paraît aucun, est en train de se servir du café sur le guéridon posté près de la fenêtre.

On s'échange des *good morning* et des banalités d'usage. John and Mary — ça ne s'invente pas —, un couple d'Alaska, sont descendus en Arizona pour le mariage d'un cousin de John. Bien sûr, ils vont en profiter pour aller visiter le Grand Canyon, depuis le temps qu'ils en rêvent. C'est merveilleux. Et cette neige, ça leur rappelle leur pays ? Ah ! ça ? Ce n'est pas quatre pouces de gadoue qui vont les effrayer...

Les autres clients, deux hommes dans la quarantaine, donnent une formation sur le démarrage d'entreprise dans un centre pour chômeurs. L'un est petit, asiatique et effacé, l'autre, Noir, immense et rigolard. Un genre de Laurel et Hardy des affaires, version multiethnique.

Laurel veut savoir d'où viennent Charlotte et Rébecca. Québec, Canada? Oh! Celine Dion, s'exclame-t-il, en pointant son doigt en l'air dans ce qui se veut une imitation de la diva de Las Vegas. Vu son gabarit, sa pantomime est assez divertissante. Même son collègue ne peut s'empêcher d'esquisser un sourire derrière son café.

Et que font ces charmantes demoiselles dans la vie? Charlotte avale sa bouchée de pancake avant d'expliquer qu'elle fait de la traduction et que… Elle tend sa fourchette vers Rébecca pour continuer son laïus, mais, à sa grande surprise, celle-ci la coupe pour enchaîner, dans son anglais bringuebalant: «I'm a writer.»

Oh! fait l'ensemble de la tablée devant cette révélation artistique. On veut en savoir plus, des fois qu'on aurait une célébrité devant nous et qu'on pourrait s'en vanter plus tard.

La fourchette de Charlotte est toujours suspendue dans les airs. Elle se demande s'il vaut mieux reprendre les rênes de la conversation avant que Rébecca ne se mette à délirer complètement. Mais elle n'en a pas le temps. Son amie, dans une forme du tonnerre, explique qu'elle écrit toutes sortes de choses. Notamment des paroles de chansons. D'ailleurs, Céliiine va endisquer une de ses œuvres.

Charlotte espère que les pépites de stupéfaction qui éclatent dans sa tête ne lui sortiront pas par les yeux. Mais aucun des convives ne fait attention à son air ahuri, tant ils sont occupés à boire les paroles de la nouvelle artiste autoproclamée. Une chance inouïe, oui, continue Rébecca. Very incredible. Elle connaissait quelqu'un qui connaissait Céliiine et qui a accepté de lui refiler le texte. Elle n'en revenait pas quand elle a su que la chanteuse l'avait accepté. Ça sera sur son prochain album. *Encore un peu*, le titre. « *A little more* », tente Rébecca. Oui, bien sûr, qu'elles sont allées la voir en spectacle à Las Vegas. Non, elle ne l'a jamais rencontrée. Elle avait voulu aller la voir dans les…

Elle cherche le mot. Elle se tourne vers Charlotte.

— Comment on dit « loges » ?

La traductrice souffle la réponse. Sans le savoir, Charlotte vient de mettre le pied dans un engrenage puisque à chacun de ses trous de mémoire, Rébecca se tourne maintenant vers elle dans l'espoir qu'elle remplira les trous linguistiques de cet étonnant monologue matinal. Le duo franco-anglais poursuit, cahin-caha.

Elles ont voulu aller voir Céliiine dans sa loge après le spectacle, mais il y avait tellement de monde que Rébecca n'a pas osé. Même si Charlotte insistait.

Celle-ci hausse les épaules, pour montrer son impuissance. J'ai bien essayé, mime-t-elle du faciès.

Malgré le récit boiteux de Rébecca, rafistolé le mieux possible par son interprète ébahie, les amateurs de pancakes — ou très polis, ou très crédules — en redemandent. Des livres avec ça ?

Oui, fait Rébecca, baissant les yeux, écrasée par la modestie. Elle a aussi écrit une demi-douzaine de romans. Il y a des pourparlers entre son éditeur et un producteur de cinéma pour adapter son dernier ouvrage au grand écran. Ça parle de quoi ?

Rébecca prend quelques secondes pour renouer les fils de son histoire. Charlotte se demande si son amie ne va pas caler sur la question piège. Non. Elle repart de plus belle. C'est l'histoire d'une femme qui a une tumeur au cerveau et qui est condamnée. Les docteurs ne lui donnent que six mois à vivre. Elle est désespérée et elle veut attenter à ses jours. Oh! s'attriste le joyeux groupe de déjeuneurs. Et elle se tue? Non, dans le train qui l'amène à l'endroit où elle veut mourir, elle rencontre un homme. Il est médecin? Non. Mais, elle tombe amoureuse de lui. Et il l'empêche de se tuer? Oui. Et grâce à son amour, la femme a le courage de reprendre les traitements auxquels elle avait renoncé, et la tumeur régresse jusqu'à disparaître. Les médecins ne comprennent pas. Mais ils ne peuvent que constater ce qu'ils voient. Elle est guérie. L'amour peut faire des miracles. «Quelle belle histoire», se pâme l'Alaskienne en beurrant un muffin au son. «C'est comme une sorte de *Love Story* qui finit bien.» «Est-ce que ça part d'un fait vécu?» demande son mari.

Charlotte attend la réponse avec la même impatience que les autres. Rébecca semble hésiter. Elle avale une grande rasade de jus d'orange et prend le temps de déposer son verre sur la nappe brodée.

«Ça serait trop beau, non?» finit-elle par dire, en cachant le tremblement de sa lèvre derrière sa serviette de table fraîchement repassée.

Charlotte traduit. Les convives hochent la tête pour marquer leur assentiment.

Il est grand temps de reprendre du café.

* * *

— C'est trop facile, mentir, claironne Rébecca. C'est bête que je n'aie jamais essayé avant.

Les deux femmes ont repris la route, maintenant totalement dégagée.

— On peut s'inventer la vie qu'on veut. La prochaine fois, je vais être... Attends, qu'est-ce que j'aurais voulu être? Conceptrice de décors. Ou sculpteure? Oui, sculpteure, je n'aurais pas détesté ça. Toi?

Charlotte hausse les épaules.

— Toi, je le sais. Tu voudrais écrire un roman, mais tu as trop peur que ça soit mauvais, alors tu fais comme si ça ne t'intéressait pas.

— N'importe quoi! fait Charlotte sans quitter la route des yeux.

— Tu peux bien faire semblant, mais je te connais. Tu vois, moi, je regrette un peu de n'avoir jamais fait de sculpture. C'est le genre de projet qu'on remet jusqu'à ce que...

— Il n'est pas trop tard, la coupe Charlotte. Quand on va rentrer à Montréal, tu pourras même te louer un atelier. Pourquoi pas?

Rébecca ne prend pas la peine de répondre. Elle a délibérément bloqué toute question sur l'avenir pour le moment. Surtout celles qui exigent de prendre des décisions.

— N'empêche, c'est fou comme les gens portent un regard différent sur toi si tu leur dis que tu es écrivain ou plombier. Tu as vu, ce matin? Non, la prochaine fois, il faut que j'essaie autre chose. Quelque chose de loin de moi, juste pour voir l'effet que ça fait. Coiffeuse. Ou camionneuse...

Charlotte lui jette un regard amusé. Son air sceptique en dit long sur les chances de son amie de convaincre quiconque qu'elle conduit des poids lourds.

— Oui, bon, peut-être. Je n'ai pas le profil de l'emploi, mais ce n'est pas grave. Au contraire, c'est ça qui est drôle.

Charlotte ajuste le rétroviseur. Puisqu'on vient de parler de coiffeur, elle en profite pour vérifier l'état de ses cheveux. Ce n'est pas génial, mais ça peut aller. Peut-être qu'un shampoing ce soir ne serait pas de trop.

— Ça dépend sur qui tu tombes, lance-t-elle au bout d'un moment. S'il faut que ce soit un connaisseur qui te pose des questions de mécanique, tu risques de patiner pour soutenir la conversation.

— Je compte sur toi pour m'aider, rigole Rébecca. Tu n'as pas déjà fait la traduction d'un genre de magazine de chars?

— *Roads for ever*, s'étouffe Charlotte. Tu te souviens de ça?

Rébecca fait une moue qui peut vouloir dire « oui, non, peut-être, comment oublier une chose pareille ».

— Je venais juste de finir mon cours à l'université, continue Charlotte, propulsée dans le passé. C'était même avant que je rencontre Éric.

— On habitait encore ensemble, il me semble.

Charlotte hoche la tête. C'est vrai. C'était à l'époque où elles étaient colocs dans cet appartement de la rue Hutchison où il faisait si froid l'hiver.

— Parfois, tu m'en lisais des passages à haute voix, poursuit Rébecca. « Le vrombissement sauvage de ses soixante fringants chevaux-vapeur réveillera le cow-boy qui sommeille en vous… »

Charlotte rit. Ça devait ressembler à ça, oui.

— Dire qu'il y a des gens payés pour écrire des bêtises pareilles…

— N'empêche que c'était amusant…, murmure Rébecca qui, encore une fois, a visiblement changé de poste.

Charlotte ne prend pas la peine de dire « quoi? », elle se contente de soulever un sourcil.

— Ce matin…

Nouvel appel du sourcil pour de plus amples précisions.

— Notre duo bilingue… À un moment, j'avais l'impression que tu lisais dans mes pensées. Tu traduisais au fur et à mesure que je parlais. Ça coulait tout seul. Tu remplissais les trous dès qu'ils apparaissaient. Tu en as même inventé des bouts.

Charlotte sourit. C'est vrai, il faut l'avouer, elle avait fini par prendre goût au jeu.

— Je te connais tellement. C'est facile de deviner où tu veux en venir.

— Je suis prévisible à ce point-là ? fait Rébecca, faussement vexée.

La réponse est éludée par un immense panneau vert qui indique l'approche du parc national du Grand Canyon.

— Plus que vingt kilomètres, annonce joyeusement Charlotte.

Rébecca la regarde de biais, d'un air bouleversé.

— Je ne voudrais pas être à ta place, lâche-t-elle, tout à coup, d'une voix étranglée.

Charlotte s'apprête à ouvrir la bouche afin de demander des explications sur cette subite et énigmatique déclaration. Qu'est-ce qu'elle a qui ne va pas ? Ses cheveux ? Sa peur d'écrire ? Sa vie trop calme ? Sa façon de conduire ? Mais les yeux brillants de Rébecca lui permettent de deviner avant d'avoir eu le temps de poser la question.

— J'espère que tu me pardonneras de te fausser compagnie comme ça, si jamais…

— Ça va, la coupe doucement Charlotte. Pour une fois, on va dire que ce n'est pas de ta faute.

— Moi, je t'en voudrais tellement de me planter là… Je pense que je n'irais pas à ton enterrement.

— Qui t'a dit que j'irais au tien ?

Ça se fait comme ça, sans qu'on puisse dire laquelle des deux a esquissé le mouvement en premier, mais leurs mains se rejoignent et se serrent.

Oh non, on ne va pas se mettre à être sentimentales, pensent les deux femmes en reniflant.

* * *

— Ça y est. On y est.

Le moteur est coupé, mais les deux voyageuses sont encore dans la voiture, comme engourdies par la vibration de la route.

La radio, restée allumée, diffuse le chant nasillard d'une musique western sans saveur.

— On y va ? fait finalement Charlotte, en retirant la clé du contact, fermant le clapet du chanteur à cheval sur sa *slide guitar*.

Elle sort et fait le tour du véhicule. Rébecca n'a toujours pas bougé. Charlotte ouvre la portière côté passager et se penche à l'intérieur.

— Ça va ?

Rébecca opine.

— Oui, oui… C'est juste que j'ai un genre de coup de fatigue… Mais ça va aller.

Elle attrape la main que lui tend Charlotte et s'extirpe de la voiture.

— Viens, c'est tout à côté. On jette un œil rapide et on va se reposer un peu. On ira se balader sur les sentiers seulement en fin d'après-midi, si tu veux.

Rébecca avance, mais ses pas sont mal assurés. On dirait que la boîte de contrôle a été endommagée pendant le trajet du matin.

— On a abusé des moyens de transport ces derniers jours, dit Charlotte, en prenant le bras de son amie. C'est connu, la fonction crée l'organe et l'inactivité le défait. Ce n'est pas pour rien que les autruches ne volent plus.

— C'est parce qu'elles ont fait trop de voiture ? maugrée Rébecca.

— Exactement ! Un peu d'exercice va te remettre d'aplomb, tu vas voir.

Charlotte n'aime pas le ton de jovialité factice qu'elle vient d'employer avec Rébecca. On aurait dit qu'elle s'adressait à une vieille tante malade à qui on fait croire que marcher à zéro virgule huit kilomètre-heure et se faire doubler par un escargot est tout à fait normal. Que ce sont juste les autres qui sont trop pressés. De la compassion noyée dans un grand verre d'hypocrisie. Ça part d'un bon sentiment, bien sûr, mais la pitié déguisée en bonhomie, c'est gluant et ça laisse un goût écœurant dans la bouche. Charlotte s'était promis qu'elle n'en arriverait jamais là avec Rébecca, qu'elle serait honnête et droite, quoi qu'il arrive. Mais, là, en ce moment, dans ce stationnement bourdonnant d'activité, où des couples tout excités sortent de leur voiture, jumelles au cou, où les autocars déversent des dizaines de Japonais qui commencent à prendre des photos avant même d'avoir posé le pied sur le sol, elle n'a pas le courage de lui asséner la vérité. De dire, écoute, Rébecca, on n'a pas fait tant de route que ça. C'est probablement un coup de ton pamplemousse. Ça va peut-être passer. Peut-être s'aggraver. Personne ne peut le dire.

Rébecca n'est certainement pas dupe, mais elle ne repousse pas l'aide de Charlotte. Elle joue le jeu. Pour le moment, probablement que ça l'arrange, elle aussi, d'y croire.

Serrées l'une contre l'autre, les deux femmes clopinent jusqu'au bord du gouffre. Entre les têtes des nombreux touristes apparaît bientôt le monstre géologique. Quelques pas encore. Voilà. Elles y sont.

Qu'elles le veuillent ou non, leurs respirations s'arrêtent devant cette béance surréelle.

— Wow! fait Rébecca. Ça va prendre au moins une double page dans mon album pour caser ça.

Charlotte hoche la tête, ébahie.

À gauche et à droite, ça clique, ça filme et ça s'exclame. On a beau être prévenu, l'apparition soudaine du vide dans votre vie est toujours une surprise.

20

Charlotte dépose le livre qu'elle consultait sur ses genoux. Son regard court sur les murs en poutres de bois rond de la taille de poteaux de téléphone. Il n'y a pas à dire, les Américains ne font pas les choses à moitié. Ça a bien dû prendre une forêt complète pour construire cet immense hôtel dont on pourrait qualifier l'architecture de rustique flamboyant. Les deux femmes ont réussi à y avoir une chambre de justesse grâce à une annulation. On a beau être en basse saison, l'unique site d'hébergement ouvert dans le parc national du Grand Canyon affiche complet.

Les yeux de Charlotte se posent sur Rébecca, qui dort, roulée en boule sur le canapé.

— La sieste, ça se fait sur le sofa, pas dans un lit, a-t-elle déclaré, avant de disparaître sous la couverture brunâtre trouvée dans le placard de l'entrée, une chose semi-rigide fabriquée dans une matière tellement synthétique qu'on ne serait pas étonné d'apprendre qu'elle a été mise au point par la NASA.

Charlotte compulse les guides de voyage, allongée sur le lit. Elle n'a pas d'opinion sur le lieu où on doit se livrer à ce genre d'activité. La sieste sous un tapis, dans une baignoire, ou sur un banc public, c'est du pareil au même.

Quand Rébecca se réveillera, si la forme est revenue, elles iront se balader sur les sentiers qui longent le Grand Canyon. Il paraît qu'il y a des vues fantastiques. Ce n'est pas difficile à croire, si on se fie au peu de ce qu'elles en ont aperçu tout à l'heure. Et demain, quel sera le programme ? Elles verront rendues là. Il y a le célèbre Monument Valley, pas trop loin. Et d'autres parcs nationaux dans l'Utah qui semblent valoir le détour. Charlotte réalise qu'elles n'ont jamais abordé la question de l'après. Comme si le Grand Canyon était à la fois le point culminant et final du voyage.

Après, Rébecca aura-t-elle envie de rentrer à Montréal pour voir son Toulouse ? Voudra-t-elle continuer sur la route ? A-t-elle besoin de se retrouver dans ses affaires pour réfléchir à la proposition du neuro-oncologue de Québec ?

Charlotte jette un œil par la fenêtre. Elle-même, a-t-elle envie de rentrer ? La réponse ne vient pas d'emblée. Bien sûr, Éric lui manque un peu. Ce n'est pas la première fois qu'ils sont séparés, seulement la charge affective de ce voyage n'a rien d'ordinaire et, parfois, elle aurait besoin de sa présence chaude et apaisante pour calmer le tourbillon d'émotions qui brouille ses repères.

Avant que Rébecca ne devienne une morte en sursis, la vie était somme toute assez simple pour Charlotte. Elle travaillait, avec plaisir, la plupart du temps. Sa vie amoureuse était stable, agréable, ses amitiés aussi. Le temps filait doucement sans qu'elle ressente le besoin de remettre en question son occupation. On sortait, on voyait des amis, on goûtait de nouvelles choses, on voyageait un peu. Évidemment, parfois, on écoutait des émissions ennuyantes à la télé par pur désœuvrement, il arrivait que le souper soit moins réussi, faute d'y avoir mis du cœur, des amitiés se relâchaient et on laissait aller. Le travail était bâclé, mais on fermait les yeux, après tout, ça ne tue personne. Peut-être, fallait-il l'avouer, cela devenait de plus en plus fréquent. Mais on ne peut pas vivre à cent milles à l'heure en permanence. Est-ce une excuse pour lâcher prise et laisser le pilote automatique nous conduire au tombeau? Est-ce qu'on commet une grosse erreur en refusant de confondre bonheur et exaltation? Où tracer la ligne entre folie et sagesse, entre vivre sa vie à plein et courir après le trouble? Où est la frontière entre zen et lâcheté?

Sur son canapé, Rébecca grogne. On ne sait pas trop si c'est de plaisir ou de douleur. L'estomac de Charlotte fait une pirouette arrière. Le départ de Rébecca lui fait peur. Et pas seulement pour l'absence qui va en résulter. Elle a peur du spectacle de la mort elle-même. La dégradation du corps, la perte des capacités motrices et intellectuelles, la disparition graduelle de tout ce qu'était Rébecca, ce qui la définissait, faisait d'elle ce qu'elle était. Un être vivant, une créature ancrée dans la réalité, un personnage social. Quelqu'un avec qui elle pouvait se poser des questions banales. Un maillot ou deux en vacances? Investir dans un REER ou dans l'immobilier? Du rouge ou du blanc avec le tajine de poulet? Tout ça en faisant semblant que la mort n'existera jamais.

Charlotte regarde Rébecca serrer les poings sous son menton. Une secrète mais tenace envie de filer à l'anglaise la tenaille. J'ai peur, Rébecca, j'ai peur de ne pas être à la hauteur. Parce que, même lorsque j'essaie de prendre du recul, même lorsque je me contente de te regarder à travers la vitre froide de la raison, je n'y peux rien, dans ta disparition, c'est le reflet de ma propre mort que j'aperçois.

* * *

— J'ai rêvé de Marc, marmonne Rébecca, quand elle se réveille de sa sieste, la bouche encore empâtée par le sommeil.

Il faut un temps à Charlotte pour que ses neurones fassent leur travail de connexion et que le fameux Marc prenne chair dans son esprit sous les traits de Toulouse.

— Ah bon ? Et puis ?

— Je ne peux pas tout te raconter. Je ne sais pas si tu as l'âge légal.

— Un rêve trois X ?

— Quatre, fait Rébecca en repoussant sa couverture de l'Espace.

Elle s'assoit sur le canapé. Sur sa joue, le tissu du coussin a laissé des zébrures roses.

— On rentre à Montréal demain. J'ai des choses à vérifier avant qu'il ne soit trop tard, ajoute-t-elle, l'air goguenard.

Charlotte sourit. C'est à la fois de soulagement et de plaisir, devant l'air réjoui de son amie.

— Et les galipettes, c'est tout ce que vous faisiez ?

Rébecca ferme à demi les yeux, dans un vaillant effort de rassemblement des images.

— Je ne sais pas trop. Il me semble qu'on prenait le métro, aussi.

— Le métro ?

Rébecca hausse les épaules dans un geste d'impuissance. Va savoir ce que l'inconscient a dans la tête.

— Pour aller où ?

— Bonne question. Je vous reviens dès que j'ai la réponse.

Elle sourit. Elle a l'air bien. C'est beau à voir.

— Qu'est-ce que tu as fait, toi, pendant que je dormais ?

— J'ai envoyé un courriel à Éric. Il y a un accès à Internet dans le hall. Et puis, j'ai regardé un peu les dépliants.

Elle agite quelques documents pour appuyer ses dires.

— Te sens-tu d'attaque pour une balade ?

Rébecca regarde autour d'elle comme si elle cherchait la réponse sur un des billots de bois qui composent le mur de la chambre. Ne la trouvant nulle part, elle hoche la tête.

— Oui. Bien sûr.

— Parce que ça se couvre un peu et ça serait bien d'y aller avant qu'il pleuve. Ou qu'il neige…

Rébecca continue de hocher la tête.

— D'accord. Mais je crois qu'il vaut mieux que je mette mes bottes de marche.

Sa tête fait encore un tour de la chambre.

— Elles sont restées dans la voiture, non ?

Charlotte confirme. Elles avaient déjà assez de bagages lors du premier débarquement.

— Je vais te les chercher si tu veux.

— Non, je vais y aller moi-même, dit Rébecca en se levant.

— Ça ne me dérange pas, insiste Charlotte.

— Ça suffit, je ne suis pas impotente.

— Ce n'est pas ça…

— C'est énervant.

Rébecca enfile rapidement ses chaussures et se dirige vers la porte.

— Gardes-en pour plus tard, fait-elle, radoucie. C'est possible que, d'ici quelques mois, j'aie besoin des services d'une esclave. Je ne voudrais pas que tu en aies assez de moi une fois rendue là.

— Comme vous voulez, Maîtresse, s'incline Charlotte, mais je vous conseille d'apporter les clés de la voiture. Ça pourrait être pratique, conclut-elle en agitant le trousseau qu'elle vient de sortir de sa poche.

* * *

Au bout de dix minutes, Charlotte regarde par la fenêtre, mais à part les nuages qui s'accumulent, elle ne voit pas grand-chose. Il faut dire que la chambre ne donne pas sur le stationnement, mais sur le mur de l'aile voisine.

Elle ouvre la télé pour tuer le temps. C'est sur un concours de mangeurs de hot-dogs qu'elle tombe. C'est horriblement dégoûtant. Comment imaginer que des gens choisissent de dépenser leur séjour sur terre à s'entraîner à ça ? Le gros, vêtu d'une salopette en jean assez grande pour servir de garage double à des motoneiges, est rendu à vingt-quatre. Le petit Asiatique, pas loin d'être maigrichon, enfile son vingt-deuxième. C'est assez pour changer de poste. À la chaîne suivante, une plantureuse Miss Météo annonce un ennuagement progressif avec des probabilités d'averses plus tard en soirée, mais elle parle du Dakota, alors difficile de tirer des conclusions locales.

N'empêche, dehors, le temps ne semble pas gagner en luminosité. Il est plus de trois heures, si elles veulent voir quelque chose, il faudrait qu'elles y aillent bientôt. Que fait Rébecca ? Elle ne s'est pas encore évanouie, aujourd'hui. Elle doit bien être due pour le faire…

Il y a un peu d'ironie, mais aussi une bonne dose d'inquiétude dans les pensées de Charlotte. Si elle part à la recherche de Rébecca, va-t-elle se faire rabrouer ? Le mieux, pense-t-elle, c'est encore de trouver un prétexte pour aller à la voiture. Qu'est-ce qui lui manque ? Elle a beau chercher, elle ne voit pas. Ses lunettes de soleil, peut-être? Le temps nuageux n'en fait pas l'objet le plus indispensable qui soit, mais rien ne l'empêche de jouer les optimistes.

Charlotte prend soin de laisser la porte de la chambre entrouverte avant de partir. La scène de l'enfermement dans le corridor, c'est fait. On l'a déjà jouée à Las Vegas.

* * *

Quand elle arrive dans le stationnement, elle aperçoit tout de suite Rébecca, debout, l'air hagard, entre un véhicule récréatif et une vieille Toyota.

Son regard inquiet s'illumine un peu quand elle voit son amie arriver. C'est déjà ça, pense Charlotte. Je ne me ferai pas engueuler.

Mais les sourcils froncés de Rébecca ne lui disent rien qui vaille.

— Je pense qu'on s'est fait voler l'auto, annonce-t-elle, d'un ton catastrophé, comme si elle était entièrement responsable.

— Quoi?

— Je l'ai cherchée partout, je te jure, mais je ne l'ai pas retrouvée. À moins qu'il y ait un autre stationnement de l'autre côté?

— Non, non, fait Charlotte, c'est bien ici qu'on l'a garée.

Ses yeux scrutent les voitures, essayant de repérer l'endroit où elles ont laissé la petite décapotable. L'entrée, le chemin qui mène à la route… C'était plus à droite. Devant un panneau indiquant…

— Elle est là! s'écrie-t-elle, soulagée.

— Où ça? s'étonne Rébecca.

Elle suit Charlotte qui se dirige d'un pas vif vers l'emplacement.

— Mais ce n'est pas ton auto, ça! s'insurge Rébecca, comme si on lui faisait une mauvaise blague.

— Non, commence lentement Charlotte, se demandant qui se moque de qui dans cette histoire. La mienne est à Montréal...

— À Montréal? Qu'est-ce que tu racontes? Comment est-ce qu'on est venues ici, alors?

Charlotte continue en marchant sur des œufs.

— Ça, c'est celle qu'on a louée à Las Vegas...

Un petit vent de panique décoiffe les cils de Rébecca. Cette information semble avoir été complètement digérée par son pamplemousse.

— Ah oui, l'auto qu'on a louée..., répète-t-elle, sans que la phrase semble avoir du sens pour elle.

Peut-être qu'un souvenir fort fera resurgir la chose à la surface de la mémoire de la néo-amnésique?

— Tu sais, tu as failli nous tuer en la conduisant, le toit ouvert, à deux cents à l'heure, sur une route dans le désert.

Rébecca sourit. Ça revient. Ça lui revient. Le souvenir revient. C'est bon. C'est chaud. Ses neurones n'ont pas tous quitté le navire avant d'arriver au port. Charlotte voit la lumière réapparaître dans le regard de Rébecca.

— Mais tu as promis que tu ne recommencerais plus, lui rappelle-t-elle, avec une petite bourrade sur l'épaule. Et ça, je compte sur toi pour ne pas l'oublier...

* * *

Lorsque les deux amies sont enfin prêtes à sortir, le plafond est encore descendu d'un cran. Le vent frais est désagréable et, malgré les nombreuses couches de vêtements, les poils persistent à se redresser sur la peau.

— Je pense que je vais mettre ma tuque, finalement, dit Charlotte, en s'arrêtant pour fouiller dans son sac à dos.

Le groupe de touristes qui s'amassaient en bordure du canyon s'est dispersé. Au bout du stationnement, des hordes d'Asiatiques remontent dans leur autobus, la carte numérique remplie de duplicatas virtuels des souvenirs qu'ils ont emmagasinés.

Il vient à l'esprit de Rébecca qu'elles n'ont presque pas pris de photos. Elles ont bien un appareil, mais elles ne pensent pratiquement jamais à l'utiliser.

Quelques-unes à Las Vegas. Deux ou trois dans le désert, avec la décapotable. Rosita et son barda, la voiture sous la neige, l'immensité du ciel qui court sur le désert, il faudra qu'elle fasse un effort pour s'en souvenir elle-même.

— Tu as ton appareil ? demande-t-elle à Charlotte, qui s'enfonce un bonnet sur la tête avec une satisfaction apparente.

— Hein ? fait Charlotte, d'une voix chevrotante, comme si son amie parlait d'un appareil auditif.

— L'appareil photo, soupire Rébecca, avec un sourire.

Charlotte lève les yeux au ciel. Elle venait tout juste de remettre son sac à dos sur ses épaules, au prix de multiples contorsions. On recommence. Elle le fait tomber, le dépose au sol et entreprend de fouiller dans les nombreuses poches. Évidemment, c'est dans la dernière qu'il se cache. La jeune femme brandit fièrement sa trouvaille quand une première goutte, fine et froide, s'écrase sur son nez.

Elle fait celle qui n'a rien vu.

— C'est pour mon *scrapbook*, au centre d'accueil, explique Rébecca. Des fois qu'il m'arriverait d'effacer des bouts de mon disque dur par inadvertance. Une mauvaise manœuvre est si vite arrivée…

Charlotte lui fait un clin d'œil. Elle a pigé. Elle clique. L'hôtel, la voiture, les autobus de touristes, son amie, les mains dans les poches, qui la regarde.

— Donne, dit Rébecca. Je vais en prendre une de toi.

Sur la photo, Charlotte a la tuque qui lui descend sur les yeux et son sourire crispé par le froid lui donne un air un peu niais. Mais ce visage qui exprime à la fois le doute et l'abandon consenti, c'est tout ce que Rébecca aime chez son amie.

* * *

Les deux femmes marchent côte à côte sous le crachin en se demandant laquelle des deux va en parler la première. Le ciel est si bas qu'on est à proprement parler dans les nuages. C'est finalement Charlotte qui craque.

— Il pleut, lâche-t-elle platement.

Rébecca hoche la tête pour confirmer.

— Eh oui.

Elles font encore quelques pas en silence.

— C'est possible que la visibilité ne soit pas à son meilleur…, murmure Charlotte.

C'est le moins qu'on puisse dire, puisque le sentier les mène au bord du gouffre sans qu'elles aient entrevu autre chose qu'un mur de brume opaque.

— On y est? fait Rébecca, incrédule.

— On dirait.

— Mais on ne voit rien!

Charlotte, bien décidée à ne pas se laisser abattre, tente d'émettre une note positive dans l'adversité météorologique.

— Ben… on voit plein de nuages…

— On en a chez nous, ce n'était pas la peine de se déplacer jusqu'ici pour ça.

— Oui, mais on n'en a jamais autant...

Rébecca lui lance un regard noir.

— Bon, d'accord, concède Charlotte, c'est plus spectaculaire quand c'est dégagé, mais avoue que c'est fabuleux, tout ce brouillard. Arriver à masquer une immensité pareille avec des gouttelettes microscopiques, c'est impressionnant, quand on y pense... Tu ne trouves pas ?

— Ouais, admet Rébecca du bout des lèvres.

Devant les deux femmes fascinées, les masses de nuages se meuvent paresseusement, faisant jouer les nuances de blanc et de gris, donnant sans cesse l'impression qu'elles vont lever le voile sur le trésor qu'elles cachent. Mais la nouvelle couche que révèlent leurs déplacements est toujours aussi nébuleuse.

— J'ai lu dans le guide que le brouillard pouvait parfois durer plusieurs jours.

Aussitôt que les mots sont sortis de sa bouche, Charlotte le regrette. C'était peut-être une information superflue en ce moment, elle en a conscience. Mais Rébecca ne relève pas. Elle regarde fixement la ouate aérienne. Pendant un instant, l'image fugitive d'un ange, jouant de la harpe, la traverse. C'est drôle de penser que quelqu'un, un jour, a créé cette image de la mort, et que sa vision s'est ensuite transmise d'une génération à l'autre, à travers le monde, pendant des siècles de civilisation chrétienne.

Un sourire amusé se peint sur son visage quand elle s'imagine en robe blanche, se lançant dans un solo endiablé. Charlotte va s'enquérir de l'objet de son hilarité quand, soudain, une partie de la masse de nuages se dissipe et l'infini d'ocre rocheux les éblouit. Ça ne dure qu'une fraction de seconde, juste assez pour frapper la rétine sans qu'on puisse jurer, croix de bois, croix de fer, qu'on n'a pas rêvé. L'apparition est si subite que sa vision déstabilise Rébecca. Elle s'appuie sur Charlotte, qui recule instinctivement sous le coup de la surprise.

Les nuages ont repris possession du décor. Impossible de dire où se situe la frontière du vide maintenant. Il est pourtant là. Juste là. Prêt à les avaler.

— Il pleut, souffle Charlotte. On ferait peut-être mieux de rentrer.

Dans sa cage thoracique, son cœur saute à pieds joints. Vivre est une activité dangereuse, c'est connu, mais il y a des jours où c'est vraiment pire que d'autres.

21

— Si on jouait au scrabble ? propose Charlotte. J'ai apporté le jeu de voyage.

Allongée sur le lit, Rébecca zappe. Moins pour regarder la télé que pour tester la vitesse d'exécution de la commande. C'est un jeu stupide et un peu étourdissant. Surtout que ça fait trois fois qu'elle fait le tour.

— Si tu veux.

Elle ferme la télé et lance la télécommande. Selon ses prévisions, l'objet devait atterrir sur le lit, mais c'est au sol qu'il rebondit.

— Zut.

Elle tâtonne à la recherche de la zappette, à quatre pattes sur la moquette.

— Tiens, on ne peut pas se cacher sous le lit, ici, dit-elle en soulevant un pan du couvre-lit. Il est monté sur une base en bois.

— C'est presque toujours comme ça, fait Charlotte en installant la planche sur la petite table à café. J'imagine qu'ils en avaient assez de ramasser des chaussettes sales et des emballages de condom entre les moutons de poussière.

La télécommande de même que la main droite de Rébecca apparaissent sur le couvre-lit. Elles sont bientôt suivies de sa tête décolorée et de ses joues rosies par l'effort.

— J'espère que tu n'as pas sorti le scrabble dans l'intention de me lire l'avenir...

— Non, dans l'intention de passer le temps en attendant qu'il arrête de pleuvoir.

— C'est mieux.

Rébecca se relève, soulagée. Elle lance négligemment la zappette de côté, histoire de s'en débarrasser. Zut. Encore raté la cible. Tant pis. On la ramassera plus tard.

— *S*, annonce Charlotte, après avoir pigé une lettre.

Rébecca s'avance, plonge la main dans la pochette. Elle brasse longuement les minuscules tuiles. Son regard est tourné vers la fenêtre, mais on voit bien que ce ne sont pas les rideaux qu'elle regarde. Ni même la pluie qui tombe. C'est beaucoup plus loin.

Charlotte, la main toujours tendue, attend que Rébecca se souvienne qu'elle doit tirer une lettre pour déterminer qui va commencer. Mais son amie n'est toujours pas revenue. Une crampe commençant tranquillement à prendre forme dans son avant-bras, Charlotte secoue la pochette dans l'espoir de rappeler Rébecca à la réalité. Rien à faire, le signal ne passe pas. Juste comme Charlotte va passer en mode vocal, Rébecca sort une lettre du sac.

— *T*.

Elle regarde la lettre, Charlotte, la pochette, la lettre, Charlotte, la lettre, la pochette.

— Est-ce que tu me passerais ton téléphone ? finit-elle par demander. Je crois que je vais aller faire un tour...

— Le signal est très faible, ici. Tu ferais mieux d'utiliser celui de la chambre.

Les sourcils de Rébecca forment un arrondi si expressif que Charlotte n'a pas besoin de plus d'explications.

Elle remet son *S* dans le sac, se lève et se dirige vers la porte.

— Je vais t'attendre au bar.

* * *

Un immense feu de foyer crépite au fond de la salle. Charlotte s'assoit sur un des fauteuils rustiques, usé par des milliers de fesses allant de l'*extra small* à l'*extra extra large*. Pendant un bref instant, cette pensée lui répugne, mais elle disparaît rapidement, chassée par toutes les questions qui se pressent au portillon. Qu'est-ce que Rébecca peut bien raconter à son Toulouse ? Vont-elles sortir manger ou rester ici ? Le brouillard va-t-il se lever avant la fin des temps ? Que vont-elles faire si le rideau opaque s'installe pour la semaine ? La semelle de ses souliers va-t-elle tenir le coup jusqu'à la fin du voyage ? Rébecca va-t-elle être capable de retrouver le bar ? Et si elle avait déjà oublié où elles se sont donné rendez-vous ? Rébecca choisira-t-elle l'espoir et le scalpel, ou la VIA, à la vie à la mort ? Qui a pris des biscuits dans la boîte à biscuits sans demander la permission ? Mais où est donc Carnior ?

Dehors, l'obscurité est en train de gagner la partie contre le décor. Ce doit être la faim qui crée cette drôle de sensation dans l'estomac de Charlotte. À moins que ce ne soit la désagréable impression d'être dans un train qui roule vers une destination dont elle ignore tout.

* * *

La main caressant ses nouveaux cheveux courts, Rébecca roucoule au téléphone.

— Je rentre bientôt, c'est promis.

— Le plus tôt sera le mieux, répond tendrement l'homme qui est à l'autre bout du fil.

Rébecca a l'impression que la voix grave et chaude de Marc coule directement dans ses veines, irriguant son corps d'une énergie nouvelle, une adrénaline si pétillante que ses orteils se retroussent d'eux-mêmes dans leurs chaussettes. Elle a beau chercher, c'est une sensation qu'elle ne se rappelle pas avoir déjà connue.

Pendant de longues minutes, les deux tourtereaux de l'interurbain parlent de tout, de rien et d'autre chose. Les mots glissent et cascadent avec légèreté, la conversation baignant dans l'huile chaude d'une attraction toute neuve, à peine déballée. Leurs souffles parcourent les milliers de kilomètres qui les séparent, s'élançant l'un vers l'autre, guillerets et chargés d'électricité, pour se croiser quelque part dans le ciel au-dessus du continent. Un ciel qu'ils partagent et qu'ils implorent, chacun de leur côté, pour que l'illusion de cette communion inespérée et inattendue persiste et signe.

Pour Rébecca, ce chatouillis des entrailles est l'élan qu'il fallait pour sceller sa décision de ne pas rendre les armes avant la fin. Si le soleil se lève à l'horizon, elle va chausser ses bottes et marcher vers lui. Aussi mince soit-il, l'espoir demeure la seule issue possible. C'est l'unique moteur capable de déplacer mers et montagnes. C'est l'espoir qui vous tire vers l'avant, qui vous remet debout quand les obstacles vous jettent par terre. C'est encore lui qui vous berce quand l'eau monte dans la cave et que la tempête se lève. La vie n'a pas de sens, ni gauche, ni droite, ni devant, ni derrière. Tout ça ne va nulle part, c'est clair. C'est la raison pour laquelle il faut profiter du trajet, tout en continuant de croire que la prochaine étape méritera une triple page dans l'album de nos souvenirs, nous confirmant que ce voyage vers le néant a valu la peine d'être fait.

Quand Rébecca raccroche le téléphone sur un dernier « moi aussi » chuchoté, ses poumons sont neufs, la pile de son cœur a été rechargée et l'ensemble de son organisme semble avoir subi un changement d'huile.

It's not over until it's over. Telle est la nouvelle devise de la reine du pamplemousse. Le docteur de Québec n'a qu'à bien se tenir, elle arrive.

* * *

Le gravier crisse sous leurs pas quand Charlotte et Rébecca quittent le stationnement pour s'engager sur le sentier derrière l'hôtel. On dirait que l'obscurité amplifie le son, dénonçant leur présence à toutes les bestioles des environs. Les deux femmes marchent bras dessus, bras dessous. Derrière elles, la lune essaie mollement de sortir des nuages dans lesquels elle est empêtrée, mais son succès est plus que relatif.

Au loin, on entend des éclats de voix. Une femme rit. Une portière claque.

L'air est vif et l'humidité tente par tous les moyens de s'infiltrer sous les multiples couches de vêtements, mais Rébecca résiste. À l'intérieur d'elle, la flamme olympique des phéromones lui tient chaud. Et le petit frisson qui essaie de casser le party ne fait pas le poids devant son envie d'air, de grand air, d'espace. La sensation d'ouverture au monde qui l'habite en ce moment est telle qu'elle n'a pas envie d'être confinée entre les quatre murs de la chambre. Comme si la vie, la vraie, était dehors, que c'était là qu'elle se déployait, qu'elle existait dans toute sa force. Rébecca inspire, l'air s'infiltre jusque dans la moelle de ses os et la joie grimpe le long de sa colonne, comme le mercure dans le thermomètre. Son corps est poreux. Il laisse entrer le cosmos, les étoiles et l'énergie de la Terre. Elle est en vie. Encore en vie. Tout est possible.

À son bras, portée par moins d'exaltation, Charlotte grelotte un peu. Elle travaille fort pour digérer son repas. Vivement le retour à la maison et les petits plats mitonnés par Éric. La jeune femme songe avec soulagement que le règne de la frite et de la sauce grasse achève, vu que Rébecca, transfigurée par son dernier coup de téléphone, a réitéré son souhait de rentrer à Montréal le plus tôt possible.

Ce n'est pas Charlotte qui va s'en plaindre. La dernière fois qu'elle a pris ses courriels, il y avait un message d'un nouvel éditeur. Une maison jeune et dynamique pour laquelle elle aimerait bien travailler. À voir l'état de lévitation dans lequel Rébecca se met quand elle parle de Toulouse, il est tout à fait permis d'envisager un peu de temps libre pour contacter l'éditeur dans les jours qui viennent. Cette éventualité lui sourit. Charlotte doit se rendre à l'évidence : elle aime travailler. Elle a besoin de se perdre dans la fiction pour garder son équilibre. C'est l'unique lieu où elle parvient à se dégager vraiment des contingences du réel, où elle ne sent plus les aspérités du doute, de la peur, de la culpabilité au fond de ses souliers quand elle avance. Voyager, c'est bien. Ça ouvre les yeux. Ça nous sort de nous-même. Ça nous amène plus loin. Mais qui a dit qu'il fallait passer sa vie en dehors de soi pour qu'elle ait un sens? En quoi une existence rêvée, fantasmée, imaginaire a-t-elle moins de valeur? Après tout, chaque histoire humaine est une fiction, un récit inventé par une conscience qui joue à l'auteur, en prétendant raconter la vérité.

Les deux femmes n'ont pas encore échangé une parole quand leurs pas s'arrêtent au bord de l'abîme. Dans l'obscurité toujours mêlée de nuages, on ne le discerne pas clairement, mais on le devine. On sent l'appel du vide, ce vide puissant qui puise son énergie à même la terreur des créatures qui l'approchent.

Bien qu'elles aient emprunté deux chemins différents pour y arriver, Charlotte et Rébecca sont traversées par la même révélation devant le gouffre qui s'ouvre à leurs pieds : l'infini existe, et il leur survivra.

* * *

— C'est fou quand on pense qu'on n'a qu'un pas à faire pour que tout soit fini, murmure Rébecca.

Charlotte hoche la tête sans répondre. Elle serre un peu plus le bras de Rébecca, des fois que l'idée de plonger lui traverserait l'esprit. C'est pur réflexe de saint-bernard, parce qu'au fond, la menace est faible sous le coude. La porteuse de pamplemousse semble avoir envie d'à peu près tout, sauf d'effectuer un plongeon carpé dans le Colorado. C'est même elle qui force Charlotte à reculer, afin d'éviter tout incident.

Aussi étrange que cela puisse paraître, à ce moment précis, c'est Charlotte qui est le plus tentée par les entrailles terrestres. Pas qu'elle soit déchirée par quelque douleur que ce soit. Rien qui ne lui fasse vraiment peur et qu'elle ait envie d'éviter. Pas de désespoir bien noir, enraciné au fond des tripes. Non. Simplement une lassitude. L'idée d'un demain, d'un autre et d'un autre après. Tout cela la fatigue. Les petits soucis de la vie. Qu'est-ce qu'on mange. Le rendez-vous chez le dentiste. La voiture à faire réparer. Il faudrait bien faire une brassée de blanc. Les jours se suivent, se ressemblent, s'accumulent, sans qu'on sache trop pourquoi on continue. Et quand on s'arrête pour y penser, on ne trouve pas de réponse. Alors, on ferme les yeux et on recommence. Demain. Après-demain. La passion s'étiole, le corps s'use. Et on fait une autre brassée de blanc. Parfois, Charlotte a l'impression de vivre sa vie avec le même entêtement paresseux que celui avec lequel elle écoute un film ennuyant à la télé, en fin de soirée. Trop lâche pour éteindre le téléviseur et aller se coucher.

— Si jamais je disparais bientôt…, commence Rébecca d'une voix douce que Charlotte reconnaît à peine.

La jeune femme tressaille et se tourne vers son amie dont elle a de la difficulté à discerner les traits dans l'obscurité.

— Si jamais je disparais…, reprend Miss Pample-mousse, il faut que tu me promettes que tu vas continuer la VIA sans moi.

Il y a quelques secondes de silence. Comme si la phrase devait toucher le fond de l'abîme avant de se rendre aux oreilles de Charlotte. Rébecca poursuit.

— Je veux dire, je te connais. Quand je ne suis pas là pour te sortir de ta routine avec mes problèmes, tu cours sur ton tapis roulant sans regarder autour de toi.

Il faut encore un peu de temps avant qu'elle ajoute :

— C'est une métaphore, au cas où tu n'aurais pas compris.

— Une métaphore ? répète simplement Charlotte.

— Oui. Je veux dire, je sais que tu aimes ton travail. Et Éric. Je sais que tu n'es pas malheureuse. Mais si on te laisse aller, tu fonctionnes sur le pilote automatique. Tu fais les choses parce qu'il faut les faire, sans trop te poser de questions. Être efficace, c'est pratiquement une religion pour toi.

Charlotte voit exactement à quoi Rébecca fait allusion. Elle a souvent l'impression de passer son temps à cocher des items sur une liste. Comme si elle n'avait le droit de s'accorder du répit qu'une fois toutes ses tâches accomplies. Mais les têtes de l'hydre ne cessent de repousser. Il y a toujours quelque chose qui s'ajoute à la liste. Et une autre. Puis une autre. Et le temps poursuit sa fuite en avant. Un savon mouillé qui vous glisse entre les doigts.

— Il faut profiter du voyage plus que ça, Charlotte. Relève la tête de temps en temps. Foncer aveuglément dans le train-train, ce n'est pas une vie.

— Est-ce que c'est une métaphore, ça aussi ? demande Charlotte.

Rébecca hausse les épaules.

— Non, je pense que c'est juste une figure de style un peu maladroite.

— C'est bien mon avis.

— N'empêche. Je veux que tu me promettes que tu vas continuer à vivre. Je veux dire, à faire autre chose que de continuer à vieillir tranquillement, gentiment, jour après jour. Craque, bous, explose de temps en temps. Et quand tu manqueras de motivation pour faire quelque chose qui sort un peu de l'ordinaire, dis-toi que tu le fais à ma place. Pour moi. Vu que je ne pourrai plus... Enfin... tu comprends...

Charlotte hoche la tête.

— Emmène-moi patiner, fais-moi danser, sors-moi au cinéma en plein après-midi. Utilise-moi comme prétexte pour ne pas travailler ou pour parler à des inconnus dans la rue. Embrasse des vieilles, des bébés, des chiens, des chats de ma part. Couvre-toi de yogourt aux framboises et lèche-moi tout ça. Mange tout le sac de biscuits à ma santé. Tant pis pour le souper.

Charlotte continue d'agiter sa tête.

— Ne sois pas toujours si raisonnable, souffle Rébecca en serrant le bras de son amie. Moi, je me suis souvent posé trop de questions avant d'agir. J'ai mis le frein trop souvent dans ma vie. Et franchement, je ne vois pas ce que ça m'a donné.

Les deux femmes se serrent l'une contre l'autre. Elles hochent la tête en cadence. On dirait qu'elles battent le rythme d'une musique lente et grave, entendue d'elles seules.

— Une dernière chose…, reprend soudain Rébecca.

Une bourrasque de vent s'élève de la fosse et secoue leurs manteaux. Charlotte frissonne.

— Arrête de faire patienter Éric. Je ne serai jamais prête à promener une poussette…

— Mais je n'attendais pas que…

Charlotte interrompt sa phrase comme on renonce à mentir. Peut-être que Rébecca a raison. Peut-être qu'inconsciemment, elle reportait le projet de faire un enfant parce qu'elle attendait que son amie soit rendue, elle aussi, à cette étape. Elle n'avait jamais envisagé la question comme ça, mais maintenant que c'était formulé, elle ne pouvait nier qu'il pouvait y avoir une part de vérité là-dedans.

— En tout cas, moi, c'est fini, je n'attends plus rien, déclare Rébecca en dégageant son bras. Pour le temps qui reste, j'ouvre les vannes. Je fonce. J'ose.

Elle renverse la tête et se met à hurler :

— Toulouse, attache ta tuque ! Ça sera peut-être bref, mais le temps que ça va durer, ça va brasser, laisse-moi te le dire.

C'est sur ces belles paroles que s'achève la petite marche digestive. Il est temps d'aller au lit. Demain est un autre jour. Et c'est une bonne raison pour ne pas le manquer.

22

L'aube pointe à peine quand Charlotte entend Rébecca revenir de la salle de bains.

— Qu'est-ce que tu fais debout à cette heure-là ?

Rébecca se glisse dans le lit de Charlotte.

— Je n'arrive plus à dormir. D'ailleurs, je n'ai pas bien dormi. Je me suis battue avec mon club sandwich toute la nuit.

— Et qui a gagné ? demande Charlotte, avant de se tourner sur le côté.

— Le bacon, je pense.

Charlotte remonte la couverture sous son menton.

— On pourrait peut-être aller voir le lever de soleil sur le Grand Canyon, propose Rébecca.

— On pourrait, oui, marmonne Charlotte.

Pour être honnête, ça ne fait pas du tout partie de ses plans à court terme. Juste l'idée de sortir du lit pour aller se faire venter au bord du trou lui donne envie de se cacher sous les meubles.

— Je voulais dire, là, ce matin…, continue Rébecca.

Tout ce qu'elle reçoit comme réponse est un grognement qui ressemble à celui de l'ours qui refuse de sortir de son hibernation. Charlotte n'a jamais été très matinale. La réveiller avant sept heures, c'est courir au-devant des ennuis. Rébecca le sait, mais elle choisit de l'ignorer. On n'a qu'une vie à vivre, et la sienne est partie pour compter un nombre limité d'épisodes.

— Je ne pense pas avoir la chance de revenir voir ça un jour et il paraît que…, commence-t-elle.

Les yeux toujours fermés, Charlotte soupire. Ça devient lassant, ce *leitmotiv*. « Comme je n'aurai plus la chance de… » « C'est sûrement la dernière fois que… » Avec des arguments pareils, il est impossible de se défendre, on est obligé de céder, sinon on a l'air de quoi ? Ce n'est pas du jeu.

Elle repousse la couverture en râlant, ce qui fait sursauter Rébecca. Et puis, non, elle n'a pas envie. Elle rattrape le drap aussi sec et le rabat sur sa tête.

— Qu'est-ce que tu fais ?

— Cinq minutes encore, grogne Charlotte, en espérant gagner du temps. Avec un peu de chance, Rébecca va se rendormir, elle aussi. Mais elle ne peut pas se bercer d'illusions très longtemps. Rébecca est trop réveillée pour lâcher prise.

— Si tu ne veux pas venir, je peux y aller toute seule.

C'est ça, toute seule, en pleine nuit, au bord d'un trou géant…

— Cinq minutes, répète Charlotte, qui n'a envie ni de se lever, ni de discuter, mais encore moins de rester couchée avec un sentiment de culpabilité ronflant plus fort qu'une tondeuse.

Mais Rébecca n'a pas envie d'attendre. Elle se lève. Elle ignore tout, ou alors elle n'a rien à cirer du sentiment de culpabilité en train de prendre sa place dans le lit. Elle veut voir le lever de soleil. Aujourd'hui. Et elle va le faire.

Un nouveau gémissement maussade s'élève de l'oreiller.

— Reste couchée, toi. Ce n'est pas grave. Je vais y aller toute seule.

Rébecca avance à pas prudents jusqu'à sa valise et se met à en sortir diverses pièces de vêtements. Mais, dans l'obscurité, difficile de trouver une culotte propre dans un bagage rangé n'importe comment. Quand Charlotte allume la lampe de chevet, elle aperçoit son amie à genoux, le nez à deux centimètres d'une chaussette.

— Fais-toi un peu de lumière, au moins, lance-t-elle avant de replonger sous les couvertures.

Une chaussette dans la main droite, l'autre au pied gauche, Rébecca va jeter un regard à travers la fenêtre.

— Ouais, c'est vrai qu'il est peut-être encore un peu tôt. Ça se lève à quelle heure, un soleil ?

Charlotte lève les yeux au ciel sous ses paupières fermées. C'est bien le temps d'y penser.

— Ça dépend, marmonne-t-elle, le visage toujours écrasé dans l'oreiller. À mon avis, ici, à ce temps-ci de l'année, ce doit être quelque chose comme six heures et demie.

— Six heures et demie ?

Rébecca consulte le réveil du coin de l'œil. Cinq heures quarante-cinq. Ouais, bon. Ça laisse du temps.

— Je vais prendre un bain avant, annonce-t-elle. Je te réveille en sortant ?

— Est-ce bien la peine de poser la question ? Tu vas me réveiller de toute façon.

* * *

Évidemment, c'est juste au moment où Charlotte vient de sombrer dans le sommeil que Rébecca tire le bouchon du bain et que le renvoi du lavabo, dépassé par cette arrivée d'eau subite, se met à émettre de furieux gargouillis de baryton étranglé. Comme si ce n'était pas assez, la porte de la salle de bains s'ouvre, inondant la pièce de lumière. La silhouette de Rébecca se découpe dans le cadre de porte illuminé, telle une Sainte Vierge en serviette apparaissant à ses ouailles.

— Dors-tu? demande l'apparition, avec une voix qui semble marcher sur la pointe des pieds.

Une précaution inutile, vu qu'elle est enterrée par le bruit du bain qui se vide en faisant un tintamarre d'enfer. Les voisins de chambre vont apprécier, c'est sûr, pense Charlotte. Rappelez-moi d'aller prendre mon petit-déjeuner ailleurs qu'au restaurant de l'hôtel. Même en utilisant le pamplemousse comme excuse, les risques de finir avec une tasse de café bouillant sur les genoux sont trop élevés.

— Non, je ne dors pas, répond finalement Charlotte, d'un ton aigre, alors que Rébecca semble déjà avoir oublié la question, tout occupée qu'elle est à trouver un chandail mettable parmi ses vêtements fripés.

— Je peux mettre ton t-shirt vert? demande-t-elle, en brandissant un bout de tissu. Je ne sais pas comment ça se fait, il est dans mes affaires...

— Oui, oui, tu peux. Tu mets ce que tu veux. Comme tu veux. Quand tu veux.

Après tout, tu as un pamplemousse. On ne peut rien te refuser.

Ça, Charlotte ne le dit pas. Elle ne fait que le penser. Un relent d'agacement circule encore dans ses veines, mais son humeur est tout de même meilleure qu'une demi-heure auparavant. Une fois debout, ça devrait aller. À condition qu'elle ait le temps d'avaler quelque chose de chaud avant d'aller se les geler au bord de l'au-delà rocheux.

Charlotte se lève pour aller aux toilettes pendant que Rébecca finit de s'habiller. Quand elle sort de la salle de bains, son amie a déjà son manteau sur le dos.

— Je vais y aller, annonce-t-elle. Tu viendras me rejoindre quand tu seras prête. Prends ton temps. Je... J'ai... Il me semble qu'un brin de méditation solitaire ne me fera pas de tort. Je veux dire, je pense que j'ai besoin de réfléchir un peu, toute seule.

— Comme tu veux, fait Charlotte, qui peine à cacher le soulagement qu'elle éprouve à ne pas avoir à sauter dans ses bottes et ses bobettes à peine sortie du lit. Je me prépare et je vais te rejoindre.

— Avant midi, quand même ?

— Promis, lance solennellement Charlotte en se laissant retomber sur le lit.

Les ressorts n'ont pas fini de vibrer que Rébecca claque la porte. Charlotte jette un œil au mur mitoyen qui les sépare de la chambre voisine.

— Excusez-la, souffle-t-elle.

* * *

Vingt minutes ont bien dû s'écouler avant que Charlotte arrive à trouver suffisamment de vêtements propres pour couvrir toutes les parties de son corps qui risquent d'être exposées à l'air glacial du petit matin.

Le restaurant vient à peine d'ouvrir quand elle passe la porte. La salle à manger déserte sent le désinfectant industriel et la vieille huile à friture, un mélange capable de faire culbuter votre taux de cholestérol, chuter votre pression et bloquer vos artères en trois inspirations.

Charlotte commande deux cafés pour emporter, en essayant de respirer le moins possible, histoire de ne pas nuire inutilement à son espérance de vie. Elle traverse ensuite le stationnement, les mains agrippées à ses poignées de chaleur liquide, en espérant qu'elle trouvera Rébecca avant que le café ne soit froid.

Arrivée sur le sentier, Charlotte avance à petits pas, les yeux rivés sur ses chaussures qui foulent la terre humide de rosée glacée. Ses boissons chaudes sont trop précieuses pour qu'on risque de les renverser en se prenant les pieds dans la caillasse.

Quand elle lève la tête pour vérifier si Rébecca est enfin repérable à l'horizon, son regard est happé par le paysage qui s'ouvre devant elle.

Le soleil est déjà levé, mais il est encore tout jeune. Son orangé timide colore d'un rose absolument fastueux les murs d'ocre du canyon. Le choc est tel que Charlotte en oublie d'avancer. Les cafés descendent d'un étage, frôlant le déversement. Cet endroit est magique, pense-t-elle. Il s'empare de votre âme et la fait tournoyer dans l'espace, comme un cerf-volant dans le vent. Charlotte avance encore un peu, avec l'impression d'être sous hypnose.

Devant cette faille vertigineuse, le moindre souci humain est réduit à la taille d'une tête d'épingle. Il se noie dans son océan minéral. La volonté, l'espoir, l'amour, la mort, tout se dissout dans le néant d'une splendeur oppressante.

— Pffft..., fait Charlotte, soufflée.

C'est tout ce qu'elle trouve à dire. C'est tout ce qu'il y a à dire. La jeune femme laisse passer de longues secondes pendant lesquelles les cafés, insensibles aux charmes du caillou, perdent quelques degrés.

C'est alors qu'elle l'aperçoit. Rébecca. Plantée au bord de l'abîme, la tête relevée avec défi, comme le personnage esseulé d'un tableau romantique. On entend presque Wagner résonner derrière. Charlotte regrette de ne pas avoir son iPod pour se la jouer totale grandiose.

Mais, même sans le son, la scène mérite d'être immortalisée. La jeune femme dépose ses cafés, s'empare de l'appareil qui traîne au fond de sa poche, et clic! Rébecca repose pour toujours en pixels multicolores, fière comme une déesse au sommet de l'Olympe.

Charlotte rigole en rangeant l'appareil. Cette photo, elle le sent, n'a pas fini de les amuser.

* * *

Elle n'est plus qu'à quelques mètres de Rébecca quand celle-ci se retourne. Elle sourit. Mais son sourire n'a rien de gai. Il est chargé d'une intensité troublante. C'est compréhensible, se dit Charlotte. À cette échelle, la beauté déplace les cases de la raison et l'émotion jaillit entre les tuiles, sans qu'on y puisse rien.

Rébecca s'approche pour prendre le café que lui tend Charlotte. Mais on sent que le geste tient plus du réflexe que d'une véritable envie de boire quelque chose.

Charlotte s'assoit sur un rocher qui semble avoir été sculpté pour servir de siège aux touristes. Rébecca soulève le couvercle du contenant, aspire une petite gorgée de café, puis son regard repart vers le Grand Canyon.

— Après avoir vu ça, on dirait qu'on a moins envie de revenir au laid, dit-elle sans se retourner.

Charlotte ne peut qu'acquiescer. Rébecca prend une autre gorgée.

— Je n'ai pas envie de pourrir, marmonne-t-elle, la bouche contre le carton du gobelet.

— Personne n'a envie de mourir, Rébecca.

— Pas mourir. Ça, on dirait que je m'y résigne peu à peu. Pourrir. Je n'ai pas envie de pourrir, répète-t-elle.

Quelques secondes valsent dans le vide avant qu'elle poursuive:

— Écoute, j'y ai repensé. Toulouse et moi, ça ne pourra pas marcher.

Elle remet le couvercle sur son café, comme si elle allait le ranger.

— Je suis trop orgueilleuse. Je ne pourrai pas supporter de me dégrader devant lui.

— Ah bon, fait Charlotte, un peu déboussolée par la tournure, soudain plus concrète, de la conversation. Mais si le traitement du neurochirurgien de Québec...

— D'abord, je te rappelle qu'il n'y a que vingt-cinq pour cent des chances que ça réussisse. Et puis, ça ne change rien. Il va falloir qu'il m'ouvre la tête. Je ne peux pas vivre une lune de miel en jaquette d'hôpital, la tête rasée et le nez plein de tubes, poursuit Rébecca, en faisant rouler des petits cailloux sous sa chaussure.

Il faut quelques secondes à Charlotte pour réagir, son esprit traînant encore un peu dans les limbes de l'extase esthétique.

— Pourquoi pas ? finit-elle par articuler.

— Parce que si Marc est prêt à aller jusque-là, je vais avoir pitié de lui. Pitié d'un pauvre imbécile qui n'a rien trouvé de mieux à faire dans la vie que de tomber amoureux d'une malade en phase terminale. C'est tellement *loser*...

— D'abord, tu n'es pas en phase terminale, s'écrie Charlotte en se levant. Dans le pire des cas, tu as encore des dizaines de semaines merveilleuses devant toi. Dans le meilleur, si jamais le traitement du spécialiste de Québec fonctionne, tu as même des chances de rémission. Et puis, aimer, aimer vraiment, ça n'a rien à voir avec le cliché des soupers aux chandelles. C'est au-delà de ça. C'est un contact, comment je dirais... d'âme à âme. Je sais que ça a l'air...

Rébecca fait celle qui n'a rien entendu du jargon convenu dans lequel son amie s'empêtre.

— Et je vais le mépriser pour ça. Je me connais. Ça a toujours été ça, mon problème. Je n'ai jamais été capable de tomber amoureuse d'un type assez con pour être amoureux de moi.

— Voyons, Rébecca, c'est idiot...

— Je ne pourrai pas. Ce n'est pas parce qu'on va mourir qu'on devient quelqu'un d'autre, Charlotte. On n'est pas dans un film de Walt Disney. Il n'y aura pas de miracle.

Dans les yeux de Rébecca, le désespoir est si vivant qu'il palpite. Il éclaire son visage d'une lumière sombre et magnifique. Charlotte ravale sa salive. Elle ne saurait dire pourquoi, mais elle sent que quelque chose est en train de basculer. Il faut qu'elle rattrape son amie avant qu'elle sombre. Le Grand Canyon est trop grand. Il ouvre des trappes dans la tête, qui aspirent le peu de motifs qu'on a de tenir à la vie.

Elle tend la main à Rébecca, mais celle-ci ne bouge pas. On dirait que le feu fait rage à l'intérieur d'elle et Charlotte ne sait pas comment intervenir sans tout faire exploser.

— Non, dit-elle. Non, Rébecca, tu ne vas pas sauter, là, devant moi. Je sais que tu trouves que ça ferait une finale très classe, mourir comme ça, la tête la première dans cette lumière magnifique, en sombrant dans la beauté et tout ça, mais je ne veux pas. Tu n'as pas le droit de me faire ça !

Rébecca sourit faiblement. Est-ce à cause du ton de maîtresse d'école de son amie ou parce qu'elle vient d'être percée à jour ?

— Rébecca, je te préviens, si tu sautes, je saute avec toi.

— Ne dis pas n'importe quoi, Charlotte. Tu as la santé, l'amour, des amis, tu as ta vie à vivre. Tu n'as aucune raison de vouloir mourir.

Ses yeux plongent dans l'abîme avant de se tourner à nouveau vers Charlotte.

— Tu vas te remettre de mon départ beaucoup plus rapidement que tu le crois.

— Arrête, s'il te plaît, Rébecca.

— Rentre à l'hôtel. Ça va être mieux pour tout le monde.

— Non, Rébecca. Je t'interdis de mourir. Pas maintenant.

— Pourquoi remettre à demain...

— Parce que tu n'as pas terminé la partie. Tu as encore des chances de gagner, Rébecca. It's not over 'til it's over. C'est toi-même qui le dis. Arrête de toujours imaginer le pire. Il ne te reste peut-être que quelques mois. C'est vrai. Peut-être. Mais peut-être pas. Avec le traitement du médecin de Québec, tu as même des chances de rémission. Et puis, il y a Toulouse. Pour une fois, une fois dans ta vie, oublie ton orgueil et laisse-toi aimer. Essaie. Au moins une fois. Tu n'as pas le droit de partir sans avoir essayé. Qu'est-ce que tu as à perdre, hein ? Peux-tu me le dire ? Si ça ne marche pas, si tout tourne mal, tu reviendras ici. Je reviendrai avec toi, même, si tu veux, et je te tiendrai la main jusqu'à la fin, je te le promets. Mais pas maintenant. Maintenant...

Charlotte prend une profonde inspiration. Elle a besoin d'un élan pour se rendre jusqu'au bout de sa phrase.

— C'est peut-être égoïste, mais j'ai encore besoin de toi, Rébecca. Il me faut plus de temps. S'il te plaît...

Charlotte serre les lèvres pour éviter d'éclater en sanglots. Un corbeau croasse quelque part au loin. Les jambes flageolantes, Rébecca fait un pas de côté pour s'éloigner du précipice. Son menton tremble. Dans ses yeux, toute fureur a disparu.

— C'est un bon argument, souffle-t-elle avant de se laisser glisser vers le sol.

On dirait que toute son énergie a été aspirée en même temps que sa volonté d'en finir. Charlotte vient se poser à ses côtés. Ensemble, les deux femmes plongent leur regard dans l'infinie beauté du vide. Il se passe un long, très long moment avant que Charlotte murmure :

— Merci.

23

— Je t'ai dit qu'il avait un atelier de sculpture ? demande Rébecca, une fois installée dans l'avion du retour.

— Mais non, tu ne me dis plus rien, fait mine de se plaindre Charlotte.

— C'est drôle, les hasards, non ?

— Hilarant, oui, fait Charlotte en buvant une gorgée du jus de pamplemousse que l'hôtesse de l'air lui a servi, au lieu du jus d'orange demandé.

Elle appuie sa tête contre la vitre. Les nuages, tout en bas, forment un long tapis de mousse rose étincelante. Par les rares trouées, on voit poindre le sommet des montagnes. Des gens habitent là, sur les flancs et dans la vallée. Des jeunes, des vieux. Des êtres qui ont de longues années devant eux. D'autres qui n'ont que quelques heures ou quelques jours à vivre. Le savent-ils ? Que feraient-ils s'ils l'apprenaient demain ? Resteraient-ils dans leur maison au bord du précipice ? Partiraient-ils voir leurs parents à l'autre bout du pays ?

— As-tu pensé à ce que tu allais faire de l'argent que tu as gagné au casino ? demande brusquement Rébecca.

Charlotte hausse les épaules.

— Je n'ai pas vraiment eu le temps…

— Il faudrait bien que tu le prennes, dit doucement Rébecca.

Les deux amies échangent un regard entendu. Charlotte hoche la tête.

— Oui, il faudrait bien. Tout va si vite.

— Et la maison de campagne dont tu rêvais ? la relance Rébecca. Celle où tu pourrais enfin écrire le roman que tu fais semblant de ne pas vouloir écrire ? L'argent des « vallées fertiles » pourrait te faire une bonne mise de départ, non ?

Le cœur de Charlotte se serre. Quelqu'un capable de lire en vous mieux que vous le faites vous-même est un cadeau précieux. Elle n'en avait pas mesuré la valeur jusqu'à ce que la menace de sa disparition se mette à planer. Maintenant, elle sait. Qu'elle a eu de la chance. Et qu'elle en a encore. Et pas juste pour Rébecca. Pour sa vie. Pour Éric qui est là et qui l'attend, mais qui peut disparaître d'un jour à l'autre, lui aussi, elle ne doit jamais l'oublier. Rien n'est acquis. C'est ce qui est à la fois effrayant et beau.

La nuit tombe lentement sur les nuages. Le ciel va bientôt prendre la couleur de cobalt dans laquelle veut s'éteindre Rébecca. C'est ce que Charlotte lui souhaite de tout cœur. Il ne lui reste plus qu'à espérer très fort que ce moment survienne le plus tard possible.

— Il va t'attendre à l'aéroport ? demande-t-elle pour chasser cette pensée.

— Non, quand même pas. Non, aujourd'hui, je rentre chez moi. J'ai besoin de me retrouver dans mes affaires. Mais demain. Demain, je le verrai. Demain, on verra. Nous verrons. Vous verrez. Ils verront. Demain. Quoi qu'il arrive, je suis prête.